中州问学丛刊　刘志伟　主编

「中原文献南传」论稿

王建生　著

图书在版编目(CIP)数据

"中原文献南传"论稿/王建生著.--上海:上
海古籍出版社,2020.9
(中州问学丛刊)
ISBN 978－7－5325－9716－1

Ⅰ.①中… Ⅱ.①王… Ⅲ.①中原-地方文献-文学
研究-文集 Ⅳ.①I209.9－53

中国版本图书馆 CIP 数据核字(2020)第 145920 号

中州问学丛刊

"中原文献南传"论稿

王建生 著

上海古籍出版社出版发行

(上海瑞金二路 272 号 邮政编码 200020)

(1) 网址：www.guji.com.cn

(2) E-mail：guji1@guji.com.cn

(3) 易文网网址：www.ewen.co

浙江临安曙光印务有限公司印刷

开本 890×1240 1/32 印张 9.25 插页 2 字数 207,000

2020 年 9 月第 1 版 2020 年 9 月第 1 次印刷

ISBN 978－7－5325－9716－1

Ⅰ·3504 定价：42.00 元

如有质量问题,请与承印公司联系

《中州问学丛刊》总序

河南之地,古称中州。"中"者,谓其地在四方之中,亦谓华夏文明,根本在兹。此亦中原、中土、中国之"中"也。故商起乎东,周兴于西,皆宅兹中国,以御天下。

难之者曰:先哲不有云乎,"四方上下曰宇,古往今来曰宙"。时空无限,今人任择一点,皆可斟定为"中",是则天下本无"中",孰谓不然? 况以现代眼光观之,各族类欲以世界文化中心自命者,皆难免偏隘之讥;而中华地广,习俗多异,艺学之道,各具风华,固不能齐于一者也。今有丛刊之创,名以"中州问学",其义何在?

答云:"中"字古形,象立一帜在环中,谓有志于此,小子何敢? 然中州厚土,生长圣贤,发育英雄,实华夏文明之渊薮;布德泽于四方,吹万类而有声,无以过也。敬邀贤达,会集同仁,承绪古德,以求日新,虽谓力薄,实有愿焉。

中州之学,源深流广,更仆难数。言其大者,烨烨生光。

河出图,洛出书,隐华夏之灵根。老聃默默,仲尼仆仆,建儒道之本义。孟轲见梁惠王也,曰仁义而已矣。庄周于无何有乡,述道遥为至乐。玄奘幼梵,发雄愿于万里;二程思精,垂道统于千祀。诗而能圣,杜子美用情深切;文以称雄,韩昌黎发义高迈。清明上河,图岂能尽;东京繁华,梦之不休。前贤往哲,或生于斯,或游于斯,焕乎其有文章;时彦来俊,或居境内,或栖海外,乐否共谈学问!

然后可言"问学"之旨。

吾人所谓"问学",本乎《中庸》"君子尊德性而道问学"之义。探究历史玄奥,抉发前人精义,光大华夏传统,固吾辈之责。

然又不尽于此。

问者,疑也。有疑乃有问,有问乃有学。灵均问天,子长叩史,所以可贵。故前贤可绍,非谓复述陈言;精义待发,必与时事相接。

惟清季民初以还,中外之交流日密,而相得之乐固存,龃龉之处亦多。因思学分东西,地判南北,而天道人心,洁净精微,自有潜通。由中国观世界、由世界观中国,近年学人颇措意于此,良有以也。

因兹发愿筹划"中州问学丛刊"。论其宗旨,欲置中州之学于世界史、人类史之视域,取资四方,融铸众学,考镜源流,执古求变,深思未来。亦以此心力,接续河洛学脉,催生当代中州学术文化流派。

谨诚邀宿学同规蓝图,共襄盛事。

是为序。

刘志伟

2020 年仲夏于中州德容斋

稿　　约

敬启者：

　　本丛刊崇尚思想创新而以文献为基、学术为本，兼顾学术普及，将涵盖人文社会科学及其与诸学科交融之领域等，研究内容包括：

　　"中州"本源文化、"圣贤""英雄"文化与"人类新轴心时代"；21世纪学术文化研究系统、学科发展体系重构；华夏文物考古、非物质文化遗产的保护及其与当代文学、艺术创作之融合；人文社会科学及其与诸学科交融领域的专题性原创研究及集成性文献整理；以文献实学为坚实基础的思想与学理研究；东西方学术、文化巨匠的访谈对话；海外汉学著作翻译、研究；思想史、学术史研究。

　　诚邀尊撰，以光大丛刊！

《中州问学丛刊》编委会

2020 年 8 月

自　序

　　南宋是偏安一隅的王朝，其思想、文学何以如此兴盛？这兴盛的思想及文学，与北宋时的中原文化又有何内在关联？南宋以降的中国文化格局，为何以南方为重心？这些问题，都与"中原文献南传"这一命题相关联。中原文献南传，就是有形图籍与北宋学术文化精神，随南渡政权而南移，后散播于江南范围内的江南东路、江南西路、两浙东路、两浙西路、福建路、广南东路等地，形成地域性的文化中心。承担这一任务的，正是南渡文人群及此后的中兴文人群。

　　最早对中原文献南传现象予以高度概括的，是南宋乾、淳时期思想家吕祖谦。吕祖谦所谓的"中原文献"，是一个内涵极为丰富的概念：以二程为代表的洛学、以张载为代表的关学，以及自庆历、元祐以来文化精英的学术文脉，实质上涵盖了北宋一代思想文化的精髓。所言"中原"显然并非地理意义上的中原。可以说，"中原文献"就是北宋高度凝合的文化内核。本课题讨论的"中原文献"，源自吕祖谦之说，其内涵既包括有形的图籍、金石等文化载体，也包括朝廷的典章、制度、家法等政治层面的凭依，更包括无形的学术文化精神。这种界定，更契合宋代历史文化语境中"中原文献南传"的本意。而时下学术界通常理解的"中原",指以今天的河南为中心的地理区域;通常理解的"文献",就是指图籍、金石等有形的文化载体。这种字面上的理解与宋代历史语境中的"中原文献"有本质上的区别,故特别点明,以免造成歧义。

收入这本小书的十五篇文章,是我近十年来所写。在撰写博士论文期间,我注意到"中原文献南传"这一论题,关乎南宋思想文化的更新和再造,但限于时间和精力,并未予以深究。2010年到郑州大学文学院工作后,曾以"南宋前期中原文献南传"为题,申报教育部人文社科项目,获准立项。在具体研究时,主要围绕贤才、典籍、学术思想、文化精神、地域视野以及记忆、文学生态等方面,探讨中原文献南传的核心问题:中原文献的精髓及南传的主力、路径、得失等。

早在20世纪中叶,张家驹先生《宋代社会中心南迁史》《宋室南渡后的南方都市》《中国社会中心的转移》《宋室南渡前夕的中国南方社会》《靖康之乱与北方人口的南迁》《两宋经济中心的南移》等论著,创立"中国社会中心迁转说",发凡起例,泽被学林。张先生是我敬仰的学者,他的学说观念、方法路径于我有直接的启示意义。如今将这些文章结集出版,作为自己近年来对这一问题学习、思索过程的小结,也是对张家驹先生的追念。

《吕本中与中原文献南传》写于2009年,《南宋地方总志中的杜甫遗踪》《朱松与中原文献之传》草成于2018年,断断续续进行了十年,还有一些题目如《南宋中原文献世家考略》《南宋时靖康史之修撰》等并未完稿,只能付之阙如。正因为如此,对这一命题的思考与探究还将持续。

收入本书的文章基本上未作改动,一些篇目因发表时受篇幅限制,有所删减,结集时予以恢复。感谢学术道路上的良师益友,他们给了我太多教益,在此表示衷心的感谢!

衷心希望这本小书能得到同行和读者的指教!

2019 年 10 月于郑州大学

目　录

吕本中与中原文献南传

　　中原文献南传,是宋代文史研究中的一个重要命题。中原文献,既指图籍、金石等有形的文化载体,又指中原文人世代相传的精神内涵。后者以师友渊源为纽带,重师承、学养、气格,其核心精神便是"以广大为心,而陋专门之(暖姝)〔暖昧〕;以践履为实,而刊繁茂之枝叶"①。"以广大为心",必不主一家,调和众学,使经学与史学、文学与理学兼通;"以践履为实",则强调务实致用,注重学术的当下意义,以求切于实用。以上述两个方面来考量吕本中,无不相合。吕本中的中原文献南传之功,突出体现在以下两个方面:以师友渊源为纽带,记述学说的师承关系,实为中原文化之记录;以中原学术文化精神感召一批人,使他们成为文化传承的中坚人物。

　　南渡之后,吕本中追忆平生师友,写成《东莱吕紫微师友杂志》(以下简称《师友杂志》)。该书以师友渊源为纽带,记录了学说的师承关系以及渊源所自,更通过这种记录、整理,将中原文献带入南宋。这一记录,既是文化整合,也是文化承传。吕本中不主一家一派,将道学派、文学派,乃至全部的元祐学术汇合起来,显示了文

---

　　① (宋)吕祖谦:《祭林宗丞文》,《东莱吕太史文集》卷八,《宋集珍本丛刊》本。

化整合的远见,在两宋之际的文化史上有突出的意义:统合所有的文化力量,殊派同归,最终指向北宋百余年积淀的中原文化。断定此书为南渡后之作,有以下几个例证:

> 胡康侯与唐恕处厚,皆推明东莱公围城中所立,为可以激励后世。……东莱公之薨,处厚为挽诗三章云。①
> 政和间,陈莹中自通徙江州……后靖康围城之变……。②
> 尹彦明在经筵,尝从容说:"黄鲁直如此做诗,不知要何用?"③

由此三则,可以推知《师友杂志》当为吕本中南渡后之作,且已步入晚年。该书所溯之源在元祐,有以下几大脉络:二程及程门弟子如杨时、游酢、谢良佐、尹焞、王蘋、陈瓘(私淑)、胡安国(私淑)等;江西诸贤如徐俯、谢逸、汪革、饶节、三洪等;司马光、范祖禹及其子弟刘安世、范温等等。所有的渊源脉络,与吕公著、吕希哲、吕本中都有关系,所以应当说该书是吕氏三代的师友渊源。所涉及者为元祐学术的三大门类:道学、文学与史学。在书中,吕本中揭示他对学术师承的总看法:"德无常师,主善为师,此论最善。以言

---

① (宋)吕本中:《东莱吕紫微师友杂志》,《丛书集成初编》本。按,此处"东莱公"指吕本中之父吕好问(字舜徒)。据《家传》,吕舜徒于绍兴元年(1131)七月卒于桂州(《东莱吕太史文集》卷十四)。

② (宋)吕本中:《师友杂志》,《丛书集成初编》本。按,靖康之变,发生在1127年,是年吕本中四十四岁。

③ (宋)吕本中:《师友杂志》,《丛书集成初编》本。按,尹焞侍经筵在绍兴七年(1137)十二月至绍兴九年(1139)正月间(《尹和靖先生年谱》,《北京图书馆藏珍本年谱丛刊》第21册,北京图书馆出版社1999年,第658—662页)。

学者不主一门,不私一人,善则从之。荥阳公初以师礼事伊川,后从诸老先生甚众。后来程门弟子,如谢显道、杨中立,亦皆以师礼事荥阳公。"①他的看法是立足于当下的,书中有这样一段话,表明他的这一立意:

> 陈莹中谏议尝言:"凡为学者,师弟子之间,如善财之参善知识,可也。善财初见文殊,文殊令见德云,告以解脱门,且云'惟我知此'。又使别见一知识焉。当是时也,德云不自以我为尽,善财亦不以德云为非,亦不疑德云之言,而复见一知识。如是辗转至五十三人,故能师不以为私惠,弟子不以为私恩。今则不然,教者惟以我说为然,学者惟以师说为是,故皆卒至于蔽溺不通,而遂至于大坏也。"②

"今则不然"以下,直指现实,门户之见、狭陋之病,严重侵害了学术的良性发展。所以,打破学派偏见,不主一门,让各种学术相互融通,成为吕本中自觉的文化重任。固守师说,谨守门户,才导致各学说(学派)之间"蔽溺不通",这就是现实问题。要打破这种局面,必须转益多师。吕本中在政和年间(1111—1117)研习道学,表明他意识到"专"于一门的弊端,故先行实践,出入于道学、文学之间。到了晚年,又将"不主一门"的精神浓缩于《师友杂志》中,从践履(行)与言论(言)两个方面,为当时的学术整合提供了示范。

若从渊源所自的角度来看,吕本中的《江西宗派图》,亦有文化记录之意义。黄庭坚以下二十五人,"其源流皆出豫章也","予故

---

①② 　(宋)吕本中:《师友杂志》,《丛书集成初编》本。

录其名字，以遗来者"①的深意，在于他将活动于两宋之际而政治上处于边缘化诗人的名字记录下来，让后人了解到历史上还有这样一批诗人存在。若没有吕本中《江西宗派图》，恐怕大多数人早已湮没无闻。那么，在后人看来，宋诗发展史上代际之间——元祐诗人与中兴诗人——就有可能出现断层。

不过，在涉及学派整合尤其是文学派与道学派的调和问题时，《师友杂志》中的两则材料，为我们提供了新的阐释空间。"尹彦明在经筵，尝从容说：'黄鲁直如此做诗，不知要何用'"一则，表明道学与文学之间的流动，呈现出相对单一的交流模式，即以吕本中、曾几为代表的文学士人向道学之士潜心求教、学习（知识、观念、践履方式），而道学之士对于文学之士的诗学精神及诗法技艺则等闲视之。《师友杂志》中的另一则记录，不妨视作吕本中的"代言"：

> 李先之、周恭叔，皆从伊川学问，而学东坡文辞以文之，世固多讥之者矣。

李朴字先之，卒于建炎二年（1128）。周行己字恭叔，永嘉学派的开创者。二人出入于道学、文学之间，世人待之如何？吕本中调和文学、道学之言行较二人为甚，世人待之又如何？吕氏三代与文学之士有深厚的交谊，而今本《师友杂志》中对苏、黄的记录仅寥寥数笔，而且所存的苏、黄部分仅为附属于他人不得不存者，如"元祐间，范内翰在经筵，尝荐荥阳公与伊川先生可任讲

---

① （宋）胡仔：《苕溪渔隐丛话》前集卷四十八，人民文学出版社 1962 年，第 327—328 页。

官,东坡与赵元考彦若可为读官",可以看出此条的核心人物乃范内翰(即范祖禹)。吕本中的文章之友也仅限于江西诸贤及韩驹,而不及诸贤的渊源。就连与吕本中有过从的张耒①,也未进入师友行列。

　　除了《师友杂志》外,吕本中还编有《童蒙训》,论道、论诗之说皆有,但后来传本仅存"近语录者",即理学家的论学悟道之语;而"近诗话者全汰",故四库馆臣推测:"殆洛、蜀之党既分,传是书者轻词章而重道学,不欲以眉山绪论错杂其间,遂刊除其论文之语,定为此本欤?"②《师友杂志》是否也存在后世刊除苏、黄词章的可能,很难遽下一定论。吕本中与元祐诸贤的渊源,南宋中后期的楼昉在《童蒙训跋》曾给予概括:"初,舍人吕公以正献长孙,逮事元祐遗老,与诸名胜游,渊源所渐者远。渡江转徙,流落之余,中原文献与之俱南,因即畴昔所闻见者,辑为是编。"③

　　吕本中在中原文献南传中的意义,除了以文字记录昭示来者之外,还通过其精神魅力感召、影响着一批文人,使他们成为中原文化的承载者,如曾几、汪应辰、韩元吉、林之奇、张九成等等。吕本中以为学人经前辈点拨后方能有所成就,即"游学之士,须经中原先达钤椎,方能有成也"④,强调的也是中原文献在学术代际承传中的意义。

　　而曾几、汪应辰、林之奇等人,又将从吕本中那里感悟到的中

---

　　①　按,吕本中于1107年会晤张耒,其诗集中有与张耒酬和的诗篇,详参拙文《宋代文人眼中的"文潜体"》,《武汉理工大学学报》2015年第5期。
　　②　(清)纪昀等:《钦定四库全书总目》卷九十二,中华书局1997年,第1208页。
　　③　(宋)吕本中:《童蒙训》卷末,《万有文库》本。
　　④　(宋)吕本中:《师友杂志》,《丛书集成初编》本。

原文化精髓传至下一代,如陆游、吕祖谦等人,受其沾溉极多。中原文化南传,如同一场接力,吕本中成功地跑完了第一棒。

吕本中所作的序文及书信就渗透着文化传承中的"任重"意识。绍兴元年(1131),吕本中避乱至桂州(今广西桂林),与避难至柳州的曾几论诗法。他写给曾几的《论诗帖》,开篇即云"宠谕作诗次第,此道不讲久矣"①,帖中所讲全为诗"道",既为曾几一人所写,也包含讲此"道"以惠来者、以传后世的深意。在利用诗学资源时,涉及一个"悟"字,如何悟?要参透诸家,方能度越诸子。为此,他汲取了道学派格物之法——静,以"冷淡静工夫"来融化既往的诗学资源,涵养心性。这种工夫既是占有和利用以往的诗学资源,也是创作主体提高人格修养的途径。在论诗帖中,他把这种思想说得非常透彻,《与曾吉甫论诗第一帖》云:"《楚词》、杜、黄,固法度所在,然不若遍考精取,悉为吾用,则姿态横出,不窘一律矣。……要之,此事须令有所悟入,则自然越度诸子。悟入之理,正在工夫勤惰间耳。"②在《与曾吉甫论诗第二帖》中,吕本中针对曾诗"治择工夫已胜,而波澜尚未阔"的缺憾,着重论述了"涵养吾气"的重要性,"欲波澜之阔去,须于规摹令大,涵养吾气而后可。规摹既大,波澜自阔,少加治择,功已倍于古矣"③。

从两封论诗帖可以看出,"工夫"与"涵养"并非等齐划一,两个范畴的着重点在不同层面:"工夫"强调的是不断地积累诗学资源,通考古今名家之作;"涵养"重在气度、识见等精神层面下"工夫"。由此可知,吕本中所谓的诗"道",与"词源久矣多岐路,句

---

① ② ③　(宋)胡仔:《苕溪渔隐丛话》前集卷四十九,人民文学出版社 1962 年,第 332—333 页。

法相传共一家"①中所谓的"一家",其要领无非是在积学、养气两个方面提高诗学创作者的修养。与吕本中同时代的张九成,识破了吕本中的诗法三昧:"词源断是诗书力,句法端从履践来"②。吕本中侄孙吕祖谦概括其学术文章,颇为精要,"吾家紫微翁,独守固穷节。金銮罢直归,朝饭尚薇蕨。羌羌李杜坛,总角便高躐。暮年自誓斋,铭几深刻责。名章与俊语,扫去秋一叶。冷淡静工夫,槁干迂事业。有来媚学子,随叩无不竭。辞受去就间,告戒意尤切。"③

　　吕本中的论诗帖对曾几产生了深远的影响。乾道二年(1166)四月,曾几为吕本中的诗集作序,追忆绍兴年间与吕本中的诗学往来,满怀深情地写道:"公察我至诚,教我甚至……观遗文,为之绝叹,因记公教我之言于篇末。"④大概在吕本中还在世的时候,他还把自己所体会的东莱诗法写成诗,寄给吕本中,原诗如下:"学诗如参禅,慎勿参死句。纵横无不可,乃在欢喜处。又如学仙子,辛苦终不遇。忽然毛骨换,正用口诀故。居仁说活法,大意欲人悟。常言古作者,一一从此路。岂惟如是说,实亦造佳处。其圆如金弹,所向若脱兔。风吹春空云,顷刻多态度。锵然奏琴筑,间以八珍具。人谁无口耳,宁不起欣慕。一编落吾手,贪读不能去。尝疑君胸中,食饮但风露。经年阙亲近,方寸满尘雾。足音何时来,招唤亦云屡。贱子当为君,移家七闽住。"⑤

————————

　　①　(宋)吕本中:《次韵吉父见寄新句》,《东莱先生诗集》卷十三,《四部丛刊续编》本。

　　②　(宋)张九成:《悼吕居仁舍人》,《横浦先生文集》卷四,《中华再造善本》第195种影印宋刻本。

　　③　(宋)吕祖谦:《酬上饶徐季益学正》,《东莱吕太史文集》卷一,《宋集珍本丛刊》本。

　　④　(宋)吕本中:《东莱先生诗集》卷首,《四部丛刊续编》本。

　　⑤　(宋)曾几:《读吕居仁旧诗有怀其人作诗寄之》,《全宋诗》第29册,北京大学出版社1998年,第18594页。

可以说,吕本中的诗学观念及精神深深地影响了曾几,曾几又将其传至中兴诗人那里。如陆游就曾说:"晚见曾文清公,文清谓某,'君之诗渊源殆自吕紫微',恨不一识面。"①吕本中去世后,曾几成为诗坛耆宿,陆游曾向他问学,自视"门生"②。陆游本人也提倡养气,并视"气"为诗学创作必须具备的条件,"诗岂易言哉,才得之天,而气者我之所自养。有才矣,气不足以御之,淫于富贵,移于贫贱,得不偿失,荣不盖愧,诗由此出,而欲追古人之逸驾,讵可得哉?"③应当说,陆游的诗论主张与吕本中有很深的渊源。曾几在吕本中的影响下,成为高宗朝后期文化传承的中坚人物,兼通道学与诗学,陆游曾这样评价曾几:"公治经学道之余,发于文章,雅正纯粹,而诗尤工。以杜甫、黄庭坚为宗……诸公继没,公岿然独存。道学既为儒者宗,而诗益高,遂擅天下"④;吕祖谦评价他"涸洙泗之渊源,绝风骚之统盟"⑤,等等,都是从道学与文学并重的角度来评价曾几的,应当说还是比较准确的。

又如绍兴三年(1133)吕本中作《夏均父集序》,标举活法,也有意地向当时及以后的诗人群体提供诗歌写作的技法。刘克庄以为"此序(指《夏均父集序》)天下之至言也,然均父所作,似未能然,往往紫微父自道耳"⑥,说得很有道理。序文给他提供了发表、传播

----

① (宋)陆游:《吕居仁集序》,《陆游集·渭南文集》卷十四,中华书局1976年,第2102页。

② (宋)陆游:《跋曾文清公奏议稿》,《陆游集·渭南文集》卷三十,第2280页。

③ (宋)陆游:《方德亨诗集序》,《陆游集·渭南文集》卷十四,第2104页。

④ (宋)陆游:《曾文清公墓志铭》,《陆游集·渭南文集》卷三十二,第2306页。

⑤ (宋)吕祖谦:《代仓部祭曾文清公文》,《东莱吕太史文集》卷八,《宋集珍本丛刊》本。

⑥ (宋)刘克庄:《江西诗派小序·吕紫微》,丁福保《历代诗话续编》,中华书局1983年,第485页。

自己诗学见解的机会。

汪应辰也从吕本中那里获益良多，其《题吕子进集》有"顷从中书舍人吕公居仁游，公尝言叔祖待制，才高识远"①云云，今《文定集》中有《与吕居仁舍人》书，请教有关《春秋》的问题②。吕本中卒后，汪应辰追忆平昔教诲时说道："接物初无间，微言独得闻。相期深造道，不为细论文。"③"微言"的传授及"造道"的期许，对于汪应辰文学、德行的磨砺都有很深的影响。南宋中期的韩淲有这样的看法："吕居仁舍人、晁以道詹事，皆故家见闻元祐学术，晁复精于训传。后来汪圣锡内翰（汪应辰）曾接吕舍人讲论，最为平正，有任重之意。伯恭得于汪为多。"④韩淲所叙述的，只是文化传承中的一个小脉络而已，在经历汪应辰这一中间环节后，以元祐学术为载体的中原文化学术又传至吕祖谦。吕祖谦在《祭汪端明文》中，对汪应辰在文化传承中的意义进行了高度评价："盖南渡群贤皆在之时，而北方余论未衰之际。款门墙而遍历，跻堂奥而独诣。合诸老之规摹，而融其异同；总一代之统纪，而揽其精粹。"⑤

吕本中身体力行，影响一批人，他们或以文学名家，如曾几；或以道学见胜，如林之奇，但大都出入两派之间，如曾几、张九成、韩元吉、汪应辰，极力扭转学术派别偏见，主张各种学说的融合无间。而且，他们对于气节品行的砥砺，形成了独特的个人魅力，也有助于士人精神导向的确立。士人群体的人格风范无疑是文化精神的

---

① （宋）汪应辰：《文定集》卷十，《丛书集成初编》本。
② （宋）汪应辰：《文定集》卷十六，《丛书集成初编》本。
③ （宋）汪应辰：《挽吕舍人二首》，《文定集》卷二十四，《丛书集成初编》本。
④ （宋）韩淲：《涧泉日记》卷中，上海古籍出版社1993年，第22页。
⑤ （宋）吕祖谦：《东莱吕太史文集》卷八，《宋集珍本丛刊》本。

集中展示,在以吕本中为代表的南渡文人那里,无论世事如何变化,持正守道的君子风范,却是一致的向度。岳珂在看完吕本中的《瞻仰收召二帖》后,感慨道:"中原文献之传,如吕氏一门,道德文章,世载厥媺,固难乎析薪之责也。公在南渡后,岿然灵光,尊王贱霸之一语,著于王言,天下凛然,始知有大义。其正人心、扶世教,功不浅矣!"①"正人心"、"扶世教",概括了吕本中在南渡后为国家建设所做的贡献。再如绍兴八年(1138)汪应辰因反对和议触忤秦桧,奉祠而归,"寓居常山之永年院,蓬蒿满径,一室萧然,饘粥不继,人不堪其忧,处之裕如也,益以修身讲学为事。自是凡三主管崇道观,在隐约时,胸中浩然之气凛然不可屈"②。陆游追述曾几事,云:"某自敕局罢归,略无三日不进见,见必闻忧国之言。先生时年过七十,聚族百口,未尝以为忧,忧国而已。"③

中原文献南传,吕氏之功最著,上文所勾勒的仅是文献南传的一些脉络而已。吕本中在中原文献南传中的意义,南宋中期的韩淲曾有这样的评价:"渡江南来,晁詹事以道、吕舍人居仁,议论文章,字字皆是中原诸老一二百年酝酿相传而得者,不可不讽味。"④韩淲所说的"中原诸老一二百年酝酿相传而得者",正是中原文化,即北宋文化。在中原文化南传中,韩淲还举出了晁以道(晁说之字以道),而晁卒于建炎三年(1129),其文化传承的意义不及吕本中。清人全祖望认为吕本中虽然游历杨时、游酢、尹焞之门,而所守者

---

① (宋)岳珂:《吕居仁瞻仰收召二帖》,《宝真斋法书赞》卷二十五,《丛书集成初编》本。

② (元)脱脱:《宋史》卷三百八十六,中华书局1985年,第11877页。

③ (宋)陆游:《跋曾文清公奏议稿》,《陆游集·渭南文集》卷三十,中华书局1976年,第2279页。

④ (宋)韩淲:《涧泉日记》卷下,上海古籍出版社1993年,第37页。

世传也，"故中原文献之传独归吕氏，其余大儒弗及也"①，也看到了吕氏尤其是吕本中在中原文化传承中的重要意义。除此之外，韩元吉、张九成、朱翌、晁以道等等，也都发挥了重要作用。在多路径的中原文献南传中，以吕本中为中心的传承，无疑是光彩照人的。

　　经过百余年的文化积淀，北宋文化已相当发达，而文化的主要呈现方式有文化主体、文化成果及思想学派等。所有的这些方式都可以通过"中原文献"来概括，所以，看似简单的四个字却有着丰富的涵义，可以是有形的文集、字画，也可以是传承文化的人，但更重要的则是北宋文化精神脉络。对于南渡政权而言，它延续的是赵宋王朝，政统自北宋而来，似乎无可争议，但来自金、伪齐、游寇的威胁，对其至尊地位是一个巨大的冲击。将"中原文献"传至南宋，无疑是南宋正统构建中非常重要的环节，也是文化传承的节点。在这一节点上，包括吕本中在内的南渡诸贤，自觉地承载起了文化传承的使命。

（原载《语文知识》2010 年第 4 期）

---

① 　（清）黄宗羲、全祖望：《宋元学案》卷三十六，中华书局 1986 年，第 1234 页。

吕祖谦的中原文献南传之功

南宋是偏安一隅的王朝,其思想、文学何以如此兴盛? 这兴盛的思想及文学,与北宋时的中原文化有何内在关联? 南宋以降的中国文化格局,为何以南方为重心? 这些问题,都与"中原文献南传"这一命题相关联。中原文献南传,就是有形图籍与北宋学术文化精神,随南渡政权而南移,后散播于江南范围内的江南东路、江南西路、两浙东路、两浙西路、福建路、广南东路等地,形成地域性的文化中心。朝野尤其是世家大族、文化精英等不同主体为中原文献南传做出哪些努力? 本文将目光聚焦于吕氏家族中的另一位成员吕祖谦(1137—1181)身上。

一、"中原文献"之概括

最早对中原文献南传现象予以高度概括的,便是南宋乾、淳时期思想家吕祖谦。他在《祭林宗丞文》中说:"昔我伯祖西垣公躬受中原文献之传,载而之南。裴回顾瞻,未得所付。逾岭入闽,而先生与二李伯仲实来,一见意合,遂定师生之分。于是,嵩洛、关辅诸儒之源流靡不讲;庆历、元祐群叟之本末靡不咨。以广大为心,而陋专门之(暖姝)〔暧昧〕；以践履为实，而刊繁茂之枝叶。"①林宗丞即林之奇，祭文中"伯祖西垣公"即吕本中，林之奇、二李(李柟、李楟)都是吕本中流寓福建时的弟子。从这段祭文中也能看出，吕祖谦所谓的"中原文献"，是一个内涵极为丰富的概念，他虽然列举了以二程为代表的洛学、以张载为代表的关学，以及自庆历、元祐以来文化精英的学术文脉，实质上却涵盖了北宋一代思想文化的精髓。可以说，"中原文献"就是北宋高度凝合的文化内核。

　　吕祖谦"中原文献"之说，其内涵既包括有形的图籍、金石等文化载体，也包括朝廷的典章、制度、家法等政治层面的凭依，更包括无形的学术文化精神。这种界定，更契合宋代历史文化语境中"中原文献南传"的本意。姑举数例，以证其实。中兴诗人陆游为晁公迈诗集作序，指出晁氏家族百余年的文化积淀时，也用了"文献"一词，云："汪洋渟滀，五世百余年，文献相望，以及建炎、绍兴，公独殿其后。"②南宋中期的黄榦为朱熹作行状时，述及朱熹父亲朱松，"自韦斋先生(指朱松)得中原文献之传，闻河洛之学，推明圣贤遗意，日诵《大学》、《中庸》，以用力于致知诚意之地"③。宋末谢枋得在评价南宋后期江西诗派诗人赵蕃、韩淲时，说道："诗有江西派，而文清昌之。传至章泉、涧泉二先生，诗与道俱隆。自二先生没，中原文献无足证，江西气脉将间断矣。"④文清，乃南北宋之交的诗人曾几，章泉即赵蕃，涧泉乃韩淲。以上所举的例证，从时间上横

---

① (宋)吕祖谦：《祭林宗丞文》，《东莱吕太史文集》卷八，《宋集珍本丛刊》本。

② (宋)陆游：《晁伯咎诗集序》，《陆游集·渭南文集》卷十四，中华书局 1976 年，第 2100 页。

③ (宋)黄榦：《朝奉大夫文华阁侍制赠宝谟阁直学士通议大夫谥文朱先生行状》，《勉斋集》卷三十六，影印文渊阁《四库全书》本。

④ (宋)谢枋得：《萧冰崖诗卷跋》，《叠山集》卷九，《四部丛刊续编》本。

跨整个南宋,陆游、黄𠏫、谢枋得所谈的"中原文献",均非图籍资料,而是北宋学术文化的精髓。除了这种历时态的呈现外,地方官在选拔推荐人才时,"中原文献"也是强有力的说辞,如陈傅良在《湖南提举荐士状》中说:"窃见通直郎知潭州长沙县宋文仲,有通务之材而发于谦和,有及物之志而安于静退。盖文仲虽生长南土,其家学则中原文献也。"①此处的"中原文献",指的是延续北宋的学脉;这种说法也为我们把握"中原文献"提供新的观照视角:南宋朝野对"中原文献"关切之深,已成为常态化的思维。

二、吕氏家学的回流

吕祖谦乃吕本中的侄孙(侄吕大器之长子,见下图),曾几之外孙,林之奇、汪应辰之弟子。

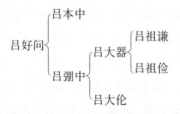

吕祖俭为吕祖谦所作《圹记》中,较早地概括了吕祖谦的学术特点及贡献:"公之问学术业,本于天资,习于家庭,稽诸中原文献之所传,博诸四方师友之所讲,参贯融液,无所偏滞。晚虽卧疾,其任重道远之意达于家政,纤悉委曲,皆可为后世法。"②《宋史·吕祖谦传》中的一段话,评述了吕祖谦的学术渊源、经历和特质:"祖

---

①　(宋)陈傅良:《止斋文集》卷二十,影印文渊阁《四库全书》本。
②　(宋)吕祖俭:《圹记》,《东莱吕太史文集》附录卷一,《宋集珍本丛刊》本。

谦之学本之家庭,有中原文献之传。长从林之奇、汪应辰、胡宪游,既又友张栻、朱熹,讲索益精。"①此评述精炼、到位。无论是《圹记》,还是《宋史》本传,都用到了习(本)于家庭、中原文献之传等关键词;二段文字屡被后世称引。

嗣后的吕祖谦传记大都采用了《宋史》本传之说法,如明人童品在弘治九年(1496)春所作《香溪范先生传》提及吕祖谦,说道:"自孔孟既殁之后,圣贤心学不传,寥寥千百余年矣。至宋仁宗时,有若濂溪周子,得不传之学,倡道于前。河南二程子及横渠张子相继于后,而东南知有圣贤心学实自先生始。呜呼! 不由师传,默契道妙,先生真豪杰之士哉! 厥后东莱吕氏远接中原文献之传,始与紫阳朱子讲道丽泽书院。"②此后,徐象梅《两浙名贤录》所载吕祖谦传记云:"至右丞(吕好问官尚书右丞)从驾南渡,始居金华。谦之学,本诸家庭,得中原文献之传。长从林之奇、汪应辰、胡宪游,既又友张栻、朱熹,讲索益精。"③嗣后徐乾学在所编《资治通鉴后编》中,基本上转录了《宋史·吕祖谦传》的说法:"著作郎兼国史院编修官吕祖谦卒,谥曰成。祖谦学本家庭,有中原文献之传。长从林之奇、汪应辰、胡宪游,而友张栻、朱熹,学以关洛为宗,旁稽载籍,心平气和,不立崖异。"④

---

① (元)脱脱:《宋史》卷四百三十四《吕祖谦传》,中华书局 1985 年,第 12872 页。《宋史》本传与上引《圹记》,应属不同的表述体系,二者并无史源关系。

② (宋)范浚:《范香溪先生文集》卷首,《四部丛刊续编》本影印瞿氏铁琴铜剑楼藏明刊本。

③ (明)徐象梅:《两浙名贤录》卷三《理学·吕祖谦传》,明天启光碧堂刻本,北京大学图书馆藏。

④ (清)徐乾学:《资治通鉴后编》卷一百二十五,淳熙八年七月辛丑条,影印文渊阁《四库全书》本。

黄宗羲、全祖望所编《宋元学案·东莱学案》，几乎照录了吕祖俭《圹记》中的文字："先生文学术业，本于天资，习于家庭，稽诸中原文献之所传，博诸四方师友之所讲，融洽无所偏滞。晚虽卧疾，其任重道远之意不衰，达于家政，纤悉委曲，皆可为后世法。"①"文学术业"中，"文"当是"问"，因声近而误；"融洽无所偏滞"、"任重道远之意不衰"等，或删或增，原意未变。黄宗羲、全祖望引用这段话作为"东莱学案"的总纲，极有眼光，从中可见黄（宗羲）、全（祖望）二人对吕学典范地位的认同，亦体现出他们融合学术流派、重振儒学声望的希冀。"融洽无所偏滞"、"可为后世法"等，诚为吕祖谦学术的精髓。就吕祖谦的学术特质而言，《圹记》的说法确比《宋史》本传凝炼。上述诸说法充分证明：吕祖谦本于家学，"得中原文献之传"，已成定论。吕家"中"字辈的成员中，吕本中允为翘楚，冠盖众兄弟。吕祖谦乃吕本中的侄孙，曾几之外孙，林之奇、汪应辰之弟子。

不过，吕本中在世时，祖谦还不满十岁，尚难亲承叔祖教诲，故他接触、感悟之家学，得之父兄辈为多。祖谦之父吕大器，叔父吕大伦，也是端人正士，守吕氏家学甚谨。绍兴十五年（1145），吕大伦为武义县丞，尝筑豹隐堂于厅西，汪应辰为之记，云："惟吕氏之学，远有端绪，粹然一出于正，为世师表者相继也。而时叙兄弟实谨守其所闻，凡众言之是非，若观火矣，持是而往，所谓孰能御之者欤。"②时叙乃吕大伦的字，从汪应辰所记可以看出大器、大伦截断众流的识见，以及持守家学的精心；他们完全有能力教养吕氏后

---

① （清）黄宗羲、全祖望：《宋元学案》卷五十一《东莱学案》，中华书局1986年，第1653页。

② （宋）汪应辰：《豹隐堂记》，《文定集》卷九，《丛书集成初编》本。

学。除了家学,吕本中朋辈、子弟也都是吕祖谦的良师益友;他们曾受吕本中教益。

吕本中与曾几同岁,都生于熙宁七年(1084),二人曾在诗歌技艺、心性修养等方面进行过往复讨论;林之奇、汪应辰服膺吕本中之学说,乃其入门弟子。吕本中卒于绍兴十五年(1145),是年吕祖谦九岁,正处于童年启蒙教育阶段。叔祖吕本中之德行学养、"不主一门,不私一人,善则从之"的吕氏学风,对吕祖谦有很深的影响。祖孙二人的学术思想可谓一脉相承,有着共同的学术凤求。

比如,吕本中非常强调《易传·大畜》卦辞"君子以多识前言往行,以畜其德",指出"学者非止读诵语言、撰缀文词而已,将以求吾之放心也……所谓识者,识其是非也,识其邪正也。夫如是,故能畜其德。所以言天在山中者,前言往行,无有纪极,故取天之象焉。"①吕祖谦在《易说》也倡导:"多识前言往行,考迹以观其用,察言以求其心,而后德可畜。不善畜,盖有玩物丧志者。"②而究其实,吕本中、吕祖谦之说,本于程颐《伊川易传》:"君子观象以大其蕴畜。人之蕴蓄,由学而大,在多闻前古圣贤之言与行。考迹以观其用,察言以求其心,识而得之,以畜成其德,乃大畜之义也。"③从此例证,可以看出祖孙二人传承、发扬洛学时,尊重原说,不妄加改易,这也是吕氏"中原文献南传"的精义所在。

重气象,重修为,是吕氏家族成员自觉的精神追求。《宋景文公杂志》:"崇政殿说书荥阳吕公希哲尝言:'后生初学,且须理会气

---

①　(宋)吕本中:《童蒙训》卷下,《万有文库》本。

②　《宋元学案》卷五十一·《东莱学案》引《丽泽讲义》,中华书局1986年,第1654页。

③　(宋)程颐:《伊川易传》卷二《大畜传》,《二程集》,中华书局1981年,第828—829页。后吕祖谦编《近思录》时详引此论。

象,气象好时,百事是当。气象者,辞令容止、轻重疾徐,足以见之矣。不惟君子小人于此焉分,亦贵贱寿夭之所由定也。"①吕本中在《紫微杂说》中指出,欲追寻"君子气象",须在性情方面做到"平易安和,无急躁狠戾贪冒之意"②。吕希哲在论述气象时,重在申述其在事功、修养、道德等社会层面的意义;吕本中着意于在性情涵养方面如何做,才能有君子气象,他提供的是指导性的建议。吕祖谦少时卞急,而终能做到"心平气和,不立崖异"③,固然有先圣孔子"躬自厚而薄责于人"的警励,也离不开吕氏家学中对"气象"的追寻、践履。从中亦不难看出,吕氏家族一以贯之的精神风尚。

不过,对一个不足十岁的孩童来讲,未必能深悟叔祖吕本中及家学的广博高妙;祖谦十岁之后便转从曾几、汪应辰、林之奇等人学习。因此,吕祖谦的这一学术路径,某种程度上可以说是递相传授的吕氏之学的回流。

吕本中的老朋友曾几,是吕祖谦的外祖父。陆游是曾几的门生,绍兴间侍游甚密,尝言及彼时的吕祖谦已"卓然颖异"④。吕本中去世后,曾几对外孙关爱有加,至乾道二年(1166)去世时,祖谦已二十岁。汪应辰也是吕本中的弟子,后成为吕祖谦的师长。吕祖谦在《祭汪端明文》中,对汪应辰在文化传承中的意义进行了高度评价:"学则正统,文则正宗"、"盖南渡群贤皆在之时,而北方余论未衰之际。款门墙而遍历,跻堂奥而独诣。合诸老之规摹,而融

---

①　(宋)张镃:《皇朝仕学规范》卷一"为学",《中华再造善本》据国家图书馆藏宋刻本影印。

②　(宋)吕本中:《紫微杂说》,《丛书集成初编》本。

③　(元)脱脱:《宋史》卷四百三十四《吕祖谦传》,中华书局 1985 年,第 12874 页。

④　(宋)陆游:《跋吕伯共书后》,《陆游集·渭南文集》卷三十一,中华书局 1976 年,第 2285 页。

其异同；总一代之统纪，而揽其精粹。"①南宋中期的韩淲有这样的看法："吕居仁舍人、晁以道詹事，皆故家见闻元祐学术，晁复精于训传。后来汪圣锡内翰（汪应辰字圣锡）曾接吕舍人讲论，最为平正，有任重之意。伯恭得于汪为多。"②韩淲所叙述的，只是文化传承中的一个小脉络而已，以元祐学术为载体的中原文化学术，在经历汪应辰这一环节后，又传至吕祖谦。

汪应辰晚年趋向平和谨慎的对金策略，据《中兴遗史》云："初，刘锜都统镇江之军，屡请决战用兵，朝廷犹俟金人先有衅隙，则以兵应之，故未许。锜申请不已，及除制置使，亦申请用兵。一日，汪应辰献复和策，坚执和议，且言国家自讲和至今，未尝有违阙，用兵之议，恐误大计。"③吕祖谦在恢复问题上持论甚谨，也主张方略应当审慎，与汪应辰声气相应。《宋史·吕祖谦传》："除太学博士……添差教授严州，寻复召为博士兼国史院编修官、实录院检讨官。轮对，勉孝宗留意圣学。且言：'恢复，大事也，规模当定，方略当审。陛下方广揽豪杰，共集事功，臣愿精加考察，使之确指经画之实，孰为先后，使尝试侥幸之说不敢陈于前，然后与一二大臣定成算而次第行之，则大义可伸，大业可复矣。'"④

三、传承中原文献的自觉

林之奇字少颖，自号拙斋，学者称三山先生，福州侯官人。绍

---

①　(宋)吕祖谦：《东莱吕太史文集》卷八，《宋集珍本丛刊》本。

②　(宋)韩淲：《涧泉日记》卷中，上海古籍出版社1993年，第22页。

③　(宋)李心传：《建炎以来系年要录》卷一百九十二，绍兴三十一年八月丁未注引，中华书局1956年，第3209页。

④　(元)脱脱：《宋史》卷四百三十四《吕祖谦传》，中华书局1985年，第12872页。

兴二十一年(1151)进士,吕本中寓闽时的弟子。吕祖谦十九岁始受学于林之奇,林去世后,吕祖谦作祭文《祭林宗丞文》追悼先师。该祭文指出:自吕本中→林之奇→吕祖谦,竭力阐扬的学术精神"以广大为心,而陋专门之(暧姝)〔暧昧〕;以践履为实,而刊繁茂之枝叶。"①"以广大为心",必不主一家,调和众学,使经学与史学、文学与理学融通;"以践履为实",则强调务实致用,注重学术的当下意义以求切于实用。向之论述吕本中、吕祖谦生平思想者,屡屡援引此段论述。而详观此祭文,不啻为一篇志在传承"中原文献"的告白:不仅总结了吕本中→林之奇→吕祖谦这一中原文献南传的脉络,而且清楚明白地传达出文化传承的自觉自愿。吕祖谦的中原文献南传之功,此尤大且著者也。

在祭文中,吕祖谦还沉痛地指出,林之奇去世后,"中原诸老之规模,迄不得再白于世",哀悼伤逝的同时,寄寓着他对中原文献传承、再造的隐忧。因祭文本身要契合慎终追远之旨,吕祖谦对林之奇的未终之业和生前之厚望拳拳于心:"某未冠缀弟子之末行,期待之厚,独出于千百人之右。顾谪薄安所取,此实惟我西垣公之故,施及其后人,培植渐被,闵闵焉如农夫之望岁也。齿发日衰,业弗加修,愚不自惜,大惧先生之功力为虚施,每腼然惭、惕然恐也。……惟当与二三子尊所闻,行所知,使先生未伸之志犹有考也。"②自觉地挑起中原文献南传之重担。由此篇祭文亦可看出,吕本中→林之奇→吕祖谦,这一学术传承脉络自然是传统的师承关系延续的通行路径,尤可贵者有二:三代人皆以中原文献南传为

① (宋)吕祖谦:《东莱吕太史文集》卷八,《宋集珍本丛刊》本。吕祖谦绍兴二十五年三月从三山林之奇游学,是年十九岁(吕乔年《吕太史年谱》)。

② (宋)吕祖谦:《祭林宗丞文》,《东莱吕太史文集》卷八,《宋集珍本丛刊》本。

己任；有自觉的担当精神，中原文献之传犹如一场文化接力，每一代人都着意培养托付之人。

《祭林宗丞文》作于淳熙五年（1178）夏，是年吕祖谦四十二岁，距离鹅湖之会三年，距离吕祖谦去世三年。彼时的吕祖谦，学术思想久已自立，"有盛名，从之学者以百数"①，成为与朱熹、陆九渊相颉颃的思想领袖。清代全祖望在《同谷三先生书院记》中指出："宋乾、淳以后，学派分而为三：朱学也，吕学也，陆学也。三家同时，皆不甚合。朱学以格物致知，陆学以明心，吕学则兼取其长，而复以中原文献之统润色之。门庭径路虽别，要其归宿于圣人，则一也。"②无论是吕学，还是朱熹的"理学"、陆九渊的"心学"，其根柢皆源于北宋的程颢、程颐之洛学。

冯友兰认为朱熹继承发展了程颐思想，陆九渊继承发展了程颢思想③。牟宗三在《心体与性体》一书中，将宋明理学分为三系：程颢与周敦颐、张载为一系，下开胡宏、刘宗周；陆九渊、王阳明为一系；程颐与朱熹为一系。在承传二程思想上，陆九渊与朱熹在入德之门、无极太极何谓本体等问题上争执不下，且愈演愈烈，最终导致了淳熙二年（1175）的鹅湖之争。

二程思想一传至尹焞，尹焞再传至吕本中，吕本中三传至吕祖谦。吕祖谦对二程的承传和接受相对完整、全面，这与他务"实"的为学宗旨密不可分："讲实理、育实材而求实用也。盖尝论立心不实，为学者百病之源"④，"学者所以徇于偏见，安于小成，皆是用功

---

①　（宋）陆游：《跋吕伯共书后》，《陆游集·渭南文集》卷三十一，中华书局1976年，第2285页。

②　（清）全祖望：《鲒埼亭集》外编卷十六，《丛书集成初编》本。

③　冯友兰：《中国哲学史》下册第十四章，中华书局1947年，第938页。

④　（宋）吕祖谦：《策问·太学策问》，《东莱吕太史文集》卷五，《宋集珍本丛刊》本。

有不实","致知、力行,本交相发。工夫初不可偏,学者若有实心,则讲贯玩索,固为进德之要"①,"从前贤士大夫,盖有学甚正、识甚明,而其道终不能孚格远近者,只为实地欠工夫"②。

因此,在吕祖谦的理学体系中,"理"可以包容忠、孝、义、敬等伦理道德和礼乐制度,"理之在天下,遇亲则为孝,遇君则为忠,遇兄弟则为友,遇朋友则为义,遇宗庙则为敬,遇军旅则为肃,随一事而得一名,名虽至于千万,而理未尝不一也。"③同时,他又将"心"视为与"理"一样的宇宙本体,"心外有道,非心也;道外有心,非道也。"④将程颢的"心即理"与程颐的"天理"论予以融合,没有出现顾此失彼、"理""心"矛盾的情况。

《答朱侍讲所问》:"论学之难,其高者其病堕于玄虚,就平者其末流于章句。校二者之失,高者便入于异端,平者浸失其传,犹为勤训故,惇行义。轻重不同,然要皆是偏耳。"⑤此番话当别有所指。朱熹、陆九渊二人在论学辩难中,都表现得极为温婉,如朱熹曾委婉地指出吕祖谦格物致知的工夫欠缺:"熹旧读程子之书有年矣,而不得其要,比因讲究《中庸》首章之指,乃知所谓'涵养须用敬,进学则在致知'者,两言虽约,其实入德之门无逾于此。"⑥吕祖谦统合二程之说,深悉二程学说的精义,故能疏离朱、陆的争辩分

---

① (宋)吕祖谦:《与朱侍讲》,《东莱吕太史文集》别集卷八,《宋集珍本丛刊》本。
② (宋)吕祖谦:《与陈正己》,《东莱吕太史文集》别集卷十,《宋集珍本丛刊》本。
③ (宋)吕祖谦:《东莱先生左氏博议》卷三《颍考叔争车》,《丛书集成初编》本。
④ (宋)吕祖谦:《东莱先生左氏博议》卷十《齐桓公辞郑太子华》,《丛书集成初编》本。
⑤ (宋)吕祖谦:《东莱吕太史文集》别集卷十六,《宋集珍本丛刊》本。
⑥ (宋)朱熹:《答吕伯恭》第四书,《朱文公文集》卷三十三,《朱子全书》第 21 册,上海古籍出版社 2002 年,第 1425 页。

歧,能以客观冷静的态度分辨二家之得失。朱熹的格物致知,确失乎章句训诂的琐碎之间;而陆九渊的"心学",易流于空疏幽玄之病。不过,说到底,二家都渊源自二程洛学,并非水火不容。吕祖谦调和朱、陆之争,意在重现二程思想的本原,将洛学发扬光大,这也是他为传承"中原文献"而做的积极尝试。不偏不倚,不主一门,德无常师,这是递相传授的吕氏家学的为学之道;在鹅湖之会中,吕祖谦将此精神积极发挥出来。

对吕祖谦的调和、包容,《东莱学案序录》给予公允的评判:"小东莱之学,平心易气,不欲逞口舌以与诸公角,大约在陶铸同类以渐化其偏,宰相之量也。惜其早卒,晦翁遂日与人苦争,并诋及婺学。而《宋史》之陋,遂抑之于《儒林》。然后世之君子终不以为然也。"①"陶铸同类以渐化其偏",精当地指出了吕祖谦的学术精髓;若将吕希哲、吕本中、吕祖谦以来的学术特质加以贯通,会发现此乃吕氏家学之真精神。

宋代以来,学界对吕祖谦的"陶铸同类以渐化其偏"有极高的评价,认为此乃将学术返归"正"脉的不二法门。陈淳在批评浙学时,特意将吕祖谦与"诸陈"分别对待:"浙中之学有陈吕之别,如吕以少年豪气雄大,俯视斯世,一旦闻周程朱张之说,乃尽弃其学而学焉。孜孜俯首,为圣门钻仰之归。未论所至之何如,只此勇于去邪就正一节,深足为至道者之观,亦吾名教中人。"②李心传云:"东莱之学甚正,而优柔细密之中,似有和光同尘之弊;象山之学虽偏,

---

① (清)黄宗羲、全祖望:《宋元学案》卷五十一《东莱学案》,中华书局1986年,第1652页。

② (宋)陈淳:《答西蜀史杜诸友序文书》,《北溪大全集》卷三十三,影印文渊阁《四库全书》本。

而猛厉粗略之外,却无枉尺直寻之意。"①彭飞为吕祖谦《历代制度详说》作序时说道:"自性理之说兴,世之学者歧道学、政事为两途,孰知程朱所以上接孔孟者,岂皆托之空言? 不如载之行事之深切著明也。紫阳夫子浙学功利之论,其意盖有所指,永嘉诸君子未免致疵议焉。东莱先生以中原文献之旧,岿然为渡江后大宗。紫阳倡道东南,先生实羽翼之。故凡性命道德之源,讲之已洽,而先生尤潜心于史学,似欲合永嘉、紫阳而一之也。"②彭飞指出,吕祖谦对朱熹性理之学和永嘉事功之学兼收并蓄,欲弥合二家之分歧,使大道归一。

全祖望用欣羡的口气说:"吕正献公(吕公著)家登学案者七世十七人。"王梓材列举了吕氏家族的学界精英:"考正献子希哲、希纯为安定门人,而希哲自为《荥阳学案》。荥阳子切问,亦见学案。又和问、广问及从子稽中、坚中、弸中,别见《和靖学案》。荥阳孙本中及从子大器、大伦、大猷、大同为《紫微学案》。紫微之从孙祖谦、祖俭、祖泰又别为《东莱学案》。共十七人,凡七世。"③吕家之所以延续文脉如此之远长,与其学术思想上兼收并蓄的精神有密切关系。吕祖谦之所以在中原文献南传中功德无量,吕氏家学"陶铸同类以渐化其偏"的精神厥功甚伟。发覆其精义,亦本篇命意之所在。

以上所谈吕祖谦的中原文献南传之功,着眼于气象、精神层

① (清)黄宗羲、全祖望:《宋元学案》卷三十《刘李诸儒学案》引,中华书局 1986年,第 1088 页。

② (宋)彭飞:《历代制度详说》原序,《续金华丛书》本。该序作于南宋嘉定三年(1210)。

③ (清)黄宗羲、全祖望:《宋元学案》卷十九《范吕诸儒学案》,中华书局 1986 年,第 789 页。

面,看似无迹可求,却无处不在,是他求学问道、学术切磋的精神纲领,故着力论之。吕祖谦具有中原文献南传的自觉意识,故在具体实践中竭力为此努力,集中体现在文献整理、奖掖培养后劲方面,当另文论述。

（原载《浙江师范大学学报》2015 年第 3 期）

朱松与中原文献之传

南宋中期的黄榦为朱熹作行状时,述及朱熹父亲朱松,"自韦斋先生(指朱松)得中原文献之传,闻河洛之学,推明圣贤遗意,日诵《大学》《中庸》,以用力于致知诚意之地"①,言简意赅地指出朱松在中原文献之传中的实绩——阐扬二程的伊洛之学。黄榦所述朱松之实绩,不全面,不具体;今不避寡陋,综而论之,以就教于方家。

一、朱松为学经历与旨趣

朱松思想的研究,今人赵效宣的概括甚为精当:"朱松为(李)纲之客,与纲志趣相同,亦以身许国之流也。文仿荆公、苏、黄,学本六经、子、史,至二十七八岁后,转治二程子之学,堪称博大精深。"②

朱松最初也是以诗出名,这一点朱熹在其父行状中直言不讳。关于朱松的师友渊源,朱熹在行状中说得很清楚;"既又得浦城萧

---

① (宋)黄榦:《朝奉大夫文华阁待制赠宝谟阁直学士通议大夫谥文朱先生行状》,《勉斋集》卷三十六,影印文渊阁《四库全书》本。

② 《朱子家学与师承》,《宋史研究集》第五辑,国立编译馆1970年,第27页。

公颐子庄、剑浦罗公从彦仲素而与之游,则闻龟山杨氏所传河洛之学,独得古先圣贤不传之遗意,于是益自刻厉,痛刮浮华,以趋本实。"①《宋元学案》卷三十九《豫章学案》朱松小传:"及得浦城萧子庄、剑浦罗仲素而师事之,以传河洛之学,昔之余习尽矣","其所善者,同学李侗、邓启之外,则有胡籍溪宪、刘白水勉之、刘屏山子翚"②。朱松从罗从彦问学,见朱熹《延平先生李公行状》所记:"(李侗)闻郡人罗仲素先生得河洛之学于龟山杨文靖公之门,遂往学焉……熹先君子吏部府君亦从罗公问学,与先生(指李侗)为同门友,雅敬重焉。"③此外,朱熹在《皇考朱府君迁墓记》中也交代其父经历:"政和八年,以同上舍出身授迪功郎、建州政和县尉。承事公(朱松之父朱森)卒,贫不能归,因葬其邑,而游官往来闽中。始从龟山杨氏门人为《大学》《中庸》之学。"④刚好和行状中的文字相弥合,朱松跟从罗从彦、萧颎所学者,正是《大学》《中庸》。朱松转治二程伊洛之学的时间,应在北宋宣和年间,他自述求学经历及学术旨趣如下:

> 某少而苦贫,束发入乡校,从乡先生游学,为世俗所谓科举之文者,藐然儿童尔。又方汲汲进取,校得失于豪釐间,然独喜诵古人文章,每窃取其书玩之,矻矻而不知厌。乡先生呵而楚之,不为改也。于是时,固已厌薄其学,以为无所用于世,

①　(宋)朱熹:《皇考左承议郎守尚书吏部员外郎兼史馆校勘累赠通议大夫朱公行状》(以下简称《皇考朱公行状》),《朱文公文集》卷九十七,《朱子全书》第25册,上海古籍出版社2002年,第4506页。

②　(清)黄宗羲、全祖望:《宋元学案》,中华书局1986年,第1294页。

③　(宋)朱熹:《朱文公文集》卷九十七,《朱子全书》第25册,第4517—4520页。

④　(宋)朱熹:《朱文公文集》卷九十四,《朱子全书》第25册,第4341页。

而无足尽心也。既冠,试礼部,始得谢去场屋。中更忧患,端居无事,复取六经诸史与夫近世宗公大儒之文,反复研核,尽废人事,夜以继日者余十年。其于古今文章关键之阖开,渊源之渟滀,波澜之变态,固已得其一二矣。间尝自念士之于学,要以求为圣人而后止,推所以善其身者以治天下国家,此岂口耳笔墨之蹊径所能至哉!①

在朱松看来,程氏之学推本子思、孟轲,以《中庸》为宗,其精髓在于:"达天德之精纯,而知圣人之所以圣;诚意正心于奥突之间,而天下国家所由治;推明尧舜三代之盛,修己以安百姓,笃恭而天下平者,始于夫妇而其极也,察乎天地,此程氏之学也。"②朱松以《大学》内圣、外王的八条目来理解程氏之学,也就是从心性修养的角度,强化儒学道德本位,认为只要通过格物致知正心诚意,解决了个人的道德修养问题,就可以顺理成章地解决自然、社会、人生的一切问题,即由"内圣"必然能开出"外王"。此时,朱松已经研习理学近十年,他的思想基本成熟,他对诗歌的看法也发生了很大的转变,如在《上赵漕书》中他表达了对唐代诗人的看法:"夫自诗人以来莫盛于唐,读其诗者皆粲然可喜,而考其平生,鲜有轨于大道而厌足人意者。其甚者,曾与闾阎儿童之见无以异。此风也,至唐之季年而尤剧,使人鄙厌其文,惟恐持去之不速。"③朱松非议唐代

---

① (宋)朱松:《上谢参政书》,《韦斋集》卷九,《四部丛刊续编》本。按,谢参政,指谢克家,字任伯,上蔡(今属河南)人,绍圣进士。建炎四年(1130)官参知政事。朱松此书当作于建炎南渡之后。
② (宋)朱松:《上谢参政书》,《韦斋集》卷九,《四部丛刊续编》本。
③ (宋)朱松:《韦斋集》卷九,《四部丛刊续编》本。

诗人的原因,便是他们平生鲜有合于大道者,这一非议也就暗示了他的人生重心、诗歌写作,必然会转到"道"本上来。

傅自得曾从朱松学诗,在《韦斋集序》中批评当下文士时说道:"公之于诗文可谓至矣!今世能言之士,非不多也,然浅则及俚,华则少实。是无他,徒从事于末而不知其本之过也。"为什么朱松的文章能达到如许高度呢?傅自得的解释:"公幼小喜读书缀文,冠而擢第,未尝一日舍笔砚。年二十七八,闻河南二程先生之遗论,皆先贤未发之奥,始捐旧习,朝夕从事于其间。既久而所得益深,故发于诗文,自然臻此,非有意于求其工也。"①由此可知,朱松学术之本,实为二程的学术思想,也就是理学。

朱熹在其父行状中,也追述了朱松由专意诗文到"痛刮浮华,以趋本实"的经历:

> 少长,游学校,为举子文,即清新洒落,无当时陈腐卑弱之气。及去场屋,始放意为诗文,其诗初亦不事雕饰,而天然秀发,格力闲暇,超然有出尘之趣。远近传诵,至闻京师,一时前辈以诗鸣者,往往未识其面而已交口誉之。其文汪洋放肆,不见涯涘,如川之方至而奔腾瀺灂,浑浩流转,顷刻万变,不可名状,人亦少能及之。然公未尝以是而自喜。一日喟然顾而叹曰:"是则昌矣,如去道愈远何?"则又发愤折节,益取六经、诸史、百氏之书,伏而读之,以求天下国家兴亡理乱之变,与夫一时君子所以应时合变、先后本末之序,期于有以发为论议,措之事业,如贾长沙、陆宣公之为者。既又得浦城萧公颎子庄、

---

① (宋)朱松:《韦斋集》卷首,《四部丛刊续编》本。

剑浦罗公从彦仲素,而与之游,则闻龟山杨氏所传河洛之学,独得古先圣贤不传之遗意。于是益自刻厉,痛刮浮华,以趋本实。①

朱松转治理学后,积极昌明伊洛之学,这在他的诗文中有不少例证。《送仲猷北归二首》之一:"一丘胸次有余师,空此淹留岁月迟。黄墨工夫怜我倦,箪瓢风味要君知。新诗落笔惊翻水,俗学回头笑画脂。伊洛参同得力句,还家欲举定从谁。"②同样是激励后学要以圣学工夫为本,昌明伊洛之学,在日常践履中识得孔颜乐处。在《寄陈蹈元》诗中,朱松写道:"我生少所可,靡靡世一律。如君素心人,指不三四屈。久与宵人游,归卧常自失。效尤起媿心,阿意增美疾。低回强酬酢,高论形敢出。缅怀参同子,蚤入伊洛室。闻道既先我,论诗又奇崛。纵横谈天口,卓荦扛鼎笔。胜我何足云,论交敢自必。桓公肯见规,寡过行有日。书来约过从,一笑破萧瑟。新凉宜灯火,永夜勘书帙。岂无一尊酒,少促软语膝。更呼小丛歌,未怕官长诘。跋予占骑气,千岭秋回郁。着鞭及清境,滟滟月华溢。"③从诗歌内容来看,陈蹈元乃二程门人,"闻道既先我,论诗又奇崛",是对陈蹈元的评价,从中可以看出,"道"与"诗"是朱松极为看重的两项素养。

朱松自始至终没有放弃对诗歌创作的追求,有诗云:"表里江湖眼界新,解夸奇观属诗人。要须一醋三江水,净洗多生舌本尘。"④从

---

① (宋)朱熹:《皇考朱公行状》,《朱文公文集》卷九十七,《朱子全书》第 25 册,第 4506 页。

② (宋)朱松:《韦斋集》卷四,《四部丛刊续编》本。

③ (宋)朱松:《韦斋集》卷三,《四部丛刊续编》本。

④ (宋)朱松:《松江三首》之二,《韦斋集》卷五,《四部丛刊续编》本。

这首诗可以看出朱松对诗歌的定位:解夸奇观。又如:"沙界豪端
久自知,笔锋一戏更何疑。江南春色花千里,幻入幽人半幅诗。"①
"江南风物略知津,便觉诗成笔有神。不向九江看五老,故应犹未
是诗人。"②这些诗歌也清晰地表现了朱松本人对于诗歌的钟情。
在对后辈的教导中,他主张"圣学"、"文字"兼重,在《送祝仲容归新
安》中写道:"历乱百忧心,漂零一涯天。读礼不盈尺,眼萎坐自怜。
君来访安否? 春风柳吹绵。篝灯语平生,惝恍夜不眠。那知岁月
度,但怪冰雪坚。感君怀亲意,使我泪贯泉。高堂急荣养,躬耕恨
无田。笔端日五色,气压诸生前。圣门要钻仰,至味研简编。经纶
出绪余,文字忘蹄筌。他年闲击竹,妙契琴无弦。此时一瓣香,竟
为何人然。江湖多北风,怀哉归袖翩。刮目看奋飞,此道更着
鞭。"③诗歌勉励祝仲容砥砺圣学,以古人自期,在心性涵养方面勇
猛精进。朱松平衡诗、道关系的方法,便是道本文末论。

二、朱松之托孤

朱松娶祝氏,建炎四年(1130)儿子朱熹出生。朱熹周岁时,其
父朱松所作诗:"行年已合头颅颒,旧学屠龙意转疏。有子添丁助
征戍,肯令辛苦更冠儒。"④从这首诗可看出朱松对儿子并未寄予
厚望:有子添丁、成年后保家卫国足矣,不要做读书人! 在流徙飘

---

①　(宋)朱松:《和几叟秋日南浦十绝句简子庄寄几叟》之九,《韦斋集》卷五,《四部
丛刊续编》本。
②　(宋)朱松:《杂小诗八首》之四,《韦斋集》卷六,《四部丛刊续编》本。
③　(宋)朱松:《韦斋集》卷三,《四部丛刊续编》本。
④　(宋)朱松:《洗儿二首》之一,《韦斋集》卷六,《四部丛刊续编》本。

零中,朱松备尝艰辛,他将自己痛苦的经历投射在儿子身上,故不愿儿子重操儒业。

绍兴十年(1140)之后,朱松屏居福建建溪之上,"日以讨寻旧学为事,手抄口诵,不懈益虔。盖玩心于义理之微而放意于尘垢之外,有以自乐澹如也。旧喜赋诗属文,至是,非有故不徒作,乃其文气则更为平缓,而诗律亦益闲肆,视诸少作,如出两手矣"①。在他生命的尽头,"手书告诀所善胡公宪原仲、刘公勉之致中、刘公子翚彦冲,属以其子;而顾谓熹往受学焉"②。胡宪、刘勉之、刘子翚三人皆福建建安地区的理学精英,与朱松志同道合,故在临终之际,嘱咐儿子朱熹师事之。

朱松托孤的说法,源自朱熹所作《皇考朱公行状》(上文已引)。这种表述,在朱熹所作《籍溪先生胡公行状》《屏山先生刘公墓表》《自论为学工夫》等文中反复述及,没齿不忘。现择要予以引录:

> 先生(胡宪)所与同志唯白水先生,既与俱隐,又得屏山刘公彦冲先生而与之游,更相切磨,以就其学。而熹之先君子亦晚而定交焉。既病且没,遂因以属其子。故熹于三君子之门皆尝得供洒扫之役,而其事先生为最久。③

> 盖先人疾病时,尝顾语熹曰:"籍溪胡原仲、白水刘致中、

---

① (宋)朱熹:《皇考朱公行状》,《朱文公文集》卷九十七,《朱子全书》第25册,上海古籍出版社2002年,第4514页。

② (宋)朱熹:《皇考朱公行状》。

③ (宋)朱熹:《籍溪先生胡公行传》,《朱文公文集》卷九十七,《朱子全书》第25册,第4505页。作于淳熙五年(1178)七月。

屏山刘彦冲，此三人者，吾友也。其学皆有渊源，吾所敬畏。
吾即死，汝往父事之，而惟其言之听，则吾死不恨矣。"熹饮泣
受言，不敢忘。既孤，则奉以告于三君子而禀学焉。①

又：

初师屏山、籍溪。籍溪学于文定，又好佛老，以文定之学
为论治道则可，而道未至。然于佛老亦未有见。屏山少年能
为举业，官莆田，接塔下一僧，能入定数日。后乃见了老，归家
读儒书，以为与佛合，故作《圣传论》。其后屏山先亡，籍溪在。
某自见于此道未有所得，乃见延平。②

后之《宋史·朱熹传》《宋史·胡宪传》《宋元学案》都转袭了这
一说法。朱松临终之际，将儿子教育之责托付给刘勉之、刘子翚、
胡宪三人，将家事托付给刘子羽。刘子羽为朱家母子筑室绯溪，平
居蔬食。据《鹤林玉露》记载："初，文公之父韦斋疾革，手自为书，
以家事属少傅。韦斋殁，文公年十四，少傅为筑室于其里，俾奉母
居焉。少傅手书与白水刘致中云：'于绯溪得屋五间，器用完备，又
于七仓前得地可以树，有圃可蔬，有池可鱼，朱家人口不多，可以
居。'"③朱熹为刘子羽所作神道碑中说："吾早失吾父，少傅公实

① （宋）朱熹：《屏山先生刘公墓表》，《朱文公文集》卷九十，《朱子全书》第24册，
第4167—4168页。
② （宋）黎靖德：《朱子语类》卷一百四《朱子一·自论为学工夫》，中华书局1986
年，第2619页。
③ （宋）罗大经：《鹤林玉露》甲编卷二"子弟为干官"条，中华书局1983年，第
24页。

收教之。"①少傅乃刘子羽之赠官,朱熹在文字中追忆刘子羽的教养之恩。

对朱松之托孤,黄百家有一段评述:"程太中能知周子而使二子事之,二程之学遂由濂溪而继孟氏。朱韦斋能友延平与刘、胡三子,而使其子师之,晦翁之学遂能由三子而继程氏。卓哉二父,巨眼千古矣!"②在黄百家看来,朱松命儿子朱熹师事刘勉之、刘子翚、胡宪,和程珦嘱程颢、程颐师事周敦颐一样,都是儒学发展史上的佳话;且前后有承继关系,二程继承了孟子千载不传之学,朱熹又继承了程氏性理之学。

三、朱松学术思想对朱熹的影响

朱松以传承伊洛之学为己任,上文已有所论及。在二程之学传承过程中,杨时是关键人物,他是道南学派的创始人。朱松为杨时之子杨迪所作墓志铭中,对道学统系有所概述。

> 初,熙宁中,河南二程先生绍绝学于孟氏不传之余,四方学者顾俗学而自悼,游其门者惟恐后,独徽猷与二三公号入室。公方游太学,声出等夷,一旦弃不顾,抱经游于伊川之门,以邈然少年周旋群公之间,同门之士咸敛手以推先。伊川少然可,雅器许公。……二程先生既没,天下师尊其道者推杨

---

① (宋)朱熹:《少傅刘公神道碑》,《朱文公文集》卷八十八,《朱子全书》第24册,第4100页。

② (清)黄宗羲、全祖望:《宋元学案》卷三十九《豫章学案》,中华书局1986年,第1297页。

氏,谓徽猷公龟山先生,不敢名。而公负超诣绝人之资,克世
其学,虽世之望公也则亦然。……予不及识公,自来闽中,多
从龟山门下士游。间论近世学者,至公,皆曰"吾不及也"。①

传主乃杨迪,故文中极力称颂其思想成就,这也是墓志铭的文
体使然。值得注意的是,朱松所总结的道统谱系:孟子→二程→杨
时等程门高弟,这样的道统谱系乃南渡后思想界之共识,对后来朱
熹产生了直接的影响。

前文所引朱熹为其父所作《行状》《迁墓记》中,朱松转向伊洛
之学,并精研《大学》《中庸》。这一点,在朱松的文章中有充足的体
现——认为《大学》《中庸》为修德之门径。朱松《答庄德粲秀才
书》:"然近世《大学》之道芜废,士无贵贱,徇世相师,千百一范,莫
知孰使陶之者,不自量其愚不肖,窃有怜之之意。……《礼记》多鲁
诸儒之杂说,独《中庸》出于孔氏家学。《大学》一篇,乃入道之门。
其道以为欲明明德于天下者,在致知格物以正心诚意而已。其说
与今世士大夫之学大不相近,盖此学之废久矣。……以吾友之明,
苟以德为车而志气御之,则朝发轫乎仁义之途,而夕将入《大学》之
门,以躏《中庸》之庭也。"②

朱熹作《四书章句集注》,将《大学》《中庸》置于《论语》《孟子》
之前。朱熹对《大学》《中庸》的重视,有多方面的原因,其父亲朱松
的影响是不可忽视的一个方面。

在论古学与今学方面,朱松也颇有见地。朱松《上唐漕书》:

---

① (宋)朱松:《杨遵道墓志铭》,《韦斋集》卷十二,《四部丛刊续编》本。
② (宋)朱松:《韦斋集》卷九,《四部丛刊续编》本。

"盖尝窃怪先王之时，其士君子皆敦厚朴实，温然而自重，富贵利禄若不足以介其意。而后之君子仿佛其余风者，何其少也！其一时号为名卿才大夫者，名虽满于天下，而道不足以善当世之俗；势虽临于一时，而德不足以悚来世之风。上下相持以入于弊，而风声气俗不可复振，无足怪者。……后世不然，上之则有科举诱之于前，使之决道义之藩，以阿世俗之所好；下之则有荐举推之于后，使之圆廉耻之隅，以徇私意之所欲。其间固不能无卓然自信，异于孟子所谓凡民者，然积习日久，百世一范，而犹责其有为于世，其亦疏哉！"①

又，《论时事劄子》："在古先哲王，既以建德敦化，尊尚名节以励风俗、明人伦，必先求魁磊骨鲠、沉正不回之士，置之朝廷。平居无事，正色立朝，则奸萌逆节销伏于冥冥之中。一朝有缓急，则奋不顾身以抗大难，亦足以御危辱陵暴之侮。是以神器尊严，基祚强固，由此道也。"②论述国士之责，砥砺名节以化风俗，奋不顾身以纾国难；显然，朱松对国士的要求对当下的政治文化极具蹈厉发扬意义。

朱熹积极阐发"古之学者为己，今之学者为人"的当下意义，主张为学要向涵养心性方面努力。在《漳州龙岩县学记》中，朱熹写道："夫所谓圣贤之学者，非有难知难能之事也。孝弟、忠信、礼义、廉耻以修其身，而求师取友、诵诗读书以穷事物之理而已。"③又，《鹤林玉露》甲编卷二"能言鹦鹉"条："上蔡先生云：'透得名利关，方是小歇处。今之士大夫何足道，真能言之鹦鹉也。'朱文公曰：'今时秀才，教他说廉，直是会说廉；教他说义，直是会说义，及到做

---

① （宋）朱松：《韦斋集》卷九，《四部丛刊续编》本。
② （宋）朱松：《韦斋集》卷七，《四部丛刊续编》本。
③ （宋）朱熹：《朱文公文集》卷七十九，《朱子全书》第24册，第3764页。

来,直是不廉不义。'此即所谓能言鹦鹉也。夫下以言语为学,上以言语为治,世道之所以日降也,而或者见能言之鹦鹉,乃指为凤凰鸑鷟,惟恐其不在灵台灵囿间,不亦异乎?"①

朱松对建炎南渡初年国势的判断以及对李纲的赞赏,都影响了朱熹。朱松《上李丞相书》:"有宋之盛,万里一姓,垂二百年,一时人材,尺寸短长,皆得自效,而贤知妄庸杂处于其间,皆可以安坐谈笑而取富贵,其于士大夫可谓无负矣。顷者京师之变,虏人轻去巢穴,犯吾国都,其势至逆也。四方按兵相视,莫肯攘袂争先,以决一旦之命。而涂地之余,徇死贪生、交臂以事寇仇者,非失职不逞之徒,皆朝坐燕与、谋帷幄而柄庙堂者也。大义不明而风节沦丧,自开辟以来,亦有甚于此者欤! 则夫明君臣之义以厉天下,必有命世之杰焉以倡之。非仆射,吾谁望邪? 恭惟仆射相公始为史官,方朝廷以言为讳,指陈阙失,奸谀震动,遂得罪以去。又归而为侍从,当宗庙社稷危疑翩杌之际,不动声气,亲决大策,既已庶几于再造王室矣。至靖康、建炎之初,群邪并进,争为误国之计以售其奸。独仆射所建白皆天下国家所以安危之大计,至今焯然在人耳目。"②

李纲任相仅七十五天,但在建立纲纪、维系秩序等方面卓有建树,对此,朱熹有精到的评述:"方南京建国时,全无纪纲。自李公入来整顿一番,方略成个朝廷模样。如僭窃及尝受伪命之臣,方行诛窜;死节之臣,方行旌恤。然李公亦以此去位矣。"③对李纲的人

---

① (宋)罗大经:《鹤林玉露》甲编卷二"能言鹦鹉"条,中华书局1983年,第29页。

② (宋)朱松:《韦斋集》卷九,《四部丛刊续编》本。

③ (宋)黎靖德:《朱子语类》卷一百三十一《本朝五·中兴至今日人物上》,中华书局1986年,第3139页。按,吕中《大事记》云:"当上即位之初,误国之臣不可用,伪命之臣不可用,张、赵之德望未孚,天下人望所归者,李公一人而已。"(《建炎以来系年要录》引,中华书局1956年,第122页)

品与德业,朱熹也有高度的评价,云:"如李公之为人,知有君父而不知有其身,知天下之有安危而不知其身之有祸福,虽以谗间窜斥,屡濒九死,而其爱君忧国之志,终有不可得而夺者,是亦可谓一世之伟人矣!"①

诗乃朱家事,朱松、朱熹父子对诗歌的喜好,却不是大方干脆地说出口,总给人以欲罢不能、欲说还休之感,说到底还是程门"作诗妨道"的思想在作祟。朱松后来虽转向伊洛之学,但终其一生并未放弃诗歌的写作。《韦斋集》现存古诗、律诗、绝句共六卷,总体特点是幽远淡泊。朱松在自述中多次提到自己思想转变的过程,这一转变又恰与诗歌创作紧密关联,《上赵丞相劄》中有这样一段话:

> 某自儿童,知喜文艺。年及冠,去场屋,未尝一日而舍笔研也。流落僻左,中原贤士大夫之所不至,徒景慕古人而无师友之益,落笔纚纚自喜,心知去道益远,未始以为是也。行年二十七八,闻河南二程先生之余论,皆圣贤未发之奥,始捐旧习,被除其心,以从事于致知诚意之学。虽未能窥其藩篱,然自是所为文,视十年之前,无十之三四。甲寅之秋,身罹大难,荼毒流离,自分必死,而又尽室饥寒之忧,朝不谋夕,事之可以分其思虑者,未易以一言尽也。于是视十年之前,无十之一二。盖今箱箧之间,偶免于覆瓿者,皆少作可愧无用之词。去夏蒙朝廷收召,寄家建州之浦城。乏赁仆之费,仅能襆被以

---

① (宋)朱熹:《邵武军学丞相陇西李公祠记》,《朱文公文集》卷七十九,《朱子全书》第24册,上海古籍出版社2002年,第3782页。

来,书史不能携一字,而况少作可愧无用之词乎! 相公稍宽旬月之谴,已走仆喻妻孥,使掇拾草稿以来,当缮写以尘燕几。①

赵丞相即赵鼎,绍兴四年(1134)九月拜相。甲寅,即绍兴四年;本年三月,朱松为秘书省正字,秋天所遭大难,所指何谓,有待查考。赵鼎任相,第一次自绍兴四年九月至绍兴六年十二月;第二次自绍兴七年九月至绍兴八年十月。朱松以荐者得召,特改左宣教郎,为秘书省校书郎,在绍兴七年八月②。以朱松所记,被召在夏(四、五、六月),而朝廷任命已在秋八月。据此可推断朱松上赵鼎书,当作于绍兴八年正月至十月间。朱松也是赵鼎执政期间竭力汲引的贤才之一,故朱松不加隐秘地向举主吐露心曲。此段文字,可谓朱松对自我人生经历所进行的深度剖析:二十七八岁之前,浸染文艺;宣和五年、六年(1123、1124),朱松得闻二程学说,始由专精文艺转向正心诚意之学;绍兴四年(1134),朱松三十八岁,在道学方面更为精深,文艺方面在学术生命中的比重很低,不到"十之一二"。这段学术思想的剖析,比之前文所引《上谢参政书》《皇考朱公行状》都具体,可以补足朱松学术思想历程中的关键脉络。

细味文字,可知赵鼎要取阅朱松文字,朱松手头没有,便派仆从回建州浦城去取,可以肯定所"掇拾草稿"中,必有所谓"可愧无用之词",也就是诗歌。同样,在《上赵漕书》中,朱松再次提到呈献漕臣诗歌合集:"料理十数年所学为古、律诗五七言若干篇,缮写尘献。"③

---

① (宋)朱松:《上赵丞相劄》,《韦斋集》卷七,《四部丛刊续编》本。
② (宋)李心传:《建炎以来系年要录》卷一百十三,中华书局1956年,第1825页。
③ (宋)朱松:《上赵漕书》,《韦斋集》卷九,《四部丛刊续编》本。

在行事风格方面,朱松对朱熹也产生了直接影响。黄宗羲在《豫章学案》"韦斋语"后的案语中说道:"豫章称韦斋才高而智明,其刚不屈于俗,故朱子之学虽传自延平,而其立朝气概,刚毅绝俗,则依然父之风也。"①黄宗羲这段话颇有见地,家学因素为我们了解朱熹的思想渊源提供了新思路:朱松刚毅绝俗的气质潜移默化地影响了朱熹,父子间具有相似的风概。

朱松所作《上时事劄子》:"为待时之说者,病其玩日愒岁而至于媮;喜进取之谋者,病其行险妄动而及于败。二者不能相通而常处其一偏,是以成功不可见而偏受其弊。臣尝为之说曰:莫若自治以观衅。"②这段文字被朱熹录入《皇考朱公行状》中,可见他对父亲该言论的重视。在绍兴八年(1138)前后的和战论争中,朱松这种态度鲜明、不偏不倚的立场,生动地诠释了"刚毅绝俗"的风范。他这种"自治以观衅"的政见,后来也不自觉地影响了朱熹,如:

> 如本朝靖康虏人之祸,看来只是高宗初年,乘兀术、粘罕、斡离不及阿骨打未死之时,人心愤怒之日,以父兄不共戴天之仇,就此便打送了他,方快人意。孝宗即位,锐意雪耻,然事已经隔,与吾敌者,非亲杀吾父祖之人,自是鼓作人心不上。所以当时号为端人正士者,又以复仇为非,和议为是。而乘时喜功名轻薄巧言之士,则欲复仇。彼端人正士,岂故欲忘此虏?

① (清)黄宗羲、全祖望:《宋元学案》卷三十九《豫章学案》,中华书局1986年,第1296页。
② (宋)朱松:《韦斋集》卷七,《四部丛刊续编》本。该劄当作于绍兴九年(1139)左右,因其中有"日者伪刘之废,中原之衅"语,伪齐被废在绍兴七年十一月,八年本已商定的宋金和议、归还中原,却因绍兴九年(1139)金国内讧再起兵端。

盖度其时之不可,而不足以激士心也。①

　　今朝廷之议,不是战,便是和;不和,便战。不知古人不战不和之间,亦有个且硬相守底道理,却一面自作措置,亦如何便侵轶得我！今五六十年间,只以和为可靠,兵又不曾练得,财又不曾蓄得,说恢复底,都是乱说耳。②

　　从以上言论可以看出,朱松、朱熹父子在和战问题上是比较审慎、辩证的。

　　朱松的人脉资源泽及朱熹者,便是傅自得父子。傅自得曾为朱松文集作序,后傅自得儿子傅伯寿又请朱熹为其父作行状,朱熹坦言傅自得"知顾甚厚"③。

　　泉州石井有二朱先生祠,傅伯成作祠堂记云:"绍兴初,故吏部郎朱公松为镇,士向慕之。故侍讲赠太师谥文熹后二十年来官同安,间至镇,与镇之长上访父时事。嘉定中,镇官游绛于镇西为书院,绘二先生像而祠焉。"④傅伯成乃傅自得之子,傅自得尝为朱松文集作序,傅、朱二家有通家之旧。

四、朱熹及后学对朱松的塑造

　　在朱松历史地位的确定过程中,朱熹是最关键的因素:父以

---

　　①　(宋)黎靖德:《朱子语类》卷一百三十三《夷狄》,中华书局1986年,第3199页。
　　②　(宋)黎靖德:《朱子语类》卷一百三十三《夷狄》,第3200页。
　　③　(宋)朱松:《傅公行状》,《朱文公文集》卷九十八,《朱子全书》第25册,上海古籍出版社2002年,第4552页。
　　④　(宋)祝穆:《新编方舆胜览》卷十二,中华书局2003年,第213页。

子贵①。元人刘性至元三年(1337)五月为韦斋集作序时说:"朱文公之书,在天下所谓家传而人诵之矣,独《韦斋集》四方罕见。"②朱松《韦斋集》到元代已罕有流传,刘性之所以搜罗刊刻《韦斋集》,还是因朱熹而及朱松。刘性所述的理由如下:

> 窃惟孔孟之道,至程子而复明,至朱子而大明。夫人有一行之善、一艺之美,未有不本于父兄师友者,而况于道有以参天下之运,学有以绍前圣之统者乎? 程太中能知周子,故二程之学继孟氏;韦斋能友延平,故朱子之学继程氏。则韦斋之书,学者可不学乎? 窃窥韦斋笃志于伊洛之学,其视游、杨、罗、李,孰敢议其先后,若文词字画,又于荆公、苏、黄皆取法焉,岂不以学之大有既推原探本而极其端矣。至于曲艺小伎,亦莫不各有理而尽其心焉,不专一门而惟是之从也。文公集群儒之大成,绍周、程之正统,而于熙宁、元祐诸公之是非得失,则未尝有所偏主焉,岂亦本于家学而然欤!③

从刘性所作序可以看出,到至元三年(1337),由周、程开启,经道南一派之传承,至朱熹之集大成,这种道学统绪已经固化。刘性特拈出固化的道统体系,既彰显了朱松颉颃游、杨、罗、李的思想史意义,又说明不专一门乃朱松、朱熹父子学术思想的基本精神。

检点朱松一生,其诗歌成就不容小觑。傅察之子傅自得曾随陈与义学诗,这一诗歌爱好是傅自得推尊朱松的重要原因,在《韦

---

① 黄宗羲在《豫章学案》"献靖朱韦斋先生松"中指出朱松"后以子贵,赠通议大夫,谥献靖"(《宋元学案》卷三十九,中华书局1986年,第1294页)。
②③ (元)刘性:《韦斋集序》,《韦斋集》卷首,《四部丛刊续编》本。

斋集序》中说：

> 故吏部员外郎韦斋先生朱公，建炎、绍兴间，诗声满天下，一时名公巨卿，交口称荐，词人墨客，传写讽诵如不及。予少时学诗，尝以作诗之要扣公，公不以辈晚遇我，而许从游，间宿于闽部宪台从事官舍之东轩。夜对榻语，蝉联不休，比晨起，则积雨初霁，西风凄然，公因为予举简斋"开门知有雨，老树半身湿"，及韦苏州"诸生时列坐，共爱风满林"之句。且言古之诗人贵冲口直致，盖与彭泽"把菊东篱下，悠然见南山"同一关楗。三人者，出处穷达虽不同，诵此诗则可见其人之萧散清远，此殆太史公所谓难与俗人言者。予时心开神会，自是始知为诗之趣。别去未几，而公下世。①

傅自得自少时勤学苦读，博通六经子史，又尝得陈与义、李邴指教，文章"气骨雄健而关键谨严，波澜浩溔而语意精切"②；在诗歌方面，得陈与义、朱松沾溉者甚多。朱松以特定情境、典型诗例教授诗法：所举陈与义"开门知有雨，老树半身湿"（《休日早起》）及韦应物"诸生时列坐，共爱风满林"（《善福精舍示诸生》），契合眼前秋风萧瑟、夜雨初霁之境。这种临境授学的方式，让傅自得豁然开朗，悟得作诗三昧。建炎绍兴间，陈与义诗已卓然名家③，朱松知

---

① （宋）傅自得：《韦斋集序》，《韦斋集》卷首，《四部丛刊续编》本。

② （宋）朱熹：《傅公行状》，《朱文公文集》卷九十八，《朱子全书》第 25 册，上海古籍出版社 2002 年，第 4551 页。

③ 绍兴元年（1131）周紫芝逃难时所携带的八种唐宋文人诗集，其中就有陈与义诗集（《诗八珍序》，《太仓稊米集》卷五十一，影印文渊阁《四库全书》本），参见拙文《记忆、视野与文学典范化——以周紫芝对张耒诗的接受为中心》，《郑州大学学报》2014 年第 4 期。

悉陈与义之诗亦在情理之中。不过,傅自得自幼随陈与义习诗,"遭乱离,转侧兵间,遇父友故参知政事陈公与义于岭右,陈公奇爱之,坐之膝,抚其顶曰:'长必以文名天下。'因自诵其诗之杰句以诏之。公时虽幼,已悉领解。年十四,赋《玉界尺》诗,语意警拔。"①傅自得童年时期诵习陈与义诗的经历,朱松自然熟悉,故其教导时充分发挥这一优势,点拨开化。

在朱松学术思想地位的确立过程中,朱熹做了极大的努力。庆元五年(1199)十二月,也就是朱熹去世的前一年,他写下了《皇考朱公行状》,记述了父亲朱松一生行实,并用饱含深情的文字概括了父亲的品性:"然(秦)桧遂掩己失而冒以为功,公夺主权,肆然无复有所忌惮矣。公固不能复为之屈,遂自请为祠官,屏居建溪之上,日以讨寻旧学为事,手抄口诵,不懈益虔。盖玩心于义理之微而放意于尘垢之外,有以自乐澹如也。旧喜赋诗属文,至是,非有故不徒作,乃其文气则更为平缓,而诗律亦益闲肆,视诸少作,如出两手矣。然公自是不复起,年未五十而奄至大故,善人之类,莫不伤之。其后十余年间,桧遂专国秉,大作威福,诸与公同时被逐之人,大者削籍投荒,小亦弃置闲散。迄桧死败,其幸存者乃起复用,或至大官,而公皆已不及见矣。呜呼! 熹尚忍言之哉!"②

在这段文字中,有朱熹思想的投射:沉潜于义理之学后,文章更为平淡闲雅,这也是他自己切身体悟后对父亲诗文的深度理解;在仕途方面朱松坎坷不平,朱熹何尝不是,因此能对父亲的出处大

---

① (宋)朱熹:《傅公行状》,《朱文公文集》卷九十八,《朱子全书》第 25 册,上海古籍出版社 2002 年,第 4541 页。

② (宋)朱熹:《皇考朱公行状》,《朱文公文集》卷九十七,《朱子全书》第 25 册,上海古籍出版社 2002 年,第 4514 页。

略更具了解之同情。故行状结尾的几句话,值得玩味:"刻辞颂美,以表于神道,用敢追述其平生论议行实之大者如右,以请于当世立言之君子,伏惟幸垂听而择焉。"①父亲一生怎么样? 有哪些刻石铭记的大节? 政治功业、义理之学、诗文创作究竟何者能成为铭刻颂美的部分? 父亲学术思想的历史地位如何? 这些问题盘旋在朱熹脑海中,上引文字在写作程式上当属于套语,但朱熹却不落俗套,将父亲朱松的历史地位堂而皇之地拿出来,请立言君子来抉择。

当是时,朱熹的学术思想早已纯熟,他熟谙北宋五子以来的学术源流,在学术思想脉络的梳理中,关键人物就好似珠串上的粒粒珍珠。晚年朱熹更具有强烈而明确的脉络史意识,但在如何评定父亲朱松的问题上,他却陷入了困惑。朱松官至承议郎,仕途施展之时,遭遇秦桧专权,政治功业戛然而止;论学术思想,朱松虽皈依伊洛之学,却并无专门的学术论著,传世的《韦斋集》十二卷多以诗文为主,作诗妨道,这些反而成了道学中人的修"道"障碍。朱熹最终抛开了顾虑,从议论建言、行实风范角度,再现了父亲一生的节义风操。所以,在这篇行状中,保留了很多上书、奏劄,基本上都是客观实录。应该说,朱熹在写这篇行状时,先前关于父亲能否青史留名的顾虑荡然无存,因为他坚信:节义风操作为道学的根本精神,同样可以垂范天下。

朱松为学经历和旨趣——沉潜于伊洛之学而终不废诗,体现出不专一门的精神,而这种精神恰是中原文献的要义。朱松得中

---

① (宋)朱熹:《皇考朱公行状》,《朱文公文集》卷九十七,《朱子全书》第25册,第4516页。

原文献之传,阐扬伊洛之学不遗余力;他在中原文献南传中的实绩,尤宜表而彰之。朱松学术思想、行事风格等对朱熹都产生直接的影响,父子之间呈现出清晰的学术传承脉络的印记,他们均有传承中原文献的自觉意识。

两宋之际文人视野中的"伊川学"

    南北宋之交是理学发展史上非常关键的时段:一方面朝廷对理学的政策不断反复,时禁时崇,在去取中理学经历了复杂的发展轨迹;另一方面,理学在变幻的政治文化生态中,禁止也罢,推崇也好,始终保持向上一路。处于上升期的理学,引起了当时文人的关注,他们在诗词中记录下理学发展过程中的蛛丝马迹,留下了丰富而生动的思想史片段。

    两宋之际的文人对理学既然有所关注,那他们对理学究竟持一种什么态度?对理学的发展趋势又有何评价?文学作品中的记录与实际的理学史是否有出入?本文将以吕本中、陈与义、张元幹等人的文学作品为实例,剖析文人视界中的理学发展态势。三人均活跃于北宋徽、钦两朝及南宋高宗朝,都是当时重要的文学家;检讨他们对理学的认识,将这些认识看作一个连贯的系列,试图还原理学发展的动态过程。况且,这种检讨,也能为我们提供一种看待理学的新视角:文人对当下思想态势有及时、正面的回应,绝非被动接受,他们的主动参与,才促成了"伊川学"的发展壮大。理学新文化的兴盛,同样离不开文人的广泛参与。

一

在进入正式讨论之前,有必要对几个概念稍加辨析:理学、洛学、伊川学。无论是洛学还是伊川学,都是理学发展过程中重要的组成部分。洛学以地域命名,主要代表人物是程颢、程颐二兄弟,与其相类似的概念有张载的关学、周敦颐的濂学等。伊川学则以人命名,指的程颐之学;它看似比洛学的内涵要小一些,因程颢之学没被包含进去。实际上,在两宋之际的思想文化语境中,"伊川学"就是洛学的代名词。

宋徽宗崇宁二年(1103),朝廷禁锢元祐学术,禁止士庶传习诗赋;本年四月,追毁程颐出身以来文字,限制程颐之学的传播。在此情况下,程颐迁居洛阳龙门之南,阻止四方学者来问学,云:"尊所闻,行所知可矣,不必及吾门也。"①直到宋钦宗即位,朝廷才解除元祐学术之禁。在这一时期,理学的发展状况究竟如何呢?

朝廷禁元祐学术,推崇的是王安石新学,当此时,思想界形成新学独霸的局面。其他的学术思想都处于极其边缘化的状态,理学亦然。因张载、程颢的先后辞世,程颐成为北宋后期理学的领军人物,"伊川学"正是在与王安石新学的暗斗中形成的。据朱弁《曲洧旧闻》记载:

> 崇宁以来,非王氏经术皆禁止,而士人罕言。其学者号"伊川学",往往自相传道,举子之得第者,亦有弃所学而从之

---

① (宋)程颢、程颐:《二程集·伊川先生年谱》,中华书局2006年,第345页。

者。建安尤盛。①

朱弁交代了"伊川学"的学术宗旨(不尊王氏经学)、学术传承的方式(自相传道),以及"伊川学"在北宋徽宗朝的发展状况;"建安尤盛"一语,显然是有所比较后做出的判断。据《宋史·地理志》建州辖建安、崇安、瓯宁等七县,朱弁所说的"建安",乃建州之古称,因建州在历史上被称为建安郡②。南渡昌明洛学的领军人物杨时、胡安国均来自福建路,其中的崇安乃胡安国、胡宏父子的家乡,与建州毗邻的南剑州乃杨时、陈渊师徒的家乡。朱熹早年的三位老师刘勉之、胡宪、刘子翚均为建安人,他们基本上都是在北宋政和、宣和时期转向伊洛之学,实可为"自相传道"的注脚。"举子之得第者,亦有弃所学而从之者",也就是放弃王氏经学,改从程氏之学,朱松即为一例。朱熹在其父行状中,追述了朱松由学"举子文"到以伊洛之学为依归的经历:

> 少长,游学校,为举子文,即清新洒落,无当时陈腐卑弱之气。及去场屋,始放意为诗文。其诗初亦不事雕饰,而天然秀发,格力闲暇,超然有出尘之趣。远近传诵……然公未尝以是而自喜,一日喟然顾而叹曰:"是则昌矣,如去道愈远何?"则又发愤折节,益取六经、诸史、百氏之书,伏而读之,以求天下国家兴亡理乱之变,与夫一时君子所以应时合变、先后本末之序,期于有以发为论议,措之事业,如贾长沙、陆宣公之为者。

---

①　(宋)朱弁:《曲洧旧闻》卷三,中华书局2002年,第123—124页。

②　(元)脱脱:《宋史》卷八十九《地理志》,第2208页。

> 既又得浦城萧公颐子庄、剑浦罗公从彦仲素,而与之游,则闻龟山杨氏所传河洛之学,独得古先圣贤不传之遗意。于是益自刻厉,痛刮浮华,以趋本实。①

朱松生于绍圣四年(1097),他在乡校的时间正值元祐学术被禁之时,学校所谓"举子文",必然与王安石新学相关,他于重和元年(1118)同上舍出身,也即朱弁所谓"举子之得第"。随后,他经过一番摸索,结识了萧颐、罗从彦,从而得知杨时乃理学之正宗,最终走上了昌明理学之路。

上引朱弁的说法是否可信呢? 政和四年(1114)秋,吕本中亦有类似的见解。在《别后寄舍弟三十韵》中,他说道:

> 惟昔交朋聚,相期文字盟。笔头传活法,胸次即圆成……吾衰足欹壖,汝大不敧倾。莫以东南路,而无伊洛声。②

诗歌绝大篇幅探讨诗歌写作问题,不妨视作吕本中诗学心得的一次集中总结。结尾"莫以东南路,而无伊洛声",包含了极重要的理学史信息。

吕本中所谓的"东南路"指哪一区域呢? 相对于汴京而言,江南东路、两浙路、福建路均在京师的东南方向,故概而言之。政和年间杨时在两浙路的萧山、毗陵等地授学,福建路的罗从彦不辞辛劳来求学,吕本中本人也于政和年间向杨时求教问学。根据他的

---

① (宋)朱熹:《皇考朱公行状》,《朱文公文集》卷九十七,《朱子全书》第 25 册,第 4506 页。

② (宋)吕本中:《东莱先生诗集》卷六,《四部丛刊续编》本。

所见所闻,向其弟述说"伊川学"在东南一带自相传授的实际状况。此乃吕本中对伊洛之学发展形势的判断,东南一带的"伊川学"不可小觑,这也恰好可以印证朱弁《曲洧旧闻》中所谓北宋末伊洛之学"自相传道"的说法。

二

北宋后期"伊川学"处于"自相传道"的状态,有效地延续了学脉,保存了有生力量。建炎南渡后,伴随着朝廷"最爱元祐"导向的确立,"伊川学"从被禁中解脱,迎来发展的春天。

建炎元年(1127)八月,朝廷召谯定入朝,当时许景衡、吴给、马伸等皆在朝廷任要职,标志着"伊川学"进入政治话语中。李心传对此有一番评述:"(许景衡、吴给、马伸)皆号得(程)颐之学,已而传之浸广,好名之士多从之,亦有托以自售于时,而诚真者寡矣。"[1]李心传作为理学中人,他的概括有一定道理,但理学之外的文人,是如何看待南渡后"伊川学"的发展态势呢?

陈与义并不是理学家,但他的诗却记录了理学的发展状况,成为思想史上难得的映像。《无题》云:

> 六经在天如日月,万事随时更故新。江南丞相浮云坏,洛下先生宰木春。孟喜何妨改师法,京房底处有门人。旧喜读书今懒读,焚香阅世了闲身。[2]

---

① (宋)李心传:《建炎以来系年要录》卷八,中华书局1956年,第200页。
② (宋)陈与义:《陈与义集》卷十七,中华书局1982年,第273页。

"无题"并非真的没有题目,而是"有所避"①。南宋的胡稚在对陈与义诗的笺注中指出:"江南丞相"指王安石;"洛下先生"指二程。胡稚的笺完成于绍熙元年(1190),上距陈与义去世五十余年,时间间隔并不是很长,所笺典实出处、时事及友朋赠答极为详切。因此,他对"江南丞相"、"洛下先生"的笺释是可信的;"浮云坏"、"宰木春",两个极有倾向性的比喻,表明了王安石新学、二程之学在南宋初年的发展状况,前者渐趋暗淡,后者欣欣向荣,这也符合当时的思想文化导向——尊程抑王。

紧接着的两句"孟喜何妨改师法,京房底处有门人",接续上两句的意思,进一步说明王氏后学、程氏门人的政治命运。孟喜、京房事,见《汉书》卷八十八《儒林传》。"孟喜何妨改师法",当指王安石后学尤其是吕惠卿、蔡京辈,肆意曲解附会新学,变乱法度,最后落得什么下场呢? 建炎之后,朝廷对王安石新学持贬抑态度,王氏后学受到排挤。"京房底处有门人",当指二程门下有传人,同样是建炎之后,"伊川学"被解禁,杨时、谯定、胡安国等程门高弟开始在政治生活中崭露头角。

胡稚在笺注中还说道:"此诗意为王氏、程氏发也。宣和五、六年间,先生与内翰綦公叔厚(即綦崇礼)俱为太学博士,道合志一,力救文弊,黜三舍偶俪体,去王氏之论,而尊用程氏。稍索理致,为一时之法。参政周公葵,时为诸生,专取先生之文,以为准的,士类归之。后人唯知渡江后赵元振(赵鼎)尊尚程氏,殊不知陈、綦二公实有以唱之也。"②胡稚根据宣和年间陈与义的作为,作出判断:陈

---

① (宋)陆游:《老学庵笔记》卷八,中华书局1979年,第108页。
② (宋)陈与义:《陈与义集》卷十七,中华书局1982年,第273页。

与义尊程反王。

陈与义写作《无题》诗的时间，在建炎南渡后；此时，王安石新学独霸的局面已被打破，"伊川学"、新学的发展状况都有了一百八十度的转向：程氏洛学在走上坡路，王氏新学在走下坡路。陈与义注意到思想文化界的这一动向，并行诸诗文。最后两句表明了作者的态度，"旧喜读书今懒读，焚香阅世了闲身"，值得玩味：思想界的此消彼长，心里很明白，但陈与义却很淡然，仿佛这一切与他无关，故冷眼旁观而已。

陈与义的实例说明：南宋初年思想界的更新过程中，程氏"伊川学"成为与王安石新学直接对阵的派别，主动承担起排斥新学的要务。"伊川学"尽管处于上升的发展势头，但有部分文人并不倾心于它，保持思想的独立，高蹈纷争之外。这类独立派文人，着实让人惊叹。当然，理学家对陈与义"中立"的表现非常不满。据《朱子语类》记载，刘叔通屡屡推举陈与义的这首《无题》诗，朱熹则说："此诗固好，然也须与他分一个是非，始得天下之理，那有两个都是，必有一个非。"①朱熹批评陈与义不分是非，言外之意，也替陈与义没有心仪"伊川学"感到惋惜。

三

南渡之后，理学迎来发展的大好时机，但其发展并不是一帆风顺的。伊洛之学声势的壮大，在"伊川学"之外的人看来，有重现王安石新学"党同之弊"的苗头，故而引起儒学内部的警觉。于是，便

---

①　(宋)黎靖德：《朱子语类》卷一百四十《论文下》，中华书局1986年，第3331页。

有了绍兴六年(1136)十二月陈公辅请禁"伊川学"事件。

陈公辅的奏疏,《建炎以来系年要录》有详细的记载,引次如下:

> 朝廷所尚,士大夫因之;士大夫所尚,风俗因之,此不可不慎也。国家嘉祐以前,朝廷尚大公之道,不营私意,不植私党,故士大夫以气节相高,以议论相可否,未尝互为朋比,遂至于雷同苟合也。当是时,是非明,毁誉公,善恶自分,贤否自彰,天下风俗,岂有党同之弊哉? 自熙丰以后,王安石之学,著为定论,自成一家,使人同己。蔡京因之,挟绍述之说,于是士大夫靡靡党同,而风俗坏矣。仰惟陛下天资聪明,圣学高妙,将以痛革积弊,变天下党同之俗,甚盛举也。然在朝廷之臣,不能上体圣明,又复辄以私意取程颐之说,谓之伊川学,相率而从之。是以趋时竞进,饰诈沽名之徒,翕然胥效,倡为大言,谓尧、舜、文、武之道传之仲尼,仲尼传之孟轲,孟轲传之程颐,颐死无传焉。狂言怪语,淫说鄙喻,曰:"此伊川之文。"幅巾大袖,高视阔步,曰:"此伊川之行也。"能师伊川之文,行伊川之行,则为贤士大夫,舍此皆非也。臣谓使颐尚在,能了国家事乎? 取颐之学,令学者师焉,非独营私植党,复有党同之弊,如蔡京之绍述,且将见浅俗僻陋之习,终至惑乱天下后世矣。……唯不背圣人之意,则道术自明,性理自得,故以此修身,以此事君,以此治天下国家,无乎不可矣! 毋执一说,遂成雷同,使天下知朝廷所尚如此,士大夫所尚亦如此,风俗自此皆知复祖宗之时。此今之务,若缓而急者。[1]

---

[1] (宋)李心传:《建炎以来系年要录》卷一百七,中华书局 1956 年,第 1747—1748 页。

陈公辅的主要目的,是希望朝廷禁锢"伊川学",杜绝"尚同"之弊。按照他的分析,自熙宁以来,朝廷定王安石新学于一尊,士大夫党同伐异,风俗败坏,气节沦丧。前车之鉴,后事之师,当下"伊川学"也有"党同"之嫌,应当防患于未然。这便是陈公辅的基本逻辑,也是南渡初年朝廷上下的惯性认知:王安石及其新学乃北宋亡国的祸源。在这种惯性思维的作用下,一切与王安石新学有关或者具有相似发展趋向的思想、观念,自然会刺激到朝廷敏感的神经,自然也会受到抑制。所以,陈公辅的奏疏很快得到朝廷的批复,"辅臣进呈张浚,批旨曰:'士大夫之学,宜以孔、孟为师,庶几言行相称,可济时用。览臣僚所奏,深用怃然,可布告中外,使知朕意。'"①这一事件表明,伊洛之学所建构的道统体系(由孔、孟至二程),在向官方迈进的道路上受阻。陈公辅奏疏的第二段,选取了时下流行之说:"然在朝廷之臣,不能上体圣明,又复辄以私意取程颐之说,谓之伊川学,相率而从之。是以趋时竞进,饰诈沽名之徒,翕然胥效,倡为大言,谓尧、舜、文、武之道,传之仲尼,仲尼传之孟轲,孟轲传之程颐,颐死无传焉。"陈公辅选取的这种说法,应该是当时理学内部通行的道统谱系。

陈公辅的奏书,得到朝廷的批准。这一事件引起轩然大波,胡安国、尹焞、张元幹等人都有所回应。

绍兴七年(1137)正月,胡安国上疏,主张将程颢、程颐、邵雍、张载四人封爵祀典。奏疏云:

> 士以孔孟为师,不易之至论。然孔孟之道久矣,自程颐始

---

① (宋)李心传:《建炎以来系年要录》卷一百七,中华书局1956年,第1748页。

发明之,而后其道可学。而至今使学者师孔孟,而禁不得从颐之学,是入室而不由户也。……自嘉祐以来,颐与兄颢及邵雍、张载,皆以道德名世,如司马光、吕大防,莫不荐之。颐有《易》《春秋传》,雍有《经世书》,载有《正蒙书》,惟颢未及著书,望下礼官,讨论故事,加此四人封爵,载在祀典,比于荀、杨之列。仍诏馆阁裒其遗书,以羽翼六经,使邪说不得作而道术定矣。①

与陈公辅请禁"伊川学"的建议针锋相对,胡安国不仅希望朝廷提升理学四子(程颢、程颐、邵雍、张载)的地位,还明确主张"定道术"。

绍兴七年(1137)二月,尹焞应诏赴行在,行至九江,听到陈公辅请禁伊川学的消息后,尹焞多次上辞呈,不赴诏命,云:"学程氏者,焞也。"张浚虽"显言其学行,请趣召之,(尹)焞犹不至"②。

胡安国、尹焞均为理学中人,他们的反应都是针锋相对的。下面我们将目光转向张元幹——一个非理学中人,看他有何反应?张元幹写了一首《水调歌头·送吕居仁召赴行在所》,词云:

> 戎虏乱中夏,星历一周天。干戈未定,悲咤河洛尚腥膻。万里两宫无路,政仰君王神武,愿数中兴年。吾道尊洙泗,何暇议伊川! 吕公子,三世相,在凌烟。诗名独步,焉用儿辈更毛笺。好去承明谠论,照映金狨带稳,恩与荔枝偏。回首东山路,池阁醉双莲。③

---

① (宋)李心传:《建炎以来系年要录》卷一百八,中华书局1956年,第1755—1756页。

② (宋)李心传:《建炎以来系年要录》卷一百十一,中华书局1956年,第1802页。

③ (宋)张元幹:《芦川词》卷上,上海古籍出版社1991年,第64页。

　　这便是张元幹对陈公辅请禁"伊川学"积极的回应。吕居仁，即吕本中，吕希哲之孙，两宋之际著名诗人。在这首送别词的上阕中，张元幹记述了中原板荡以来军国形势及思想状况。

　　"洙泗"，本指洙、泗二水，流经山东曲阜，因孔子曾在此讲学传道，向来被誉为文化道统之渊薮；此处的"伊川"，指理学家程颐。"吾道尊洙泗，何暇议伊川"便导源于陈公辅请禁"伊川学"这一历史语境中。他认为：现在正值中兴恢复的大好时机，哪有功夫对"伊川学"说长道短呢？况且程颐是得孔、孟之真传的。"吾道尊洙泗，何暇议伊川"，张元幹对"吾道"的定位，表明了文人的看法："伊川学"本来就是正宗的儒学，它承孔孟之学而来；那么，它的合理性就毋庸置疑。张元幹本人并非理学中人，他的看法却表明："伊川学"作为儒学的正宗，在当时获得有识文人的认同。研究宋代思想史者，不可不重视此类只言片语，它对我们勾勒思想史之实况及进程，有直截了当的意义。

　　本文选取了理学发展史上的三个片段，剖析了文人视界中的"伊川学"的发展态势。这些生动的历史细节，不仅有助于我们把握文学史中丰富的思想史印迹，还提供了观照思想史的新视角。而且，将文学史与思想史进行交叉研究，必然会深化、丰富我们对古代文学、思想史的认识，并推动各专门之学的沟通与互动。

（原载《中国典籍与文化》2011 年第 4 期）

宋代陶渊明接受史上的别调

在陶渊明的接受史上，宋代无疑是非常关键的时段；经过苏轼、朱熹等人的努力，陶渊明的经典地位被确立。人们通常以为，宋代文人对陶渊明无不顶礼膜拜，似乎举世崇陶。实际上，南宋初年就曾出现过非议渊明的别调，甚至引发了激烈的争论，成为陶渊明接受史上的插曲。探讨这一插曲发生的历史语境及具体过程，对于我们深入把握陶渊明接受史及南宋初年的思想文化态势，不无裨益。

一

谈及宋代的陶渊明接受史，无法绕过苏轼的崇陶及和陶诗，学界对此已有充分的研究[①]。陶渊明自然真率的人生境界、仕隐自如的处世态度以及冲淡质朴的文风，成为苏轼追慕的对象。此后

---

① 张宏生：《苏东坡的和陶诗》，载《徐州师范学院学报》1984 年第 1 期；萧庆伟：《论苏轼的和陶诗》，载《中国韵文学刊》2000 年第 2 期；李剑锋：《苏轼〈和陶诗〉深层意蕴探论》，载《九江师专学报》2002 年第 3 期；袁行霈：《论和陶诗及其文化意蕴》，《中国社会科学》2003 年第 6 期等。

黄庭坚等人尚友渊明①,崇陶热依然在持续。至宋徽宗朝,不少文人游离于政局之外,其心境与陶渊明有相通之处,如吕本中在《读陶元亮传》中,鲜明地表达"我爱陶彭泽"②的立场;谢逸绝意仕进,对于陶渊明的任真亦极力推崇,云:"初不求世售,世亦不我贵。意到语自工,心真理亦邃。……我欲追其韵,恨无三尺喙。嗟叹之不足,作诗示同志。"③陶渊明成为一种精神象征,任真、高洁、远韵;文人对陶渊明的推崇,正是对这种精神的认同。

　　应当说明的是,在整个宋代,对陶渊明的接受中,推崇、认同始终是常调。不过,南宋初年的一些文人,在陶渊明评价问题上,却有过激烈的讨论与争辩。争论双方对陶渊明或褒或贬,各执一词。这到底是一场什么样的争论呢?

　　绍兴五年(1135)四月二十四日,杨时卒。杨时的身后事,由其首座弟子兼女婿陈渊料理。陈渊对杨时的碑传文字相当重视,先是请吕本中撰写行状,一年之后,又请当世名儒胡安国写墓志铭。绍兴六年(1136)左右,胡安国、胡宁、胡宏父子三人与陈渊就杨时墓志铭的遣词立意发生了争论,争论的焦点便涉及双方对陶渊明的不同认识。这一争论,为我们了解陶渊明接受史提供了生动的历史片段,但至今尚无学者作专门的讨论④。

----

　　①　(宋)黄庭坚:《宿旧彭泽怀陶令》:"向来非无人,此友独可尚。"(《山谷诗集注》卷一,《黄庭坚诗集注》,中华书局2003年,第58页)

　　②　(宋)吕本中:《东莱先生诗集》卷一,《四部丛刊续编》本。王兆鹏《吕本中年谱》将此诗系于大观二年即1108年(《两宋词人年谱》,文津出版社1994年,第332页)。

　　③　(宋)谢逸:《读〈陶渊明集〉》,《溪堂集》卷一,《宋集珍本丛刊》本。

　　④　李剑锋在《元前陶渊明接受史》一书中,详细地论述了陶渊明在宋代接受的情况,其中设专节讨论"理学家与陶渊明典范地位的确立"(齐鲁书社2002年,第347—362页);对南宋初年文人从"道义"、任事角度评价陶渊明的现象,该书并未论及。

胡安国撰写的杨时墓志铭中,有一段文字记述其家世、履历:

公讳时,字中立,姓杨氏。既没逾年,诸孤以右史吕本中所次《行状》来请铭。谨按,杨氏出于弘农,为望姓,五世祖唐末避地闽中,寓南剑州之将乐县,因家焉。公资禀异甚,八岁能属文。熙宁九年,中进士第,调汀州司户参军,不赴。杜门积学,渟滀涵浸,人莫能测者几十年。久之,乃调徐州司法。丁继母忧,服阕,授虔州司法。公烛理精深,晓习律令,有疑狱,众所不决者,皆立断。与郡将议事,守正不倾。罹外艰,除丧,迁瀛州防御推官。知潭州浏阳县,安抚使张公舜民以客礼待之,漕使胡师文恶公之与张善也。岁饥,方赈济,劾以不催积欠,坐冲替。张公入长谏垣,荐之,除荆南教授,改宣德郎,知杭州余杭县,迁南京宗子博士。会省员,知越州萧山县,提点均州明道观、成都府国宁观,后例罢。差监常州市易务,公年几七十矣。是时天下多故,或说当世贵人,以为事至此必败,宜力引耆德老成,置诸左右,开导上意,庶几犹可及也。则以秘书郎召,到阙,迁著作郎。及对,陈儆戒之言,除迩英殿说书。①

应该说,胡安国的写作完全符合墓志铭的体例,杨时的生平职任大体上已经交代清楚。不过,上文引述的是墓志铭的定稿,而在初稿中,"差监常州市易务"下,原本是"不就"二字,并没有"公年几七十矣"句。

---

① (宋)胡安国:《杨文靖公墓志铭》,《伊洛渊源录》卷十,《丛书集成初编》本。

陈渊与胡安国对"不就"二字的理解,有很大分歧。监常州市易务,为监当官(别名管库),负责平抑常州的物价、保障商品流通。陈渊对"差监常州市易务"的来龙去脉,进行了详细的辩解。杨时于宣和四年(1122)罢祠禄官后,生活一度陷入贫困之中。在朝的郭慎求就为他求得监常州市易务这一差遣。不料,这一官阙已经除授他人,杨时只能待阙,不过他反应很平淡,说道:"非见阙,固于吾事无济,然市易事,吾素不以为然。纵便得禄,其可就乎?"①至宣和五年(1123)秋,监常州市易务还是没有空阙。到了宣和六年(1124),在朝臣傅国华的再三举荐下,杨时才以秘书郎应召。陈渊要申述一个事实:"差监常州市易务",不是杨时"不就",不出来任职,而是没有现阙可任。

陈渊之所以花气力陈述这一事实,因为他有顾虑:在胡安国所写杨时墓志铭中,监常州市易务,是监当小官,杨时拒绝就任;而秘书郎乃京朝官,杨时从命应诏。这种记述容易给人一种坏印象——杨时贪恋名位。所以,陈渊坚持要求删掉"不就"二字。

对于陈渊的要求及申述,胡安国有什么回应呢? 在回复陈渊的书信中,他说道:"只如差监市易务事,乃平生履历,故不可阙。若据龟山所言,却甚明白,虽书'不就',无害也。但《行录》(笔者注:即吕本中所写的行状)乃言不欲为市易官,于语脉中转了龟山之意,却似嫌其太卑冗而不为,须当削去'不就'二字。夫'年已七十,欲为筦库',即见得遗佚阨穷不悯怨之意,正要此一句用,岂可不书乎?"②由此可以看出,胡安国的着眼点并不在"不就"的取舍

---

①　(宋)陈渊:《又论龟山墓志中事书·差市易务事始末》,《默堂先生文集》卷十七,《四部丛刊三编》本。

②　(宋)胡安国:《答陈几叟书》,《伊洛渊源录》卷十,《丛书集成初编》本。

上,而是在差监市易务事上;也就是说,"不就"二字可以删去,但年七十而欲为监当之差,足见杨时不鄙小官,体现了君子固穷的精神气度。所以,差监常州市易务事,无论如何不能缺省。

陈渊、胡安国在"不就"二字上的讨论,基本上还停留在行实本身。陈渊援引了杨时生前的言行,说明差监市易务的实际情况;行实如此,胡安国最终还是同意删去"不就"二字。但这并不表明,围绕"不就"二字的争论就此结束。

值得注意的是,胡安国所言"遗佚阨穷不悯怨",语出《孟子·公孙丑上》,以柳下惠"不羞污君,不卑小官,进不隐贤"比附杨时。而且,在杨时墓志铭的结尾处,有"果何求哉!心则远矣"句①,实际上以陶渊明高远的气象来想见杨时之贤。胡安国的这番好意,引起陈渊激烈的辩解,胡宁、胡宏也加入争论之中。至此,讨论的中心内容已转移到对历史人物——陶渊明的评价上。

二

胡宁、胡宏参与讨论的资料,今仅存于《龟山志铭辩》(杨时号龟山)中。他们二人写给陈渊的书信,今已亡佚;在陈渊的回信中尚留得只言片语。仅就管见所及,勾勒双方争论的梗概,并探究争论的深层原因。

---

① 原文如下:"平生居处,虽敝庐厦屋,若皆可以托宿,未尝有所羡而求安也。故山之田园,皆先世所遗,守其世业,亦无所营增豆区之入也。老之将至,沉伏下僚,阨穷遗佚,若将终身焉。子孙满前,每食不饱,亦不改其乐也,然则公于斯世所欲不存,果何求哉!心则远矣。凡训释论辩以辟邪说,存于今者,其传寖广,故特载宣和末年及靖康之初诸所建白,以表其深切著明。"(《杨文靖公墓志铭》,《伊洛渊源录》卷十)

针对胡安国以柳下惠、陶渊明来比附杨时，陈渊提出了自己的看法：

> 前书谓"陶公何讥焉"者，盖谓秦、汉以来，道义不明，诸子百家各怀私见，故虽如陶公之贤，亦未尝子细观，诚有见焉，非妄说也。若以为雅意素有所主，即弃官为是，如此则晨门、荷蓧、长沮、桀溺之流，不经圣人指点，谁敢以为非乎？……伯夷、柳下惠，孔子皆以为贤，孟子亦曰："其趋一也，何高下之辨乎？"故论其高，渊明乃千载之士。论其是，古人轨辙较然，亦可见也。龟山婺州之任，未尝从辟，盖方是时，饥饿不能出门户，帅司以摄阙员耳。仕固有为贫者，未易疵也。但尊丈既以柳下惠许之，不当更引渊明例耳。①

在这段叙述中，陈渊花了极大工夫评述前贤，不过最后两句，即"既以柳下惠许之，不当更引渊明例"，才表明他真实意图，他认为杨时对道义的持守与柳下惠对直道的坚持尚有可比性，与陶渊明精神则不相合。话外之意，杨时"不就"市易务，完全不同于陶渊明不为五斗米折腰；陈渊之所以一再要求删去"不就"二字，也正因为担心他人将先师杨时与陶渊明相比附。

"陶公何讥焉"，乃胡宁信中语。他对陈渊讥讽、批评陶渊明极为不解，故有此疑问。胡宁之弟胡宏也有类似疑问。对此，陈渊作

---

① （宋）陈渊：《答胡宁和仲郎中书》，《默堂先生文集》卷十七，《四部丛刊三编》本。按，朱熹认为，胡安国将杨时比附柳下惠还是比较切合的，云："惟胡文定以柳下惠'援而止之而止'比之，极好。"（《朱子语类》卷一百一《程子门人·杨中立》，中华书局1986年，第2573页）又说："伯夷微似老子。胡文定作《龟山墓志》，主张龟山似柳下惠，看来是如此。"（同上）

何解答呢？他的目的是说明杨时乃行义达道之人，与陶渊明不可同日而语。原文如下：

> 令弟（指胡宏）又荷录示疑问，至感至感。"果何求哉，心则远矣。"此两句极幽远有味，连上文读至此，语若不足，意已独至，盖不必稽之陶公而后得龟山之为人也。陶公于此，功名富贵诚不足以累其心，然于道其几矣，于义则未也，岂可与行义以达其道者同日语哉！孟子论伊尹之取与，既以谓"合于道"，又以谓"合于义"，其论养气，既以谓"配道"，又以谓"配义"，此理恐陶公所未讲也。何则？仕为令尹，乃曰徒为五斗米而已。一束带见督邮，便弃官而归，其去就果何义乎？孔子之言《易》曰："和顺于道德而理于义，体用不分而动静一如矣。"自圣学不传，学者各任其意，则有舍义而言道者，佛之徒是也。陶公何讥焉，恐不可以龟山为比。如后来再问心远，所对数条，鄙意以谓以语陶公，犹未到他履践处，况于龟山？此盖老人恐学者不悟其语，故为是委曲辨析之词，未敢闻命。①

在陈渊看来，《墓志铭》中"果何求哉，心则远矣"虽有幽远之意，但以杨时比附陶渊明，却不太合适，还是删去为好。陈渊对于陶渊明的评价中，带有批评与否定的意味②。陶渊明不以功名富

① （宋）陈渊：《答胡宁和仲郎中书》，《默堂先生文集》卷十七，《四部丛刊三编》本。
② 陈渊对陶渊明，并不是全然否定，而是有取有不取。他对陶渊明的高风远韵及清新自然的文字相当倾慕，曾云："胸中有佳处，妙意不期会。弄笔作五言，心手无内外。千古陶渊明，秀句含天籁。偶然游其藩，遂尔厌雕绘。"（《越州道中杂诗十三首》其七，《默堂先生文集》卷五，《四部丛刊三编》本）

贵累其心,合于道,却不合于义。

在与胡宁、胡宏讨论陶渊明道义问题之前,陈渊就曾与同门好友翁谷阐述过类似的见解:"渊明以小人鄙督邮,而不肯以己下之,非孟子所谓隘乎?仕为令尹,乃曰徒为五斗米而已。以此为可欲而就,以此为可轻而去,此何义哉!诚如此,是废规矩准绳而任吾意耳!"①之所以批评陶渊明不合于义,完全是从发扬圣学的角度考虑的,"盖孟子之言气,以为配义与道。若曰配义而已,则于体有不完;配道而已,则于用有不济。彼舍义而言道,则是有体而无用也,而可乎?体用兼明,此古人所以动静一如,而圣学所以为无弊也。"②落脚点在发扬"圣学"所要具备的条件:配义与道,体用兼备。

最终,胡安国在杨时的墓志铭中删掉了"不就"二字。陈渊也退让半步,"差监市易务"这一行实被载入墓志,最终定本为"差监常州市易务,公年几七十矣";此外,"果何求哉,心则远矣"予以保留。这并不表明,双方就此达成共识,胡安国之子胡宏曾就杨时墓志铭向其父求教。

> 宏又问:"据《杨氏家录》称,先生不欲为市易官,吕居仁亦云辞不就。今志中何故削去'不就'二字?"答曰:"此是它门未曾契勘古人出处大致,若书'不就'两字,便不小了龟山?差监

---

① (宋)陈渊:《答翁子静论陶渊明》,《默堂先生文集》卷十六,《四部丛刊三编》本。翁谷字子静,南剑人,杨时弟子,登政和三年(1113)进士第。陈渊曾代杨时作祭文悼念翁谷(《代杨丈祭翁子静文》,《默堂先生文集》卷二十一),知翁谷卒于杨时之前(1135)。以此推证,陈渊《答翁子静渊明书》,当作于绍兴五年之前。

② (宋)陈渊:《答翁子静论陶渊明》,《默堂先生文集》卷十六,《四部丛刊三编》本。

市易务,即辞不就;除秘书省校书郎,却受而不辞,似此行径,虽子贡之辩,也分说不出来。今但只书'差监市易务,公年将七十矣',即古人乘田委吏之比。意思浑洪,不卑小官之意,自在其中,乃是画出一个活底杨龟山也。并迁著作郎,并迩英殿说书,只一向衮说将去,不消更引高丽国王事说他龟山。……此亦是有底事,不足为文饰也。"①

胡安国、胡宏父子的这段对话,同样围绕"不就"二字展开。在胡安国看来,杨时不为市易官,实有其事,没有必要掩饰;但是,辞监当官,而就京朝官,毕竟有损杨时形象,故将"不就"二字替换为"公年将七十矣"。胡安国固然坚持史事的立场,其深意在于对陶渊明、柳下惠等人的推崇与认同;在《龟山墓志铭》中,"果何求哉,心则远矣",实以陶渊明之高洁来"想见"杨时之贤。

宏再问:"何故载'果何求哉,心则远矣'一句?"答曰:"陶公是古之逸民也,地位甚高,决非惠远所能招,刘、雷之徒所能友也。观其诗曰:'结庐在人境,而无车马喧。问君何能尔,心远地自偏。'即可知其为人,故提此一句以表之。而龟山之贤可想见矣。世人以功名富贵累其心者,何处更有这般气象?但深味'心则远矣'一句,即孟子所谓'所欲不存,若将终身',若固有之气象,亦在其中矣。"宏又问:"如何是'心则远矣'?"答曰:"或尚友古人,或志在天下,或虑及后世,或不求人知而求天知,皆所谓心远矣。"②

---

①② (宋)胡安国、胡宏:《龟山志铭辩》,《伊洛渊源录》卷十,《丛书集成初编》本。

与陈渊批评陶渊明不同,胡安国认为陶渊明不以功名富贵累其心,体现了圣贤气象。对陶渊明一贬一褒的评价中,胡安国父子从士人的高洁品行着眼,而陈渊则从任事行义的君子职责来立论。接受角度的不同,表明陈渊、胡安国对待士人出处的看法也不同:陈渊认为士人应当无条件地出来做事,既要合于君臣大义,又要合于"道",具体说来,陶渊明不为五斗米折腰而辞官,在兵荒马乱的国难时期,与行"义"精神不相符合;而胡安国的立足点在于原始儒家提倡的"邦有道则仕,无道则隐",更注重"心远"的内心体验,故而对陶渊明高洁的精神倍加青睐。胡氏父子对陶渊明的赞美与钦慕,在当时已为常调;相比声势高涨的追和陶诗、仰慕陶渊明的潮流,陈渊于南渡初年从进退、出处的角度来批评陶渊明,则是一种别调。

三

陈渊的看法具有鲜明的时代性,在南渡初年"义"与"道"同样重要。其深层次的考虑是:希望士人出来任事,即经国济世,以"义"来约束"吾意"。像陶渊明那样"一束带见督邮",便弃官归隐,与时代精神不相吻合。

与陈渊批评陶渊明相呼应,南宋初年的一些文人对陶渊明的态度也有所改变。吕本中在《即事六言七首》其三中,表达了这样的意思:"不入乐天欢会,不随渊明酒徒。看取箪瓢陋巷,十分昼夜工夫。"①通过贬抑白居易、陶渊明,表明自己的人生追求——寻求

---

① （宋）吕本中:《东莱先生诗集》卷十九,《四部丛刊续编》本;《吕本中年谱》将此诗系于绍兴十二年(1142)前后(《两宋词人年谱》,文津出版社1994年,第455页)。

孔颜乐处,做圣贤工夫,一改苏轼、黄庭坚以及北宋后期谢逸、陈与义等人对其高洁精神的礼赞①。唱此别调者,不独陈渊、吕本中,李光《题无俗亭》亦云:"一榻萧然岸幅巾,寒梅为友竹为邻。清谭谢傅风流胜,倒载山翁气味真。独把琴棋消永日,未须歌管送余春。簿书堆案应频扫,不学陶潜避俗尘。"②李光也不认同陶渊明丢下国事而不顾、拂袖而去的做法,他认为在处理政事的同时,与寒梅为友,与翠竹为邻,保持醇真高远的心志,也是理想的"无俗"状态。

陈渊、吕本中、李光等对陶渊明大不敬,这在宋代的陶渊明接受史上极为罕见;表明此时非议陶渊明,已非孤立的个案,而是值得重视的别调。宋代陶渊明接受史上的别调,发生在特定的历史语境,即南渡文人在对北宋亡国反思时,希图重新确立精神导向——"行义以达道"。

北宋覆亡,寡廉鲜耻、不尚名节的士大夫的行径激起了南渡士人的愤慨,故而展开了对政和、宣和士风的批判,而当下奔竞之风又盛行于政治社会生活中,历史与现实的双重刺激,使建炎南渡之后士风问题成为朝野共同关注的焦点。李纲分析了导致士大夫沦丧的原因:"自崇、观以来,朝廷不复崇尚名节,故士大

---

① 苏轼对陶渊明的高度评价及对陶诗的拟和,不用赘述。黄庭坚曾云:"空余诗语工,落笔九天上。向来非无人,此友独可尚。"(《宿旧彭泽怀陶令》,《黄庭坚诗集注》,中华书局2003年,第58页),又谈到对陶诗接受的规律:"血气方刚时读此诗,如嚼枯木。及绵历世事,知决定无所用智。每观此篇,如渴饮水,如欲寐得啜茗,如饥啖汤饼。今人亦有能同味者乎? 但恐嚼不破耳!"(《书陶渊明诗后寄王吉老》,《山谷外集》卷九;《黄庭坚全集》,四川大学出版社2001年,第1404页);陈与义《题酒务壁》:"当时彭泽令,定是英雄人。"(《陈与义集》卷十三,中华书局1982年,第207页)。

② (宋)李光:《庄简集》卷四,《宋集珍本丛刊》本。

夫寡廉鲜耻，不知君臣之义。靖康之祸，视两宫播迁，如路人然，罕有能仗节死义者。"①不独李纲，南渡士人多将亡国的原因归结到士风不振，尤其是政、宣年间颓靡的士人风气，导致士人道德沦丧，在危难时刻置朝廷利害于不顾。士风之建设，关键在于出入庙堂的士大夫的作为，也就是说，他们的行为作风会成为士大夫群体的风向标。胡寅在建炎三年（1129）上皇帝的万言书中，也着重谈了士风的问题，批评"士以空言相高，而不适于实用；以行事为粗迹，曰'不足道也'"②的风气。黜空言而务实用，"行义以达道"成为大变局环境下士大夫的共识。在国家危难时刻，士人应当最大限度地出来任事，为国家分忧解难，进退合"义"，成为南渡士人总的精神原则，也成为南渡初年政治文化生活中士人的精神向度之一。

任事、行义，成为南渡士人的自觉追求，他们反对空言，主张将"道"融铸于"事"中。道、事并重，通过"事"更好实现"道"。在南渡士人看来，道既是精神目标，也是切于日用的政治社会践履，即将所学运用于经世济民的治事中。陈渊还从学理上论证了"道"与"事"不可分离，在从"知"到"得"的过程中，他创造性地增加一个"事"，并举出了两种反面的例子，一为"不知止而求定"；一为"避事而求道"，"世人终身役役于尘劳妄想之中，醉生梦死，莫觉莫悟，其原在于不知止而求定耳。间有自修之士，乃避事而求道。夫事焉可避哉？无事则道亦无矣。"所以，陈渊得出结论："故惟止而求定者，乃期于虑而得也。至于虑而得，则洒扫应对之际，莫非妙用，而

---

① （宋）李心传：《建炎以来系年要录》卷六，中华书局1956年，第149页。
② （宋）李心传：《建炎以来系年要录》卷二十七，第544页。

天下国家盖不足为矣,而况于一身乎!"①从"知"到"得"的过程中,陈渊强调"事"的重要性,真正将践履工夫落到实处。

在南渡初年内外交困的形势下,朝廷确立新的政治文化导向,开始了政治文化的重建,士人也理应出来任事,"行义以达道"就成为顺应时势的精神理念。胡安国父子、陈渊有关陶渊明接受中的分歧,便是在这种语境下产生的。具体说来,陈渊所坚持的是在南渡初年特殊时期士人的职责;胡安国父子所持守的则是士人进退的总原则——"天下有道则见,无道则隐",不仅仅适用于南渡初,还适用于其他时段。在胡安国看来,国家有难,士人理应出来任事,这是毋庸置疑的。至于君臣能否遇合,直接决定着下一步的行为取向:去还是留。

综上所论,南宋初年这段陶渊明接受史上的别调,缘自特定语境下人们对文化遗产的接受与评估,深深地打上了时代的烙印。在杨时墓志铭的争论中,陈渊反对以陶渊明比附杨时,动机在于重新确立士大夫的精神导向——"行义以达道",而陶渊明置国事于不顾,拂袖而去,与此导向不相符合。胡安国父子对陶渊明高洁精神的追慕,体现的则是宋代士大夫的精神理想。检讨这一被遗失的历史细节,既能丰富我们对陶渊明接受史的认识,也能加深我们对南宋初年思想文化态势的了解。

(原载《郑州大学学报》2013 年第 4 期)

---

①　(宋)陈渊:《答晦之叔书》,《默堂先生文集》卷十五,《四部丛刊三编》本。按,《大学》云:"知止而后有定,定而后能静,静而后能安,安而后能虑,虑而后能得。"朱熹对"行义以达其道"的阐发,也强调任事,如"所行之义,即所达之道也;未行,则蕴诸中;行,则见诸事也。"(《朱子语类》卷四十六《论语二十八·季氏篇》,中华书局 1986 年,第 1175 页)

宋代文人眼中的"文潜体"

　　张耒(1054—1114)的诗歌,在苏门文人圈子中自具面目:自然奇逸、平易圆妥,体制敷腴、疏通秀朗。正因为张耒诗歌的独特性,南宋文人自觉或不自觉地将其诗作为一种范式。吕本中从指导诗歌写作的角度出发,充分认识到张耒诗"自然奇逸"的特点,可以有效地补救诗坛艰涩瘦硬之弊。此后的杨万里接续了吕本中的探索,也将张耒的"自然"诗视为一种可资效法的诗歌写作范式。这一路径证明了该取法和接受不仅具有顽强的生命力,还影响了南宋诗歌的发展进程。本文以南宋文人对张耒诗的接受为中心,意在探讨南宋人对诗学资源进行整合利用时,从哪些方面予以接受?并如何影响了南宋诗歌的进程?

一

　　苏轼曾多次评及张耒文章,比如熙宁八年(1075),知密州的苏轼在写给张耒的信中,指出张耒文章酷似苏辙,有"汪洋澹泊,有一唱三叹之声,而其秀杰之气,终不可没"[1]的特色、价值。苏轼之所

---

　　① (宋)苏轼:《答张文潜县丞书》,《苏轼文集》卷四十九,中华书局1986年,第1427页。

以有此评价,主要因为张耒已追随苏辙四年之久,耳濡目染,连文风也酷似苏辙。据《宋史·张耒传》,熙宁四年(1071),十八岁的张耒在陈州游学,深得学官苏辙的赏识。由苏辙举荐,熙宁八年张耒才拜到苏轼门下。

张耒成为苏轼门生后,苏轼对其知之甚深。随着苏门核心成员的稳定,苏轼多次评述以黄庭坚、晁补之、张耒、秦观为核心的文学同盟的道德及文学宗尚。元丰五年(1082),谪居黄州的苏轼,在《答李昭玘书》中说道:"轼蒙庇粗遣,每念处世穷困,所向辄值墙谷,无一遂者。独于文人胜士,多获所欲,如黄庭坚鲁直、晁补之无咎,秦观太虚、张耒文潜之流,皆世未之知,而轼独先知之。"①苏轼甚至断言,"比年于稠人中,骤得张、秦、黄、晁及方叔、履常辈,意谓天不爱宝,其获盖未艾也。比来经涉世故,间关四方,更欲求其似,邈不可得。以此知人决不徒出,不有益于今,必有觉于后,决不碌碌与草木同腐也"②。事实证明,四学士、六君子作为集体性存在,的确对后世的文章、道德产生了深远的影响。苏轼竭力称道的,正是张耒、秦观等人的君子风度。在《太息一章送秦少章秀才》中:"张文潜、秦少游此两人者,士之超逸绝尘者也。非独吾云尔,二三子亦自以为莫及也。士骇于所未闻,不能无异同,故纷纷之言,常及吾与二子,吾策之审矣。士如良金美玉,市有定价,岂可以爱憎口舌贵贱之欤?"③从苏轼的自述中,可以看出他对张、秦"超逸绝尘"品格的欣赏。

值得注意的是,以上引述的苏轼对张耒的评价,对象不止张耒

---

① (宋)苏轼:《苏轼文集》卷四十九,中华书局1986年,第1439页。
② (宋)苏轼:《答李方叔十七首》,《苏轼文集》卷五十三,第1581页。
③ (宋)苏轼:《苏轼文集》卷六十四,第1979—1980页。

一人，或连类及之，或多人共评。两宋之交的朱弁，在《曲洧旧闻》中记载了这样一段评述：

> 东坡尝语子过曰："秦少游、张文潜才识学问，为当世第一，无能优劣二人者。少游下笔精悍，心所默识而口不能传者，能以笔传之。然而气韵雄拔、疏通秀朗，当推文潜。二人皆辱与余游，同升而并黜。有自雷州来者，递至少游所惠书诗累幅。近居蛮夷得此，如在齐闻韶也。汝可记之，勿忘吾言。"①

苏轼向儿子苏过品评秦观、张耒，指出他们二人不分轩轾，文章也各有所长。在讲述这段话时，苏轼、苏过父子远在儋州；苏轼检点平生交游，秦观、张耒的才识、学问文章，以及与之"同升而并黜"的遭际，愈觉二人之可贵。因此，对于二人的类似定评式的评价更不能湮没无闻，故命苏过谨记在心，"汝可记之，勿忘吾言"，可看出他对这一评价极其重视，希望它能传世。在这段文字中，"气韵雄拔，疏通秀朗"是苏轼对张耒文章技法与成就的评价。何谓"气韵雄拔，疏通秀朗"？即格调立意高远、行文畅达俊爽。前者要求气度、修养迥乎时流，也就是超脱时俗，对苏门中人来讲，就要心胸畅达、立意高远；后者则是诗歌艺术技巧的纯熟，从字句、篇章到韵律结构，流畅而无隔膜，蕴含着清爽的美。苏轼此番评价，与其重视君子风度的凤求密不可分。

张耒虽属苏轼门下"四学士"之一，但他最初结识的却是苏轼的弟弟苏辙。现存史料中，苏籀所记苏辙生平杂论《栾城先生遗

---

① （宋）朱弁：《曲洧旧闻》卷五，中华书局2002年，第155页。

言》中,有几段评价张耒诗文的文字:

> 张十二之文,波澜有余,而出入整理,骨骼不足。秦七波澜不及张,而出入径健,简捷过之。要知二人,后来文士之冠冕也。
>
> 张十二《病后》诗一卷,颇得陶元亮体。然余观古人为文,各自用其才耳,若用心专模仿一人,舍己徇人,未必贵也。
>
> 公言张文潜诗云:"龙惊汉武英雄射,山笑秦皇烂漫游。"晚节作诗,似稍失其精处。①

苏辙文集中,并未见直接评价张耒诗文的材料。《栾城先生遗言》虽然是苏籀所记,但可信度较高。上引《栾城先生遗言》中,苏辙对张耒诗文的评价,有以下值得注意之处:第一,"波澜有余",即文章气势壮阔,这一点与苏轼所说的"气韵雄拔"相合;"出入整理,骨骼不足",则是形式变化整齐有条理,而骨力架构不够刚健。苏辙所指出的这一缺憾,南宋时朱熹说得更清楚更直接,就是"结末差弱"②。第二,对张耒《病后》诗一卷专学陶渊明体,持批评态度,认为专学一家,舍己徇人,不如尽情施展自己的才艺。根据邵祖寿《张文潜先生年谱》,元祐五年(1090),张耒三十七岁,卧病城南③,《病后》诗或即是卧病城南时期所作诗歌。第三,张耒晚年诗失之粗率,不如青壮年时期精致讲究。从后两点看,苏辙对张耒保持着

---

① (宋)苏籀:《栾城先生遗言》,《全宋笔记》第三编第七册,大象出版社 2008 年,第 153、160 页。

② (宋)黎靖德编:《朱子语类》卷一百四十,中华书局 1986 年,第 3330 页。

③ (宋)张耒:《张耒集》附录一《年谱》,中华书局 1990 年,第 995 页。

持续关注,而且毫不隐讳地指出张诗的不足。

苏门文人集团中的黄庭坚、晁补之也对张耒诗文有所评价。黄庭坚坚信张耒"文字江河万古流"①;晁补之《题文潜诗册后》云:"君诗容易不着意,忽似春风开百花。"②强调的是张耒诗歌自然妥帖的一面。

12世纪的前十年,以苏轼为核心的元祐文人先后辞世。秦观卒于元符三年(1100),苏轼卒于建中靖国元年(1101),陈师道亦卒于本年;黄庭坚卒于崇宁四年(1105);晁补之卒于大观四年(1110);苏辙卒于政和二年(1112);张耒卒于政和四年(1114)。"时二苏及黄庭坚、晁补之辈相继没,耒独存,士人就学者众"③,两宋之际不少文人曾直接向张耒请教诗法,如叶梦得、周紫芝、翟汝文、张表臣、何大圭、潘峰、杨道孚等,吕本中是其中突出的一位。

二

张耒年长吕本中(1084—1145)三十岁,当属师长辈;与吕本中有交往的苏门成员中,可考者仅张耒一人。吕本中与张耒的交往,应在崇宁五年至大观二年间(1106—1108)。《紫微诗话》:"张丈文潜大观中归陈州,至南京,答余书云:'到宋冒雨,时见数花凄寒,重裘附火端坐,略不类季春气候也。'"④崇宁元年,张耒因党论复起,贬房州别驾,黄州安置。崇宁五年(1106),归淮阴。大观二年

---

①　(宋)黄庭坚:《病起荆江亭即事十首》其九,《黄庭坚诗集注》,中华书局2003年,第521页。

②　《全宋诗》第19册,北京大学出版社1995年,第12862页。

③　(元)脱脱:《宋史》卷四百四十四《张耒传》,中华书局1985年,第13114页。

④　(清)何文焕:《历代诗话》,中华书局1981年,第371页。

(1108)，居陈州（今河南淮阳）。在此期间，吕本中随侍祖父吕希哲居宿州（今安徽宿州），乃汴河水运的要冲。张耒自淮阴沿水路到南京（今河南商丘），必经宿州，在此与吕希哲、吕本中祖孙相会。苏门中人与吕氏家族有交游，秦观写给吕公著的投卷，就收藏在吕本中那里。张、吕会晤期间，张耒曾为亡友秦观的投卷题跋：

> 予见少游投卷多矣，《黄楼赋》《哀铸钟文》，卷卷有之，岂其得意之文欤？少游平生为文不多，而一一精好可传，在岭外亦时为文。临殁自为挽诗一章，殊可悲也。此卷是投正献公者，今藏居仁处。居仁好其文，出予览之，令人怆恨。大观丁亥仲春，张耒书。①

《紫微诗话》所载略同，"好其文"下，为"出以示余，览之令人怆恨。时大观改元二月也"。今人王兆鹏据此推断吕、张会晤在大观元年（1107）二月②，较为可信。张耒离开宿州后，吕本中写诗赠别，《送文潜归因成一绝奉寄》诗云："水天空阔片帆开，野岸萧条送骑回。重到张公泊船处，小亭春在锁青苔。"③送别张耒后，吕本中怅惘不已，重访张耒经行之处，愈觉意犹未尽。宿州分别后，吕本中又有《奉怀张公文潜舍人二首》，其一："颜子置身陋巷，屈原放迹江湖。何似我公归去，马赢不厌长途。"其二："腕中有万斛力，胸次乃千顷陂。字画颜行杨草，文章韩笔杜诗。"④

---

① （宋）张耒：《张耒集》卷五十四，中华书局1990年，第825页。
② 王兆鹏：《吕本中年谱》，《两宋词人年谱》，文津出版社1994年，第321页。
③ （宋）吕本中：《东莱先生诗集》卷一，《四部丛刊续编》本。
④ （宋）吕本中：《东莱先生诗集》卷二，《四部丛刊续编》本。

　　吕本中向张耒请教诗法的具体细节,今天已无从得知。不过,在吕本中的诗学批评和诗歌创作中,却保留了他对张耒诗歌深刻体悟的印迹。

　　南宋文人中,吕本中较早地总结了张耒诗风的特点是"自然奇逸"。《吕氏童蒙训》有这样一段评述:"文潜诗自然奇逸,非他人可及。如'秋明树外天'、'客灯青映壁,城角冷吟霜'、'浅山寒带水,旱日白吹风'、'川鸣半夜雨,卧冷五更秋'之类,迥出时流,虽是天资,亦学可及。学者若能常玩味此等语,自然有变化处也。"①吕本中以诗例的形式,说明张耒诗具有"自然奇逸"的特点。从所举的诗句来看,多为自然意象,营造了无挂碍的澄明之境。张耒确实讲究诗句、诗律的琢磨。他擅长的五言近体诗,精于创造极具动态化的意象组合,给人以新颖、明快之感。吕本中所举到的这些诗例,有这样的特点:第二或三个字多用形容词或动词,将前后的名词性意象勾连起来,既有奇特的语言、音律效果,又使原本静态的意象有了个性、活力。他有时还将本身已具动态的意象再度活动起来,如"语莺知果熟,忙燕聚新泥"②、"日动乌栖叶,云开雁去风"③等,同一诗句中动词的连续使用,同样造成新颖律动的效果,但读来却无刻意雕琢之感。吕本中所说的自然奇逸,指的应是张耒诗的上述特质。

　　据王兆鹏先生的《吕本中年谱》,大观三年(1109)春,吕本中自真州(江苏仪征)至扬州,作有《广陵》诗:"往来六十里,各是一江

────────────

　　①　(宋)魏庆之:《诗人玉屑》卷十八"自然奇逸"条,上海古籍出版社1978年,第574页。

　　②　(宋)张耒:《暮春三首》其三,《张耒集》,中华书局1990年,第292页。

　　③　(宋)张耒:《冬日书事二首》其二,《张耒集》,第325页。

郊。柳色团涡岸,春风扬子桥。好山当断岸,野鸟度空巢。一任雷塘路,暮天风雨号。"①据《元丰九域志》卷五载,扬州至真州三十里。吕本中到了扬州(即广陵)后,再返回真州,故诗中说"往来六十里"。这是首纪行诗,记述了真州至扬州途中风物、节候等,纯以描绘自然风光为主,深合"自然奇逸"的特质。

值得注意的是,《广陵》诗题下有吕本中的原注:"借韵戏用文潜体。"吕本中借用的是张耒哪一首的韵呢? 那便是张耒《岁暮书事十二首》的第一首,诗云:"岁晏北风疾,山空万谷号。木枯随意折,鸿断不成高。深屋支蓬户,温炉暖缊袍。老夫原不寐,鸣竹鼓萧骚。"②无论用韵还是风格,《广陵》诗都在学张耒。只是张耒所写乃岁末景致,且诗中有"老夫原不寐"这种主观性意象;吕本中《广陵》去除了所有主观性的诗材,全力营造自然之境,从此也可看出吕本中对"自然奇逸"的理解。

除了总结张耒诗"自然奇逸"的特点外,吕本中还提出了"文潜体"的说法。翻检《全宋诗》可以发现,南宋文人次韵、追和张耒诗的并不少,足见张耒对南宋诗坛的潜在影响。如翟汝文《次韵张文潜龙图鸣鸡赋》(《忠惠集》卷五);陈长方《读张文潜黄鲁直中兴颂有作》(《唯室集》卷四);王之道《九江解舟顺风追和张文潜》(《相山集》卷二)、《晓解糁潭追和张文潜白沙阻风》(《相山集》卷五)、《梅花十绝追和张文潜韵》(《相山集》卷十四);张嵲《张文潜作淮阴侯诗,有"平生萧相真知己,何事还同女子谋"句,因为萧相代答一首》:"当日追亡如不及,岂于今日故相图。身如累卵君知否? 方买

---

① (宋)吕本中:《东莱先生诗集》卷三,《四部丛刊续编》本。
② (宋)张耒:《张耒集》卷十七,中华书局1990年,第295—296页。

民田欲自污。"(《紫微集》卷九)王洋写有《和张文潜输麦行寄滁守魏彦成》(《东牟集》卷二),女词人李清照也写有《浯溪中兴颂诗和张文潜》二首,借咏唐事来讽喻北宋末年朝政。上述诸人中,翟汝文景慕张耒的道德文章;《宋史·张耒传》载翟汝文知陈州时,欲为张耒买公田,张辞谢;李清照的父亲李格非与苏门文人交往密切,张耒曾为李格非撰写墓志铭①,李、张或属通家之旧。李清照酬和张耒的诗,也就很好理解了。

上述诸人虽然都有和作,但都没有使用"文潜体"这一说法。遍查两宋之际的诗论资料,亦无"文潜体"说法的其他佐证。诗歌史上对那些艺术手法独特、影响深远的诗人,其诗歌往往用"××体"指称。南宋严羽《沧浪诗话》举到的宋代诗体有"东坡体"、"山谷体"、"后山体"、"王荆公体"、"邵康节体"、"陈简斋体"、"杨诚斋体",并没有提到"文潜体"。吕本中所谓"文潜体",究竟是吕本中归纳提炼的新概念,还是当时已被认可的苏、黄之外另一种诗歌体式? 下面我们从吕本中与张耒的关系入手,对吕本中提出"文潜体"的动机、诗学目的予以分析。

上文已指出,吕本中的近体五律《广陵》,在精心模仿张耒诗。除了模仿张耒的五律,吕本中还"喜张文潜《七夕歌》,令人诵。"②《七夕歌》属古乐府(《张耒集》卷三)。不仅如此,他还追和过张耒的古体歌行《于湖曲》,作《晋大宁四年,王敦自武昌下屯于湖。明年六月,敦将举兵内向,明帝微行至于湖阴,察其营垒而去。唐温庭筠作湖阴曲,盖为此也。后汉王霸之孙改封芜湖县。吴时此地

---

① (宋)刘克庄:《后村诗话续集》卷三,中华书局1983年,第122页。
② (宋)曾季狸:《艇斋诗话》,丁福保《历代诗话续编》,中华书局1983年,第288页。

称于湖,或称芜湖,察其营垒,则姑熟之西初无湖阴。又且于湖乃
芜湖也。张文潜有于湖曲,广其意追和焉》:"琅琊初渡秦淮水,外
托奸雄抗胡垒。白头欻发问鼎心,十万锐师同日起。旌旗蔽江衔
舳舻,卸帆钩堙屯于湖。云昏雾惨恣诛杀,电激风奔传指呼。谋狂
虑逆天夺魄,昼梦环营日五色。巴滇骏马去如飞,始遣轻兵索行
客。黄须英特神所怜,舍旁老妪留宝鞭。宝鞭玩贼伫俄顷,野陌尘
断生青烟。石城战士争愤泣,君王试敌曾深入。累累金印取封侯,
忍瞰上流借余力。际山暴骨真可哀,向来胜负安在哉。至今秋晚
渔樵地,雨洗渍血空苍苔。"①张耒诗歌中最有特色的近体律诗和
乐府,吕本中都有意潜心追拟,一方面可见他学习"文潜体"的自
觉,同时也说明张耒诗在他心目中的地位——苏、黄之外另一个可
以宗法和取径的对象。

三

吕本中之所以追慕"文潜体",与其诗学宗尚有密切关系。他
的《江西诗社宗派图》确立了以黄庭坚为宗主、重学问典实、讲究炼
字炼意的诗派。不过在后来的诗歌实践中,吕本中意识到江西诗
派末流艰涩瘦硬之弊。政和三年(1113)吕本中就已经意识到只学
黄诗的流弊,认为应当以苏济黄,云:"自古以来,语文章之妙,广备
众体,出奇无穷者,唯东坡一人。极风雅之变,尽比兴之体,包括众
作,本以新意者,唯豫章一人。此二者,当永以为法。"②对于学诗

---

① (宋)吕本中:《东莱先生诗外集》卷二,《宋集珍本丛刊》本。
② (宋)陈鹄:《西塘集耆旧续闻》卷二,上海古籍出版社1993年,第14页。

者来讲,那就是要以苏、黄诗作为范式。陈与义亦有相似的主张:"诗至老杜极矣。东坡苏公、山谷黄公奋乎数世之下,复出力振之,而诗之正统不坠。然东坡赋才也大,故解纵绳墨之外,而用之不穷。山谷措意也深,故游泳玩味之余,而索之益远。大抵同出老杜,而自成一家……近世诗家知尊杜矣,至学苏者乃指黄为强,而附黄者亦谓苏为肆。要必识苏、黄之所不为,然后可以涉老杜之涯涘。"①陈与义主张将杜诗作为终极目标,要涉其涯涘,则必须研习苏、黄诗歌,知其"为"和"不为"。与此旨趣相合,吕本中在《童蒙诗训》中将陈与义的观点细化到对前人句法、体式的研读上,"前人文章各自一种句法。如老杜'今君起柂春江流,予亦江边具小舟'、'同心不减骨肉亲,每语见许文章伯',如此之类,老杜句法也。东坡'秋水今几竿'之类,自是东坡句法。鲁直'夏扇日在摇,行乐亦云聊',此鲁直句法也。学者若能遍考前作,自然度越流辈";"学诗须熟看老杜、苏、黄,亦先见体式,然后遍考他诗,自然工夫度越过人。"②吕本中提出了宋诗发展的卓见——苏、黄并重,为宋诗的良性发展指明了道路。既然有苏、黄诗歌作范式,为什么他还要研习张耒"文潜体"呢? 这与吕本中"不主一门,不私一人,善则从之"③的文化态度有关,更与张耒诗的独特性有关——兼具苏轼、黄庭坚诗的特点。

南宋刘克庄总结了北宋后期受苏轼、黄庭坚影响而形成的两种诗风:"元祐后,诗人迭起,一种则波澜富而句律疏,一种则锻炼精而情性远,要之不出苏、黄二体而已。"④张耒的诗,既有近似于

---

①　(宋)晦斋:《简斋诗集引》述陈与义语,《简斋诗外集》卷首,《宋集珍本丛刊》本。

②　郭绍虞:《宋诗话辑佚》,中华书局1980年,第586、603页。

③　(宋)吕本中:《师友杂志》,《丛书集成初编》本。

④　(宋)刘克庄:《后村诗话》前集卷二,中华书局1983年,第26页。

苏体的"波澜富",又具黄体的"锻炼精"。关于前者,苏辙曾评其文"波澜有余"(上文已引),苏轼曾说"张(耒)得吾易"①;叶梦得对张耒诗文有过这番评论:"雍容而不迫,纤裕而有余,初若不甚经意,至于触物遇变、起伏敛纵,姿度百出,意有推之不得不前、鼓之不得不作者。而卒澹然而平,盎然而和,终不得窥其际也。"②后世文人注意到张耒诗平易自然、词浅意深的特色,认为这一特点与苏轼风格接近;进而认为张耒与黄庭坚属于截然相反的诗风,事实上并非如此。

张耒推崇黄庭坚的诗,"有学者问文潜模范,曰:'看《退听稿》。'"③还曾说:"以声律作诗,其末流也,而唐至今诗人谨守之。独鲁直一扫古今,出胸臆,破弃声律,作五七言,如金石未作,钟磬声和,浑然有律吕外意。近来作诗者,颇有此体,然自吾鲁直始也。"④张耒竭力推崇的正是黄庭坚继承老杜拗体之风,打破声律束缚,以及在五七言诗歌方面的贡献。若依据王直方的记述来分析,张耒似乎是反对声律的,但这只是表象而已。在诗学实践中,张耒非常注重格律句法,与黄庭坚实有相通之处,这一点学界很少有人提及。"作诗先严格律,然后及句法"⑤,这是张耒传授给周紫芝(1082—1155)的诗法,周紫芝又将其转授于陈天麟,这种递相传授的文潜诗法,暗合了黄庭坚"无一字无来处"、"点铁成金"(《答洪

①　(宋)王应麟:《困学纪闻》卷十七《评文》,上海古籍出版社 2008 年,第 1865 页。

②　(元)马端临:《文献通考》卷二三七《经籍考》引《石林叶氏集序》,中华书局 1986 年,第 1885 页。

③　(宋)胡仔:《苕溪渔隐丛话》前集卷四十九引《王直方诗话》,人民文学出版社 1962 年,第 334 页。

④　(宋)胡仔:《苕溪渔隐丛话》前集卷四十七,第 319 页。

⑤　(宋)陈天麟:《太仓稊米集序》,《太仓稊米集》卷首,影印文渊阁《四库全书》本。

驹父书》)的山谷诗法。张耒诗在格律、句法方面确实有"法"可依。对于吕本中来讲,张耒诗兼具苏轼式的自然流畅和黄庭坚式的句法韵律,要想不偏不倚,就要以苏济黄,进而融合苏、黄,张耒诗恐怕是最就近、最切实的取径对象,他着意追和"文潜体"的动机,正在于此。吕本中注意到张耒诗"自然奇逸"特点——不刻意锻炼而新颖自然,这一特点为南宋诗人提供了宝贵的艺术经验,直接影响了他们的诗歌创作。

吕本中具备诗论家的素养。他突出的概括抽绎能力及诗学悟性,使他提出的概念赢得后世的认同。他提出的江西宗派的概念,影响深远,从杨万里到方回,他们都不断地阐扬江西诗派理论。同样,吕本中精准地指出张耒诗"自然奇逸",杨万里予以回应,《读张文潜诗》其一:"晚爱肥仙诗自然,何曾绣绘更雕镌?春花秋月冬冰雪,不听陈玄只听天。"其二:"山谷前头敢说诗?绝称漱井扫花词。后来全集教渠见,别有天珍渠得知。"①杨万里对自然的热爱,拓展了诗歌的写作空间,其诗艺渐入佳境,照他自己的话来讲,即"万象毕来,献予诗材。盖麾之不去,前者未雠而后者已迫,涣然未觉作诗之难也。"②"好诗排闼来寻我,一字何曾拈白须"③,真正达到了轻松自如的境地。可以说,张耒诗的"自然",对杨万里有深刻的影响。宋末方回在吕本中、杨万里的基础上,进而指出张耒诗"自然有唐风",并再次标举"文潜体"的范式意义。

---

① 《杨万里集笺校》卷四十,中华书局 2007 年,第 2111—2112 页。

② (宋)杨万里:《诚斋荆溪集序》,《杨万里集笺校》卷八十,中华书局 2007 年,第 3260 页。

③ (宋)杨万里:《晓行东园》,《杨万里集笺校》卷三十七,中华书局 2007 年,第 1922 页。

　　就张耒诗而言,从两宋之际的吕本中开始,便抓住"自然奇逸"不放,并将其运用到诗歌写作中。他充分认识到张耒诗"自然奇逸"的特点,乃暗合了苏轼的自然明快之风和黄庭坚句法精而情性远,即张耒诗融合苏、黄之长。吕本中要补救江西诗派生硬之弊,必须将苏、黄二家的优长结合起来,在此情况下,张耒诗恐怕是最行之有效的一种范式。吕本中提出"文潜体"的说法,其用意便在于此。此后,中兴诗人杨万里祖述吕本中的"自然奇逸"之说,吸其精华,进而形成师法自然的观念,写出诸多灵动活泼的"诚斋体"杰构。

　　总之,张耒诗歌在后世的接受过程,展现了复杂而生动的文学生成图景。在北宋,苏轼、苏辙等人已有了对张耒诗的初步评价,但这些评价还只是师友间的赏誉,并没有经过理论上的抽绎和提升。吕本中、杨万里、方回等人,不断从诗歌特点或成就方面予以解读、评述,并形成某些具有断语性质的定评,反映出对张耒诗认识、接受的动态历程。这些评价或接受,不仅对张耒诗的典范化起到了至关重要的作用,而且这些选择性的接受,更体现了南宋诗坛的风尚和走向。

(原载《武汉理工大学学报》2015 年第 5 期)

论周紫芝对张耒诗的接受

张耒是北宋中后期重要的文学家,"苏门四学士"之一。张耒的诗歌,虽不及苏轼诗众体兼备、汪洋恣肆,也不像黄庭坚诗那样具有开宗立派的影响力,却自然奇逸又疏通秀朗。围绕张耒诗歌的特点或成就,南宋文人有广泛、深入的讨论。其中,周紫芝对张耒诗可谓顶礼膜拜。他认为张耒的乐府和一些代表性诗篇超越时流,称得上是完美无瑕的诗珍。在批评领域,周紫芝竭力构筑张耒诗的典范地位,但他的努力并未得到广泛认同。对周紫芝的膜拜式的接受,南宋文人有进一步的批评和反思。本文拟以周紫芝对张耒诗的接受为中心,意在探讨南宋诗坛对诗学资源进行整合利用时,从哪些方面予以接受,接受背后的动机如何,又留下哪些可贵的经验和启示。

一、诗珍的典范性

周紫芝(1082—1155)早年曾跟从张耒、李之仪学诗。孙觌《竹坡词序》指出:"竹坡先生少慕张右史而师之,稍长,从李姑溪游,与之上下其议论,由是尽得前辈作文关纽。"① 孙觌所作序中,仅交待

---

① (宋)周紫芝:《竹坡词》卷末,影印明毛晋汲古阁《宋名家词》本。

了周紫芝曾师承张耒,至于何时何地向张耒学诗,则语焉不详。周紫芝自述学诗经历的一段文字《诗八珍序》,则补足了这些重要信息:

> 余年十二三岁时,已不喜为儿曹嬉戏事,闻先子与客论书,常从傍窃听,往往终日不去。是时张文潜为宣守,时时得所为诗,诵之辄喜,自是见俗子诗必唾而去之不顾也。逮今三十四年,不能仅窥作者门户,而心益嗜他人之作,略不少衰。绍兴元年春,避地山间,不能尽挈群书以行,携古今诸人诗,唯柳子厚、刘梦得、杜牧之、黄鲁直、杜子美、张文潜、陈无己、陈去非,皆适有之,非择而取也。使小儿辈抄为小集,日诵于山中,行住坐卧必以相随,尝号为诗八珍。①

这段序文作于绍兴元年(1131)之后。建炎三年(1129)金兵渡江而南,追击宋高宗赵构,江南地区也陷入兵火扰攘之中。周紫芝避难山中,仓皇之中,不可能将所藏诗集全都带上,便携带杜甫、柳宗元、刘禹锡、杜牧、黄庭坚、张耒、陈师道、陈与义八家诗集,讽诵默识,行卧不离手。周紫芝诗歌兴致之端倪,肇始于张耒知宣州时。据邵祖寿《张文潜先生年谱》,绍圣元年(1094)秋,张耒知宣州,绍圣三年(1096)罢守宣城入京。周紫芝乃宣城人,张耒知宣州期间有缘得以拜会,因此耳闻口诵张耒诗歌,且视张诗为作诗门径。他当时只是十二三岁的孩童,已偏嗜张诗如此。童年记忆给

---

① (宋)周紫芝:《诗八珍序》,《太仓稊米集》卷五十一,影印文渊阁《四库全书》本。宋末元初方回在《读太仓稊米集跋》中指出,取柳不取韩,取黄不取苏,取杜不取李,"有深意也","学诗者不可不会此意"(《桐江集》卷三),至于是何深意,并未点破。

周紫芝留下了难以磨灭的印象,张耒也成为他诗学道路上最具影响力的启蒙者,以致他对童年时的从游经历念念不忘,这一经历也因此被不断强化。序文中"逮今三十四年",而起始的日子,向前追溯,便是绍圣年间宣城受教于张耒时。由此可看出,尽管此时的周紫芝眼界不断拓宽,诗歌取径范围扩大到了唐宋大家,但在他的诗学视域中,从学张耒毋庸置疑地成为他诗歌活动的开端。因此,他对宣城受教张耒有如此清晰、深刻的记忆。

　　周紫芝逃难时所携古今诗集中,清一色都是唐宋之诗。周家的藏书中,不会只有这八种诗集,在逃难状态下,之所以携带这八家,碰巧手头上有,并不是有意拣择。八家诗集中,杜甫、柳宗元、刘禹锡、杜牧、黄庭坚、陈师道等人文集在北宋均有刻本流传,对于有浓厚诗学兴趣的周紫芝来讲,搜求并非难事。八人中,唯独陈与义健在。绍兴元年(1131),陈与义四十六岁,应诏至会稽行在所。绍兴八年(1138)去世。四年之后(绍兴十二年,1142),周葵才在吴兴刊刻《简斋集》。在周葵刊本之前,周紫芝已有在世诗人陈与义诗的刻本或抄本,从中可见周紫芝对诗歌相当用心。他所谓"皆适有之,非择而取",看似不经意地抽取,而实际上恰好是他诗学兴趣的随性流露。

　　周紫芝所携带的张文潜诗集,又是什么版本呢? 张耒的文集,南宋时最早刊本乃汪藻编校。汪藻《柯山张文潜集书后》交待了编校时间,"余常患世传文潜诗文人人殊,屏居毗陵,因得从士大夫借其所藏,聚而校之,去其复重,定为此书,皆可缮写"①。汪藻一生中曾两次屏居常州(即毗陵):宣和元年(1119)至宣和七年(1125),

---

　　①　(宋)汪藻:《浮溪集》卷十七,《丛书集成初编》本。

汪藻罢职居常州。绍兴五年(1135)三月,罢知抚州,奉祠居常州,在乡居期间,曾奉敕编写《元符庚辰以来诏旨》,至绍兴八年(1138)十一月,编完《集元符庚辰至宣和乙巳诏旨》;次年十月,出知徽州。汪藻编校张耒诗文集,必在绍兴五年至绍兴九年奉敕编修徽宗朝诏旨期间,有借阅查找之条件。在南宋初"最爱元祐"的语境下,朝野上下都在褒崇、推重元祐名士及其学术,"苏门四学士""苏门六君子"等被集体平反,他们文集的编撰、刊刻也是顺理成章之事。周紫芝绍兴元年所携带的张耒集,必非汪藻刊本,而是大梁罗仲洪家刻本《柯山集》十卷①。

诗八珍中,唐宋各占四家,唐代李白缺席,宋代苏轼阙如;杜甫、黄庭坚、陈师道、陈与义四家,也就是后来方回所定江西诗派的"一祖三宗"。从这个角度来分析,好像周紫芝宗法的是黄庭坚及江西诗派。实则不然,苏轼《书黄子思诗集后》评柳宗元的诗"发纤秾于古简,寄至味于淡泊",刘禹锡诗虽朗丽雄阔,却和柳宗元属于文学同调。张耒诗风,接近苏轼,自不待言。柳宗元、刘禹锡、张耒皆因苏轼而串成另一诗学系统——以苏轼为中心的平淡自然派。周紫芝将唐宋名家诗称之为"诗八珍",可见他学诗、作诗取径是很宽的。就八家诗而言,他对张耒可谓情有独钟,甚至达到膜拜的程度,这也导致了他对张耒评价中出现虚夸不实之见。

二、诗歌追和、批评中的"非常"态度

在周紫芝眼中,张耒、晁补之、秦观等人迥乎流俗,乃不世出之

---

① (宋)周紫芝:《书谯郡先生文集后》,《太仓稊米集》卷六十七,影印文渊阁《四库全书》本。

英才。《抄宛丘先生集见和许贵州诗因以悼之》：“平生交旧晁张辈，余子纷纷可作奴。”①《二十八日雪霁，读晁无咎集，呈别乘徐彦志，且以奉怀》：“苏公论士昔未闻，四客辈出俱同门。龙媒忽下洗凡马，野鹤一举空鸡群。虞皇七友廊庙具，元和十字非渠伦。张公屈宋排衙官，清词丽句冰雪寒。秦公笔下有《过秦》，平生目短曹刘垣。”②对张耒、秦观等人的文字、人品、风采予以夸赞。以上所举例证中，周紫芝都是将张耒与晁补之或秦观并论，也就是说他推崇的是“苏门四学士”这一集体，而张耒只是其中的一员。从这些集体性的评述中，看不出周紫芝对张耒及其诗有何“异样”。他推重张耒，一来通过诗歌追和来体悟前辈风流，二来通过诗话、诗论、序跋等文学批评形式来表达他对张耒的“非常”态度。

　　通过诗歌追和来研摩张耒诗歌的韵味，已成为周紫芝极其自然的文学活动。周紫芝诗歌中，拟和张耒诗者，如《不睡效张文潜》③，《输粟行》④模仿张耒《输麦行》等。拟和、仿效发生时，周紫芝心中已确立目标或参照系，要在句法、音韵、主旨、风格的某一方面或多个方面，有意向目标靠近。与文学史上往复式的诗歌唱和不同，周紫芝追和张耒诗，并非为了交流、切磋诗艺，因为此时张耒早已辞世；他希望通过亦步亦趋的拟和仿作，用心揣摩、体悟张耒的诗法技艺。可以说，这种诗歌追和活动，依然是他童年情结的持续——希望自己成为张耒那样的诗人。

　　正因为周紫芝与张耒有宣城之风谊，所以在诗歌批评方面，

---

① （宋）周紫芝：《太仓稊米集》卷十四，影印文渊阁《四库全书》本。
② （宋）周紫芝：《太仓稊米集》卷十九，影印文渊阁《四库全书》本。
③ （宋）周紫芝：《太仓稊米集》二十四，影印文渊阁《四库全书》本。
④ （宋）周紫芝：《太仓稊米集》卷一，影印文渊阁《四库全书》本。

他以极大的好感审视、品评张耒。苏辙之孙苏籀曾指出张耒"大论尤宏博"①，即乐府长篇是张耒诗的重要创获。而到了周紫芝，竟毫不隐讳地夸赞张耒乐府乃本朝第一。《竹坡诗话》载："本朝乐府，当以张文潜为第一。文潜乐府刻意文昌，往往过之。顷在南都，见《仓前村民输麦行》，尝见其亲稿，其后题云：'此篇效张文昌，而语差繁。'乃知其喜文昌如此。"②又，在《古今诸家乐府序》也有相似之论："余尝评诸家之作，以谓李太白最高，而微短于韵。王建善讽，而未能脱俗。孟东野近古而思浅，李长吉语奇而入怪。唯张文昌兼诸家之善，妙绝古今。近出张右史，酷嗜其作，亦颇逼真。余尝见其《输麦行》，自题其尾云：'此篇效张文昌，而语差繁。'则知其效籍之意盖甚笃，而乐府亦自是为之反魂矣。"③《竹坡诗话》称张耒乐府乃宋朝第一；《古今诸家乐府序》说张籍乐府妙绝古今，是唐朝第一。两段评述都指出：张耒在乐府方面效法张籍。在周紫芝看来，唐宋乐府诗发展史上，唐则推张籍，宋则非张耒莫属。张籍乐府即事名篇、关注社会民生的题材选择，以及惯用白描手法写常见事物，深合宋人所推崇的发乎情、止乎礼义的古诗之风。但是，若论张籍为唐朝第一，置李白于何地？张耒是北宋致力于乐府诗创作的诗人之一，他的部分乐府学张籍，又能够凭借自身才情，不拘一格，自出机杼。但宋代诗人中，欧阳修、梅尧臣、苏轼、黄庭坚等亦有佳篇杰构，称张耒乐府第一，显有过誉之嫌。南宋后期的刘克庄步袭周紫芝的说法，其《书文潜寒衣歌》："唐乐府惟张籍、王建，本朝惟一张文潜尔。坡公手录此篇，亦如退之于籍辈乎？然文

---

① （宋）苏籀：《题张公文潜诗卷一首》，《双溪集》卷二，影印文渊阁《四库全书》本。
② （清）何文焕：《历代诗话》，中华书局1981年，第354页。
③ （宋）周紫芝：《太仓稊米集》卷五十一，影印文渊阁《四库全书》本。

潜每篇语意有缓弱处,不如籍、建句句紧切。"①同样是评张耒乐府,陆游、朱熹等人说法相对较为客观。谈到张耒的乐府问题,陆游曾慨叹:"自张文潜下世,乐府几绝。吾友郑虞任作《昭君曲》,如'羊车春草空芊芊'及'重瞳光射搔头偏'之类,文潜殆不死也。"②肯定张耒乐府的成就,但并未拔高到有宋一代独一无二的高度。朱熹曾评价说:"张文潜大诗好,崔德符小诗好。"③也认识到张耒乐府长篇的独特价值。

位于湖南祁阳浯溪的《大唐中兴颂》石刻,引起了宋代文人强烈回应。该颂乃唐代元结所撰,颜真卿所书。黄庭坚作有《书摩崖碑后》《浯溪图》等诗作,黄庭坚诗歌一改赞颂的基调,对唐玄宗、肃宗各打五十大板:批评玄宗荒废政事,置国家根本大计于不顾,造成安史之乱;肃宗觊觎皇位,草草登基,又因张后的挑唆,父子失欢,有悖人伦大德。张耒也作有《读中兴颂碑》:"玉环妖血无人扫,渔阳马厌长安草。潼关战骨高于山,万里君王蜀中老。金戈铁马从西来,郭公凛凛英雄才。举旗为风偃为雨,洒扫九庙无尘埃。元功高名谁与纪,风雅不继骚人死。水部胸中星斗文,太师笔下蛟龙字。天遣二子传将来,高山十丈磨苍崖。谁持此碑入我室,使我一见昏眸开。百年废兴增叹慨,当时数子今安在。君不见荒凉浯水弃不收,时有游人打碑卖。"④对于张耒的《读中兴颂碑》诗,褒贬不一。张戒、曾季狸、吴子良等人均认为其水平远不及黄庭坚诗,引

---

①　辛更儒:《刘克庄集笺校》卷一百四,中华书局 2011 年,第 4346 页。

②　(宋)陆游:《跋郑虞任昭君曲》,《陆游集·渭南文集》,中华书局 1976 年,第 2238 页。

③　(宋)黎靖德:《朱子语类》卷一百四十《论文下》,中华书局 1986 年,第 3330 页。

④　(宋)张耒:《张耒集》,中华书局 1990 年,第 232—233 页。

次如下:

> 往在柏台,郑亨仲、方公美诵张文潜《中兴碑》诗,戒曰:
> "此弄影戏语耳。"二公骇笑,问其故,戒曰:"'郭公凛凛英雄
> 才,金戈铁马从西来。举旗为风偃为雨,洒扫九庙无尘埃。'岂
> 非弄影戏乎?'水部胸中星斗文,太师笔下蛟龙字'亦小儿语
> 耳。如鲁直诗,始可言诗也。"二公以为然。

> 张文潜与鲁直同作《中兴碑》诗,然其工拙不可同年而语。
> 鲁直自以为入子美之室,若《中兴碑》诗,真可谓入子美之
> 室矣。①

> 山谷《浯溪碑》诗有史法,古今诗人不至此也。张文潜《浯
> 溪》诗止是事持语言。今碑本并行,愈觉优劣易见。张诗比山
> 谷,真小巫见大巫也。潘邠老亦有《浯溪》诗,思致却稍深远,
> 吕东莱甚喜此诗。予以为邠老诗虽不敢望山谷,然当在文潜
> 之上矣。②

> 读《中兴颂》诗,前后非一,惟黄鲁直、潘大临,皆可为世主
> 规鉴。若张文潜之作,虽无之可也。③

---

① (宋)张戒:《岁寒堂诗话》卷上,丁福保《历代诗话续编》,中华书局 1983 年,第
463 页。
② (宋)曾季狸:《艇斋诗话》,丁福保《历代诗话续编》,中华书局 1983 年,第
296 页。
③ (宋)吴子良:《荆溪林下偶谈》卷二"读中兴颂诗"条,影印文渊阁《四库全
书》本。

　　周紫芝的评价却不同，《竹坡诗话》认为张耒的《读中兴颂碑》诗"可谓妙绝今古"。不过，他也指出诗歌中"潼关战骨高于山，万里君王蜀中老"的不妥之处，"议者犹以肃宗即位灵武，明皇既而归自蜀，不可谓老于蜀也。虽明皇有老于剑南之语，当须说此意则可，若直谓老于蜀则不可。"[①]

　　在《竹坡诗话》中，还记载了这样一段诗论：

> 　　林和靖赋《梅花诗》，有"疏影横斜水清浅，暗香浮动月黄昏"之语，脍炙天下殆二百年。东坡晚年在惠州，作《梅花诗》云："纷纷初疑月挂树，耿耿独与参横昏。"此语一出，和靖之气遂索然矣。张文潜云："调鼎当年终有实，论花天下更无香。"此虽未及东坡高妙，然犹可使和靖作衙官。[②]

　　林逋《山园小梅》中"疏影"、"暗香"一联，得梅之神韵，向之论者几无异辞。而周紫芝却认为张耒的梅诗远胜林和靖诗，真可谓有色眼镜在作祟。

　　"乐府第一"、"妙绝今古"、"使和靖作衙官"等评价，显然属于溢美不实之辞，从中可看出周紫芝对张耒的顶礼膜拜。观《太仓稊米集》《竹坡诗话》等，知其识见不俗，学问渊源有自。四库馆臣指出："（周紫芝）学问渊源实出元祐，故于张耒《柯山》《龙阁》《右史》《谯郡先生》诸集汲汲搜罗，如恐不及。叶梦得《石林诗话》所谓寇国宝诗自苏、黄门庭中来，故自不同者也。"[③]周紫芝多次提到，他

---

①　（清）何文焕：《历代诗话》，中华书局1981年，第356页。

②　（清）何文焕：《历代诗话》，第347页。

③　（清）纪昀等：《钦定四库全书总目》卷一百五十八，中华书局1997年，第2122页。

少时就仰慕张耒,《诗八珍序》已详述(上文已引),《竹坡诗话》也交待:"某为儿时,先人以公(张耒)真稿指示,某是时已能成诵。"①周紫芝接触张耒时还很小,才十多岁,且记诵了大量张耒诗;可以说,张耒诗在他的记忆中深刻而熟稔。后来在成长过程中,虽然接触到杜甫、苏轼、黄庭坚、陈师道等人诗集,对张耒诗却情有独钟。南渡之后,周紫芝的少年崇拜非但不减退,反而得以强化,与当时的思想文化状况密不可分。伴随二苏、"四学士"等元祐名士在南宋后的热宠,与张耒宣城相从的经历,成为周紫芝南渡后最有分量的一张名片。学张耒,可以获得诗学圈内更多的认同。"诗从元祐总名家"②,凡是得到元祐诗歌遗泽沾溉的诗人,总会"名家"的。周紫芝反复强调自己少时与张耒的宣城之缘,主要是为了建立与"元祐"的师承关系,标榜源流,以正脉嫡传自居。连孙觌在为其《竹坡词》作序时,也特别强调了这一点:"竹坡先生少慕张右史而师之,稍长,从李姑溪游,与之上下其议论,由是尽得前辈作文关纽。"③就周紫芝的诗歌来讲,他确如四库馆臣所说无黄庭坚"生硬之弊",信笔写来,虽不及张耒"词浅意深",却也不乏清浅可爱之作。如《病后二首》之二:"病起身还健,凭高喜欲颠。乱山推不去,一水忽当前。远碧飞双鹭,平湍落钓船。自今如不死,余日尽诗年。"④《读涪翁黔南诗作》:"阿香名字本无双,流落真成窜夜郎。蚤岁浪言肠是锦,只今空复鬓成霜。名传故国犹惊座,诗入浯川尚满囊。

---

① (清)何文焕:《历代诗话》,中华书局1981年,第357页。

② (宋)郑天锡:《江西宗派》,《全宋诗》第72册,北京大学出版社1998年,第45188页。

③ (宋)周紫芝:《竹坡词》卷末,明毛晋汲古阁《宋名家词》本。

④ (宋)周紫芝:《太仓稊米集》卷三,影印文渊阁《四库全书》本。

天为少陵增秀句，故教迁客上瞿塘。"①《秋晚念归》："风寒黄叶未全落，露重流萤已不飞。惆怅西风秋欲老，旅巢无定客思归。"②以上为短篇，平淡自然，无板滞艰深之弊。长篇亦出语痛快，如《贼退后经旧居》："反侧虞戈兵，流离厌山谷。师兴解重围，乱定出荼毒。提携望乡关，老稚甘骈足。故里成丘墟，门巷亡诘曲。大木亦已薪，蔓草行可束。东邻杀翁媪，祸难云最酷。白骨在草间，零落不相属。西家各奔窜，系掳及僮仆。当时黄金囊，掉头不肯赎。新交半亡没，变故谁记录。举家竟何归，寄食叹局促。凶年大军后，旱气日熇熇。涸井不供炊，垢腻那得浴。不知病瘦躯，何以度蒸溽。自从关陕乱，威弧殊未韣。十人九无家，荡析岂所欲。微生何足论，主食久不玉。但愿早休兵，四海各安俗。"③

三、文潜情结的深远影响

因对张耒有独特的情感，周紫芝不遗余力地搜求张耒的诗文集。《与王漕乞张右史集二首》其一："文采推前辈，儿童识姓名。日边张右史，江左谢宣城。自恨空飘泊，无由见老成。著书如可得，尚足慰生平。"其二："张绪风流士，文昌古淡诗。发扬知有助，埋没竟多时。公已勤雠校，神应作护持。何当遗珠玉，璀璨满书帏。"④从这些诗歌中可看出周紫芝为了搜集张耒文集，及时了解有关编校、出版信息，并为下一步的借阅、抄写做准备。《书谯郡先

---

① （宋）周紫芝：《太仓稊米集》卷六，影印文渊阁《四库全书》本。
② （宋）周紫芝：《太仓稊米集》卷十七，影印文渊阁《四库全书》本。
③ （宋）周紫芝：《太仓稊米集》卷九，影印文渊阁《四库全书》本。
④ （宋）周紫芝：《太仓稊米集》卷二十四，影印文渊阁《四库全书》本。

生文集后》："余顷得《柯山集》十卷于大梁罗仲共家，已而又得《张龙阁集》三十卷于内相汪彦章家，已而又得《张右史集》七十卷于浙西漕台。先生之制作，于是备矣。今又得《谯郡先生集》一百卷于四川转运副使南阳井公之子晦之。然后知先生之诗文为最多，当犹有网罗之所未尽者。余将尽取数集，削其重复，一其有无，以归于所谓一百卷者，以为先生之全书焉。"①其中，《张右史集》七十卷，乃张表臣编校，其《张右史文集序》作于绍兴十三年(1143)闰四月。在该序中，张表臣提到曾与秦桧"论近世中原名士，因及苏门诸君子，自黄豫章、秦少游、陈后山、晁无咎诸文集，皆已次第行世，独宛丘先生张文潜诗文散落，其家子弟死兵火，未有纂萃而诠次之者"②，只是叙述编纂的缘由，且秦桧论及苏门中人，完全符合当时文化策略，并无偏爱之意。朱熹却不这么认为，"张文潜软郎当，他所作诗，前四五句好，后数句胡乱填满，只是平仄韵耳。想见作州郡时阔冗，平昔议论宗苏子由，一切放倒，无所为，故秦桧喜之。"③

《竹坡诗话》还记载了周紫芝编校张耒集的片段："今日校《谯国集》，适此两卷皆公在宣城时诗。某为儿时，先人以公真稿指示，某是时已能成诵。今日读之，如见数十年前故人，终是面熟。但句中时有与昔时所见不同者，必是痛遭俗人改易尔。如《病起》一诗云：'病来久不上层台(原注：谓宣城叠嶂双溪也)，窗有蜘蛛径有苔。多少山茶梅子树，未开齐待主人来。'此篇最为奇绝。今乃改

① (宋)周紫芝：《太仓稊米集》卷六十七，影印文渊阁《四库全书》本。
② (宋)张表臣：《张右史文集序》，李逸安点校《张耒集》附录，中华书局1990年，第1020—1021页。
③ (宋)黎靖德：《朱子语类》卷一百三十《本朝四·自熙宁至靖康用人》，中华书局1986年，第3122页。

云：'为报园花莫惆怅，故教太守及春来。'非特意脉不伦，然亦是何
等语。又如'樱桃欲破红'，改作'绽红'；'梅粉初坠素'，改作'梅
葩'。殊不知绽、葩二字，是世间第一等恶字，岂可令入诗来。又
《喜雨晴诗》云：'丰穰未可期，疲瘵何日起。'乃易'疲瘵'为'瘦饥'，
当时果有瘦饥二字，此老则大段窘也。"①周紫芝校定张耒《谯国
集》时，如故人重逢，童年时就耳熟能详的句子，助成他的判断："句
中时有与昔时所见不同者"，一定是遭到俗人的窜改。所以，他要
改回来，以维持"昔时所见"的原貌原意。童年的记忆在他编校张
耒文集时，依然起到了至关重要的作用，在有异文出现时，他相信
了自己的记忆和阅读经验，而没有考虑是否存在作者修改、传抄讹
误等问题。

　　周紫芝具有如此深重的文潜情结，以至看待其他人诗歌时，也
不自觉地用张耒作为标准，如《书陵阳集后》："大抵子苍之诗，极似
张文潜，淡泊而有思致，奇丽而不雕刻，未可以一言尽也。"②周紫
芝希望借推重张耒以提高自己的身价，故而有意拔高了张耒的诗
歌成就。可以说，盲目崇拜遮蔽了周紫芝的批评视界，使他不能秉
持客观公正的标准，所以，他对张耒算不上了解之同情。虽然他在
评论张耒诗时，有过誉之嫌，但也不能忽略他为张耒文集所做的收
集整理之功。

　　就张耒诗的成就而言，周紫芝的评价显得很特别。他少时与
张耒有宣城相从之缘，这成为他深刻的诗学记忆，而且，随着元祐

---

① 　（清）何文焕：《历代诗话》，中华书局 1981 年，第 357—358 页。
② 　（宋）周紫芝：《太仓稊米集》卷六十七，影印文渊阁《四库全书》本。

文化的热潮,他从教于元祐名人的记忆被强化、凸显,以至他在评价张耒时,一味膜拜,失却了应有的客观冷静。因此,周紫芝关于张耒乐府诗第一、中兴颂诗妙绝古今等等评述,也就不难理解。此后刘克庄不审实情,转袭了周紫芝的说法,很轻易地上了当。而张戒、陆游、朱熹等人的评述,则相对客观。周紫芝对张耒诗膜拜式的接受,充分说明:批评者的眼光和视界,自然会影响到批评的效果,但文学史最终会沙里淘金,采择比较符合文学发展史实的评判。不过,像周紫芝的接受,毕竟也是一种历史存在,它为我们展现了复杂而生动的文学生成图景。

(原载《郑州大学学报》2014 年第 4 期)

陆九渊视野中的王安石

　　王安石逝世一百年，声名浮沉。曾配享孔子庙庭，新学被奉为官方正统学说。靖康之后，王安石被指斥为亡国罪人。陆九渊作为王安石的同乡，对王安石及其地位百年升沉均有了解，写下了《荆国王文公祠堂记》（下称《祠记》）。对于这篇文字，学术界已有论著予以探讨，如李华瑞《王安石变法研究史》①、邢舒绪《陆九渊研究》②开辟专门章节，从学术史、思想史的角度，具体探讨《荆国王文公祠堂记》中陆九渊评判王安石的尺度、内容以及影响等；周建刚《陆九渊〈荆国王文公祠堂记〉与朱陆学术之争》一文则讨论了祠记所体现的心学政治观及朱陆之争③；杨高凡《陆九渊〈荆国王文公祠堂记〉刍议——兼论朱陆之争》一文，论述了临川王安石祠堂修建的历程、《祠记》撰写始末、传播及朱熹的批判④等等。学术界对《祠记》内容、评价标准、写作缘由及影响的研究，功莫大焉。但有些问题尚可深究：陆九渊对百年王安石评价是否有全面了解？

---

　　① 李华瑞：《王安石变法研究史》，人民出版社 2004 年，第 288—294 页。
　　② 邢舒绪：《陆九渊研究》，人民出版社 2008 年，第 157—163 页。
　　③ 《江西师范大学学报》2013 年第 1 期。
　　④ 《宋史研究论丛》第 18 辑，河北大学出版社 2016 年。

祠记的文体特性是否影响写作者的论证思路？陆九渊的立场是否代表了知识界对王安石政事学术的反思？缺席的文学评价，究竟是理学家漠视文学的态度的延续，还是王安石文学评价本无疑义？笔者不避疏陋，试图对上述问题做些探讨，以就教于方家。

一、陆九渊撰写《祠记》的历史语境

自元祐元年（1086）四月王安石逝世，至淳熙十五年（1188）陆九渊撰写《祠记》，适逾百年。在百余年中，王安石政治、学术地位浮沉升降，而文学、品节很少受到质疑。这种分而论之的评价方式，早在王安石去世之初，司马光写给吕公著的书信已定下基调："介甫文章、节义过人处甚多，但性不晓事而喜遂非，致忠直疏远，谗佞辐辏，败坏百度，以至于此。"[①]

司马光从文章、节义、政治作为等方面评价了王安石：王安石在道德、文章两方面都无可挑剔，但其性情乖戾，不走寻常路，不做寻常事，这也就导致了他在政治运作中出现了一系列的问题。"忠直疏远，谗佞辐辏"，黜君子，近小人，造成权力中心格局的变动。"败坏百度"一语，极不客气地指责王安石政治革新造成弊端丛生。

此后百年间，王安石政事成为朝廷论争的焦点。作为政治改革者的王安石，经历两次反复，一次集中在元祐更化时期，一次集中在宋室南渡前后。

---

① （宋）李焘：《续资治通鉴长编》卷三百七十四，元祐元年四月癸巳条，中华书局1992年，第9069页。

　　高太后主政的元祐时期，废除王安石新政，复归祖宗之法。宋哲宗亲政后，绍圣元年(1094)四月以王安石配享宋神宗庙庭。宋徽宗崇宁三年(1104)六月，图熙宁、元丰功臣于显谟阁；以王安石配享孔子庙。政和三年(1113)正月，封王安石为舒王，配享文宣王庙，封子雱为临川伯。靖康年间，杨时就声言"致今日之祸者，实安石有以启之也"，认为王安石变法是北宋衰亡的病根，而他的理由便是："蔡京用事二十余年，蠹国害民，几危宗社，人所切齿，而论其罪者曾莫知其所本也。盖京以继述神宗皇帝为名，实挟王安石以图身利，故推尊安石，加以王爵，配享孔子庙庭。而京所为，自谓得安石之意，使无得而议，其小有异者，则以不忠不孝之名目之，痛加窜黜。人皆结舌莫敢为言，而京得以肆意妄为。"①

　　靖康元年(1126)四月，复以诗赋取士，禁用王安石《字说》；五月，罢王安石配享孔子庙庭。六月，诏："今日政令，惟遵奉上皇诏书，修复祖宗故事。群臣庶士亦当讲孔、孟之正道，察安石旧说之不当者，羽翼朕志，以济中兴。"②靖康时期，朝廷对王安石的评价呈现出犹豫不决的特点：朝廷本意是要消除王安石的影响，却又碍于宋徽宗颜面，不能大张旗鼓地废止，"察安石旧说之不当者"最能体现出宋钦宗政权的无奈。宋高宗建炎三年(1129)六月，罢王安石配享宋神宗庙庭，以司马光配享。

　　绍兴四年(1134)八月，宋高宗与范冲君臣二人进行了带有总结性质的对话，内容涉及政体、史事、史籍、人物评价等等。宋高宗最后予以收结，申明"最爱元祐"的态度，实际上宣示新政权的所本

---

①　(宋)杨时：《上渊圣皇帝疏》七，《龟山先生全集》卷一，《宋集珍本丛刊》本。

②　(元)脱脱：《宋史》卷二十三《钦宗纪》，中华书局1985年，第429页。

与所因。这一纲领,是对包含元祐之治在内的元祐资源的认同。就政事而言,宋高宗君臣舍熙、丰而取元祐,延续了北宋后期以来褒此贬彼的路线。①

朝廷有没有追夺王安石王爵?《皇宋中兴两朝圣政》记载,靖康初已下诏追夺安石王爵②。令人不解的是,绍兴四年(1134)八月戊寅,范冲入对时,曾引述程颐的一段话来证明王安石坏天下人心术,云:"昔程颐尝问臣安石为害于天下者何事? 臣对以新法。颐曰:'不然。新法之为害未为甚,有一人能改之即已矣。安石心术不正,为害最大,盖已坏了天下人心术,将不可变。'臣初未以为然,其后乃知安石顺其利欲之心,使人迷其常性,久而不自知。"宋高宗听完后,回应道:"安石至今犹封王,岂可尚存王爵?"③宋高宗的回复表明,直至绍兴初年,王安石王爵尚存。所以,绍兴四年(1134)八月,诏毁王安石舒王诰。同样的史料——《皇宋中兴两朝圣政》中,既然靖康初已追夺王安石王爵,为何宋高宗却称"尚存王爵"? 是靖康追夺没有执行,还是宋高宗一时失忆? 另,据庄绰《鸡肋编》卷中记载:"靖康初,罢舒王王安石配享宣圣,复置《春秋》博士,又禁销金。时皇弟肃王使虏,为其拘留未归。种师道欲击虏,而议和既定,纵其去,遂不讲防御之备。太学轻薄子为之语曰:'不救肃王废舒王,不御大金禁销金,不议防秋治《春秋》。'"④"罢舒王

---

① 参见拙文《南宋初"最爱元祐"语境下的文化重建》,《中州学刊》2011 年第 3 期。

② 《皇宋中兴两朝圣政》卷十五,《续修四库全书》本。《宋史》卷一百五《礼》:"靖康元年,右谏议大夫杨时言王安石学术之谬,请追夺王爵,明诏中外,毁去配享之像,使邪说淫辞不为学者之惑。诏降安石从祀庙廷。"(中华书局 1985 年,第 2551 页)

③ 《皇宋中兴两朝圣政》卷十五,《续修四库全书》本。

④ (宋)庄绰:《鸡肋编》卷中,中华书局 1983 年,第 43 页。

王安石配享宣圣",指的是罢配享;太学生所编顺口溜中"废舒王",承接前文意思,当指罢王安石配享,而不是废除王安石舒王王爵。

　　终宋高宗时代,对王安石新政、新学的态度,在绍兴十二年(1142)前后略有变化——前紧后松,但总体上处于压抑之态。建炎初至绍兴十二年,对王安石政事学术进行全面的批驳,其中以绍兴四年八月确立"最爱元祐"纲领为顶峰。宋高宗细数王安石罪过:安石变法学商鞅,而变法造成"天下纷然"[①];"安石之学,杂以伯道,取商鞅富国强兵,今日之祸,人徒知蔡京、王黼之罪,而不知天下之乱,生于安石"[②]。绍兴年间,力诋王安石之罪者,有陈公辅、胡寅、王居正等。诚如陈公辅在绍兴六年奏疏中所言:"安石政事坏人才,学术坏人心。"[③]陈公辅的总结极其到位,宋高宗极其欣喜,特擢其为左司谏。不独陈公辅,胡寅也在奏疏中将王安石视作邪说的代言词,"天下有至公之心,有正直之论,遗正论、拂公心以行其邪说,虽当时不悟,及事已败,世已陵迟,然后悔之,则无及已。姑以近事明之,方王安石得志,托大有为之说"[④]。绍兴十二年后,伴随着和议国策的施行,朝廷对伊川学、新学表面是不偏不倚,实际上相对于前一阶段而言,态度已有明显松动。最明显的事例,便是绍兴二十六年(1156)六月,诏取士毋拘程颐、王安石一家之说[⑤]。《宋史·选举志》得出结论:"程、王之学,

---

　　①　(宋)李心传:《建炎以来系年要录》卷八十四,中华书局1956年,第1375页。

　　②　(宋)李心传:《建炎以来系年要录》卷八十七,绍兴五年三月庚子条,第1449页。《皇宋中兴两朝圣政》卷十七,《续修四库全书》本。

　　③　(清)吴乘权:《纲鉴易知录》卷八十,中华书局1960年,第2188页。

　　④　(宋)李心传:《建炎以来系年要录》卷八十九,绍兴五年五月丙戌条,第1488页。《皇宋中兴两朝圣政》卷十八,《续修四库全书》本。

　　⑤　(元)脱脱:《宋史》卷三十一《高宗纪》,中华书局1985年,第585页。

数年以来,宰相执论不一,赵鼎主程颐,秦桧主王安石。至是,诏自今毋拘一家之说,务求至当之论,道学之禁稍解矣。"①在科举考试中,不主程颐、王安石专门之学,即对程颐、王安石不打击,亦不热捧,寻求中正之道。秦桧主政期间,对王安石有所偏爱。上引诏命发布时,秦桧逝世不到一年,显然已对"秦桧主王安石"的方略有所调整。

吕祖谦在王居正《行状》中总结道:"靖康、建炎以来,朝廷惩创王氏邪说之祸,罢配享,仆坐像,更科举法,置《春秋》博士弟子员,国论略定。然余朋遗党合力诋沮,所以摇正道者万端。赖太上皇持之坚,既不得逞,则阴挟故习,候伺间隙,识者惧焉。"②吕祖谦站在"正道"者的角度,对王氏余党所做的一些努力进行了评述,当然也包括秦桧专权时期的推尊王安石的努力。在他看来,只不过是王安石邪说的挣扎而已,最终无法改变"天下遂不复宗王氏"的结局。之所以如此,皆缘太上皇即宋高宗扶持正道、笃守国论。

到了乾淳中兴时代,王安石政事、学术评价到底处于什么样的历史场域? 作为熙丰政治革新的领袖人物,王安石并未被彻底"打倒"。

淳熙四年(1177),驾幸太学,李焘论两学释奠:从祀孔子,当升范仲淹、欧阳修、司马光、苏轼,黜王安石父子。结果是,李焘此论并未得到广泛认同,众议不协,止黜王雱而已。③由此可见,至宋孝

---

①　(元)脱脱:《宋史》卷一百五十六《选举志》,中华书局 1985 年,第 3630 页。

②　(宋)吕祖谦:《故左朝散郎徽猷阁待制提举江州太平兴国宫江都县开国子食邑五百户致仕赠左通议大夫王公行状》,《东莱吕太史文集》卷九,《宋集珍本丛刊》本。

③　(元)脱脱:《宋史》卷三百八十八《李焘传》,第 11917 页。

宗时代,王安石依然从祀孔子①。淳熙五年(1178)正月,侍御史谢廓然乞戒有司,毋以程颐、王安石之说取士。从之。②谢廓然的建议,是针对绍兴二十六年"取士毋拘程颐、王安石一家之说"而言。朝廷有司最终采纳了谢廓然的意见,科举考试中对伊川学、荆公新学断然割弃。不拘一家之说,意在折中调和;二家都不采用,保持适当距离,均体现了朝廷不偏不倚、允执厥中的理念。从绍兴后期到淳熙前期,科举考试的导向设置中对伊川学、荆公新学的调和或疏离,从侧面反映出二家之学具有同样权重,王安石学说在高、孝两朝并非死气沉沉、人人唾弃。

　　对二家学说的评判,现存宋代文人言论多尊程(洛学)而贬王(新学)③。但官方对二家学说保持同一步调的立场,再次说明南宋前期王安石地位并非一沉到底,仅学术而言就有官方和文人两个不同的评判层面。在官方层面,从靖康时代开始,赵宋朝廷就要竭力摆脱变革所带来的困惑、困境,回归元祐必然要对王安石主导的熙丰政事学术予以反拨,所以要将王安石排挤出官方体系,这也

---

　　① 文献明确记载,靖康元年王安石已罢享孔子庙庭,那么,王安石何时又得以配享孔庙? 究竟是靖康初年罢享而未实施,还是秦桧主政期间得以再度配享? 实际上,王安石真正被罢黜配享孔庙,是在宋理宗淳祐元年(1241)正月甲辰,诏:"朕惟孔子之道,自孟轲后不得其传。至我朝周敦颐、张载、程颢、程颐,真见实践,深探圣域,千载绝学始有指归。中兴以来,又得朱熹精思明辨,表章浑融,使《大学》《论》《孟》《中庸》之书,本末洞彻,孔子之道,益以大明于世。朕每观五臣论著,启沃良多。今视学有日,其令学官列诸从祀,以示崇奖之意。"寻以王安石谓"天命不足畏,祖宗不足法,人言不足恤",为万世罪人,岂宜从祀孔子庙庭? 黜之。《宋史》卷四十二《理宗纪》,中华书局1985年,第821—822页)《宋史》纂修者对理宗所下的赞语中有"首黜王安石孔庙从祀,升濂、洛九儒,表章朱熹《四书》,丕变士习"等语,更确证王安石罢享孔庙乃宋理宗时史事。

　　② (元)脱脱:《宋史》卷三十五《孝宗纪》,中华书局1985年,第667页。

　　③ 参见本书中《两宋之际文人视野中的"伊川学"》,原载《中国典籍与文化》2011年第4期。

是上文提到的,朝廷对王安石政事学术整体上处于压抑的态度。元祐导向确立后,政事的问题迎刃而解,因为南渡后朝廷面临的是一个全新的政治军事形势,披荆斩棘,是元祐非熙丰,意义在于构建国策的合法合理性。相对于政事,学术就比较棘手,毕竟新学有其合理性,且受其熏染者何止一代学人①! 在具体施政中,依然能看到王安石学术的影响力。官方并没有将王安石学术一棒子打死,而是将其和洛学构成命运共同体,反而在某种程度上促使了王学的"反弹"。不过,具体到文人层面,尊程(洛学)抑王(新学)是主流。

二、《祠记》的文体与逻辑

有以上论述作为历史语境,能更清晰客观地评价陆九渊《祠记》的文体特征及行文逻辑。作为八百余年后的读者,可以将陆九渊写作《祠记》之前王安石百年地位的升沉情况弄清楚;八百多年前的作者,在写《祠记》时,是否对上节所谈到的百年升沉了然于胸? 换句话说,陆九渊对王安石评价的起点和基调是否客观?

淳熙十五年(1188)正月,陆九渊应抚州知州钱象祖之约,写下了《祠记》。《祠记》通篇以议论为主,仅末段记述荆公祠堂重修始

———————

① 靖康元年五月五日,御史中丞陈过庭奏:"臣闻太学,贤士之关,礼仪之所自出。今也学官相诟于上,诸生相殴于下,甚者诸生奋袂而竞前,祭酒奉头而窜避……五经之训,义理渊微,后人所见不同,或是或否,诸家所不能免也。是者必指为正论,否者必指为邪说,此乃近世一偏之辞,非万世之通论。自蔡京擅权,专尚王氏之学,凡苏氏之学,悉以为邪说而禁之。近罢此禁,通用苏氏之学,各取所长而去所短也。祭酒杨时矫枉太过,复论王氏为邪说,此又非也。"(《靖康要录笺注》,四川大学出版社2008年,第731页)

末。在《文章辨体序说》中，吴讷认为"记"的表述方式，初以叙事为主，韩柳杂议论于其中，至欧苏始专有以议论为记者；"大抵记者，盖所以备不忘。如记营建，当记月日之久近，工费之多少，主佐之姓名，叙事之后，略作议论以结之，此为正体。至若范文正公之记严祠，欧阳文忠公之记昼锦堂，苏东坡之记山房藏书，张文潜之记进学斋，晦翁之作婺源书阁记，虽专尚议论，然其言足以垂世而立教，弗害其为体之变也。"①

《文体明辨序说》这样概括"记"的文体特点："其文以叙事为主，后人不知其体，顾以议论杂之。故陈师道曰：'韩退之作记，记其事耳；今之记乃论也。'盖亦有感于此也。然观《燕喜亭记》已涉议论，而欧苏以下，议论寝多，则记体之变，岂一朝一夕之故哉？……又有托物以寓意者（如王绩《醉乡记》是也），有首之以序而以韵语为记者（如韩愈《汴州东西水门记》是也），有篇末系以诗歌者（如范仲淹《桐庐严先生祠堂记》之类是也），皆为别体。"②

吴讷、徐师曾都指出，欧阳修、苏轼"记"以议论为主，由此推动记体的变革。陆九渊祠记专尚议论，深合记体的文体特征。就《祠记》中议论而言，立论与驳论兼有，相得益彰。所立者，王安石乃不世出之伟人；所辩者，新法之罪乃士大夫共同体之责，不当由王安石一人来担。在立论与辩驳之间，陆九渊的论证逻辑是清晰明白、一以贯之的——公正地确立王安石的历史地位。

《祠记》首段，高标大道，上追尧舜禹、夏商周，大道或行或存。周朝末期异端蜂起，黄老思想在诸子百家中脱颖而出；至汉初成为

---

①　（明）吴讷：《文章辨体序说》，人民文学出版社 1998 年，第 42 页。

②　（明）徐师曾：《文体明辨序说》，人民文学出版社 1998 年，第 145 页。

统治之策,直至文景时代,大道不行。孔、孟所接续的正是三代、夏商周之大道,真所谓不绝如缕、斯道微茫。孔孟以降,斯道再明,岂不伟哉!

陆九渊高标大道的论述逻辑,将王安石置于明道体系中,无疑最大限度地提升了王安石的地位。在道统主义高涨的宋代,身在道统谱系,就意味着儒学传承身份的公开认定。韩愈《原道》中说:"斯吾所谓道也,非向所谓老与佛之道也。尧以是传之舜,舜以是传之禹,禹以是传之汤,汤以是传之文、武、周公,文、武、周公传之孔子,孔子传之孟轲,轲之死,不得其传焉。"①在韩愈看来,孟子以下斯道中断,不得其传,我辈正可黾勉为之。在嗣后的儒学复兴运动中,柳开、孙复、石介等人,都极力阐扬道统谱系,"他们的表述只是拉长了'道统'谱系的链条,增列了荀卿、扬雄、王通、韩愈四人,但拉长谱系本身也就意味着拉近了儒教与现实社会的距离,同时也拓展了宋初儒学的发展空间"②。苏洵《上欧阳内翰第二书》中说:"自孔子没,百有余年而孟子生;孟子之后,数十年而至荀卿子;荀卿子后乃稍阔远,二百余年而扬雄称于世;扬雄之死,不得其继千有余年,而后属之韩愈氏;韩愈氏没三百年矣,不知天下之将谁与也?"③

柳开、孙复、石介、苏洵诸家之论,表述的内容不完全一致,但叙述的逻辑极为相似,那就是斯道传承的次序。苏轼在《潮州韩文公庙碑》中高度评价韩愈振起文统、道统的功绩,"文起八代

---

① 马其昶:《韩昌黎文集校注》,上海古籍出版社1986年,第18页。

② 张兴武:《宋初百年文道传统的缺失与修复》,《文学遗产》2006年第5期。

③ 曾枣庄:《嘉祐集笺注》,上海古籍出版社1993年,第334页。

之衰,而道济天下之溺"①。《六一居士集叙》中又言"欧阳子,今之韩愈也"②,都是同样的表述逻辑,目的便是让韩愈、欧阳修名正言顺地进入道统谱系中。这套表述方式为何如此兴盛,以至于苏氏父子也欣然采纳?惯用、频用的论证逻辑、语式,能让作者欣然用之而使读者心悦诚服。谱系本身隐含了权威性,孔、孟自不必论,荀子、扬雄、王通、韩愈在儒学史自有一席之地,就像禅宗的传灯录,以法传人,辗转相续。道统谱系虽重传承,却不连续,甚或间隔上百年,当世名公、宿德大儒拼接成连贯的传承序列,具有很大的影响力。韩愈肇其端,他所重构的尧→舜→禹→汤→文、武、周公→孔子→孟轲的道统谱系,成为最基本的轮廓。宋人所接续的道统谱系,可以苏轼、朱熹作为两个分界线。苏轼续接了孟子以下的韩愈、欧阳修;孟子至韩愈中间段,也有人主张加上荀子、扬雄、王通,但韩愈接续孟子这条主线是极其明朗的。朱熹看不上韩愈在道学修身养性方面的作为,将其排除在谱系之外,认为二程直承孟子,杨时接续二程,即"道丧千载,两程勃兴。有的其绪,龟山是承"(《祭延平李先生文》)。嗣后朱熹的道统谱系逐渐占据上风,苏轼所倡导的文以明道的道统谱系被排挤,好在尚有文统支撑。

　　陆九渊将王安石置于明道的谱系中,但又不采用斩钉截铁的断语作结,而是以设问的语式来表达:"自夫子之皇皇,沮溺、接舆之徒,固已窃议其后。孟子言必称尧舜,听者为之藐然。不绝如线,未足以喻斯道之微也。陵夷数千百载,而卓然复见斯义,顾不伟哉?"联系上引韩愈《原道》"轲之死,不得其传焉"、苏洵《上欧阳

---

① (宋)苏轼:《苏轼文集》,中华书局 1986 年,第 509 页。
② (宋)苏轼:《苏轼文集》,中华书局 1986 年,第 316 页。

内翰第二书》"韩愈氏没三百年矣,不知天下之将谁与也",声调口吻何其相像,更说明这种论证的语式、逻辑深入人心,故作者不惮其烦地使用。

不过,陆九渊似乎担心别人意识不到《祠记》的价值,借书信往来的方式,向外宣示:"《荆公祠堂记》与元晦三书并往,可精观熟读,此数文皆明道之文,非止一时辩论之文也。"①陆九渊为我们揭示了《祠记》的宗旨和写作动机:明道。

陆九渊在立论王安石明道时,除了上举将王安石置于明道谱系外,进一步论证王安石如何明道。王安石得君行道,君臣遇合,各尽其义,以尧舜为治道目标,也就是回归到"大道"的基点。不同于前朝简单的君臣遇合,陆九渊在论述中着意强调了神宗皇帝与士大夫共治天下的胆识和魄力,"卿宜悉意辅朕,庶同济此道""有以助朕,勿惜尽言""须督责朕,使大有为。"又曰:"天生俊明之才,可以覆庇生民,义当与之戮力,若虚捐岁月,是自弃也"等圣语,表明宋神宗励精图治的决心。之所以不同于简单的君臣遇合,因为王安石明确地意识到:君臣各致其义,为君则欲尽君道,为臣则欲尽臣道。说到底,就是君臣同心合力,君臣是平等的,各尽其力而已。这相对于韩愈《原道》篇中确定君、臣、民各自的责任,"君者,出令者也;臣者,行君之令而致之民者也;民者,出粟米麻丝,作器皿,通货财,以事其上者也"②,显然是一大进步。

在褒扬宋神宗、王安石君臣各致其义后,笔锋一转,指出王安石"负斯志""蔽斯义"的两大问题:"惜哉!公之学不足以遂斯志,

① (宋)陆九渊:《与陶赞仲》,《陆九渊集》卷十五,中华书局1980年,第194页。
② 马其昶:《韩昌黎文集校注》,上海古籍出版社1986年,第16页。

而卒以负斯志；不足以究斯义，而卒以蔽斯义也。"《祠记》褒贬并行的理路，并不符合记体的写作常例。本着知言知人的原则，陆九渊引述王安石代表性的言论，分析他为何"自蔽"。他认为，王安石学问、事业，集中呈现在《上仁宗皇帝言事书》中，其总纲为"当今之法度，不合乎先王之法度"。

陆九渊以为，为政之本在人，若汲汲于法度，则舍本逐末矣。王安石的自蔽，正在于舍本逐末，不能体究辅臣应致之义。自蔽之源，在其学而不在为人。《祠记》高度赞扬了王安石光明俊伟的品格："英特迈往，不屑于流俗，声色利达之习，介然无毫毛得以入于其心。洁白之操，寒于冰霜，公之质也。扫俗学之凡陋，振弊法之因循，道术必为孔孟，勋绩必为伊周，公之志也。不蕲人之知，而声光烨奕，一时巨公名贤为之左次，公之得此，岂偶然哉？""公之质"光风霁月，"公之志"高扬蹈厉，都可谓不世出者。从叙事逻辑上讲，又是贬中有褒。自蔽当然是问题，但无法遮掩荆公人格的闪光点。

由此进入王安石自蔽的缘由及实质的讨论。"用逢其时，君不世出，学焉而后臣之，无愧成汤、高宗。君或致疑，谢病求去，君为责躬，始复视事，公之得君，可谓专矣。"这一段话明说宋神宗的英明和对王安石的信任，实际上是说王安石得君之专。诚然，王安石主持熙宁变法时，宋神宗给予最大限度的支持；及至王安石罢相，宋神宗亲自出来主持变革，可见王安石所谓"当今之法度，不合乎先王之法度"，宋神宗深信不疑，变革最终要合先王之法。陆九渊对熙丰政事的这一认识，极有洞见。

王安石的自蔽，缘于所学不明，且刚愎自信。正如《祠记》所言："新法之议，举朝欢哗，行之未几，天下恟恟。公方秉执《周礼》

精白言之,自信所学,确乎不疑。君子力争,继之以去。小人投机,密赞其决,忠朴屏伏,恺狡得志,曾不为悟,公之蔽也。"熙宁变法的要义,就是修立法度,施行简易之治,也就是确立宪章、法度、典则等基本原则,不应该拘执于繁琐的法令条款。实际情况恰好相反,后来变法重在推行具体法令,趋末而忘本。至此,《祠记》中出现了一段极富心学色彩的断语:

> 为政在人,取人以身,修身以道,修道以仁。仁,人心也。人者,政之本也。身者,人之本也。心者,身之本也。不造其本,而从事其末,国不可得而治矣。

该断语可谓陆九渊心学思想的集中呈现,由发明本心为根基的务本论:悟道、修身、为政,都应追求易简功夫,这也是鹅湖之会时陆氏兄弟的为学宗旨:"易简功夫终久大,支离事业竟浮沉。"①

在陆九渊看来,王安石有追复三代之雄心,痛斥世弊,遗憾的是自蔽于琐屑之末,而不能体察大道之本。以下文字转入驳论,"世之君子,未始不与公同,而犯害则异者,彼依违其间,而公取必焉故也",当时诸君子何尝不像王安石一样,蔽于其末而不究其义。但最终的政治选择却完全不同:世之君子依违其间、无所事事,而王安石却迎难而上,因为他有治世之志。

《祠记》驳论的关键,就是替王安石辩护。前节已论,北宋灭亡后,有人指认王安石为亡国罪人;南宋初年又确立了"最爱元祐"的

---

① （宋）陆九渊:《鹅湖和教授兄韵》,《陆九渊集》卷二十五,中华书局1980年,第301页。

政治文化导向。《祠记》分熙宁反对者、元祐大臣、绍圣用事之人、崇宁奸邪四个群体,指责他们的过失。既是对北宋后期政事的评价,也是对后王安石时代缠绕在王安石身上的负面评价的辨识。

> 熙宁排公者,大抵极诋訾之言,而不折之以至理,而激居八九。上不足以取信于裕陵,下不足以解公之蔽,反以固其意,成其事,新法之罪,诸君子固分之矣。元祐大臣一切更张,岂所谓无偏无党者哉?……绍圣之变,宁得而独委罪于公乎?熙宁之初,公固逆知己说之行,人所不乐,既指为流俗,又斥以小人。及诸贤排公,已甚之辞,亦复称是。两下相激,事愈戾而理益不明。元祐诸公,可易辙矣,又益甚之。……绍圣用事之人如彼其杰,新法不作,岂将遂无所审其巧以逞其志乎?反复其手,以导崇宁之奸者,实元祐三馆之储。元丰之末,附丽匪人,自为定策,造诈以诬首相,则畴昔从容问学,慷慨陈义,而诸君子之所深与者也。

实际上,早在北宋后期,程颐就曾说过:“新政之改,亦是吾党争之有太过,成就今日之事,涂炭天下,亦须两分其罪可也。”[1]程颐清醒地提出“两分其罪”,在南宋最爱元祐的文化语境中已成绝响,甚至产生了对王安石政事、学术进而对其人品进行全盘否定的极端事例。因此,陆九渊能指出:排斥王安石的诸君子及元祐大臣应承担过错和历史责任,诚为远见卓识。

王安石主张变更法度,世之君子始初何尝不是这样! 朱熹曾

---

[1]　(宋)程颢、程颐:《二程集》,中华书局1981年,第28页。

说:"凡荆公所变更者,初时东坡亦欲为之。"又,"但东坡后来见得荆公狼狈,所以都自改了。"①北宋后期政事之更迭且有每况愈下之势,元祐诸公负有不可推卸的责任。朱熹也曾说:"元祐诸公大纲正,只是多疏,所以后来熙丰诸人得以反倒。""元祐诸贤,多是闭着门说道理底";"新法之行,诸公实共谋之,虽明道先生不以为不是,盖那时也是合变时节。但后来人情汹汹,明道始劝之以不可做逆人情底事。及王氏排众议行之甚力,而诸公始退。"②

明代陈汝锜(伯容)索性将北宋亡国的责任推在司马光头上,说:"靖康之祸,论者谓始于介甫,吾以为始于君实。非君实能祸靖康,而激靖康之祸者君实也。"③虽言之激烈,但一个关键词"激",却和陆九渊不谋而合。元祐诸公激化矛盾,引起了非常态的政治对抗,这也是不能忽略的历史事实。

《祠记》的论证逻辑,具有浓郁的陆氏学术色彩,尚本务简。陆九渊并没有一味地为王安石平反,而是褒中有贬,褒贬相间。论说对象是王安石,目的却是要明道、致义,这也是陆九渊念兹在兹的终极关怀,故《祠记》议论部分的结尾最能体现这一旨意:"格君之学,克知灼见之道,不知自勉,而戛戛于事为之末,以分异人为快,使小人得间,顺投逆逞,其致一也。近世学者,雷同一律,发言盈庭,岂善学前辈者哉!"回顾上文讨论的官方与文人不同的评价层面,陆九渊对百年王安石评价是否有全面了解? 陆九渊所驳者主要是文

---

① (宋)黎靖德:《朱子语类》卷一百三十《本朝四·自熙宁至靖康用人》,中华书局1986年,第3101、3100页。

② (宋)黎靖德:《朱子语类》卷一百三十《本朝四·自熙宁至靖康用人》,第3105、3097页。

③ (宋)詹大和等:《王安石年谱三种》,中华书局1994年,第607页。

人层面关于王安石乃亡国罪人的论断。至于官方层面并未真正彻底否定王安石的史实,如王安石依然配享孔子庙庭,以及科举制度中对荆公新学的调和等,并未在陆九渊立论或驳论中有所呈现。

三、《祠记》的内涵与价值

《祠记》高度礼赞王安石道德人品,批评其学术不正、为政自蔽,代表了知识界对王安石分而论之的整体认知。王安石政事学术败坏社稷的说法,在社会上广为流行,正如晁公武所言:"近时议者谓自绍圣以来,学术政事败坏残酷,贻祸社稷,实出于安石云。"①这是有关荆公政事学术的总体评价基调。张栻在《题李光论冯澥劄子》中说:"正误国之罪,推原安石,所谓芟其本根者。绍兴诏书有曰:'荆舒祸本,可不惩乎!'大哉王言也。"②

在政事学术之外,朱熹对王安石道德品行予以高度赞扬,说:"如王介甫为相,亦是不世出之资,只缘学术不正当,遂误天下。"③又,"公以文章节行高一世,而尤以道德经济为己任"④。朱熹高度赞扬王安石道德品行,而对其政事、学术进行严厉的批评;指斥王安石"新法之祸所以卒至于横流而不可救""以其学术之误,败国殄民至于如此"⑤。比较而言,朱熹对王安石政事的批评要比陆九渊

---

① (宋)晁公武:《郡斋读书志校正》卷十九《王介甫临川集一百三十卷》提要,上海古籍出版社 1990 年,第 1000 页。

② (宋)张栻:《南轩集》卷三十三,影印文渊阁《四库全书》本。

③ (宋)黎靖德:《朱子语类》卷一百二十七《本朝一·神宗朝》,第 3046 页。

④ (宋)朱熹:《寄蔡氏女第四十七》注,《楚辞集注》,上海古籍出版社 2001 年,第 290 页。

⑤ (宋)朱熹:《读两陈谏议遗墨》,《朱文公文集》卷七十,《朱子全书》第 23 册,上海古籍出版社 2002 年,第 3381、3384 页。

严苛得多,甚至可以说是诋毁。

纵观《祠记》,并没有如此激烈而犀利地抨击熙丰政事。陆九渊在其他场合,也曾论及王安石的败坏天下,"读介甫书,见其凡事归之法度,此是介甫败坏天下处。尧舜三代虽有法度,亦何尝专恃此,又未知户马、青苗等法果合尧舜三代否?当时辟介甫者,无一人就介甫法度中言其失,但云喜人同己,祖宗之法不可变。夫尧之法,舜尝变之;舜之法,禹尝变之。祖宗法自有当变者"①,认为法度可变,不可专恃法度,还应在大道之本上用力。有人问介甫比商鞅何如,陆九渊云:"商鞅是脚踏实地,他亦不问王霸,只要事成,却是先定规模。介甫慕尧舜三代之名,不曾踏得实处,故所成就者,王不成,霸不就,本原皆因不能格物,模索形似,便以为尧舜三代如此而已,所以学者先要穷理"②。这种论证方式与《祠记》完全合拍,可视作其注脚。

陆九渊对《祠记》的自我评价甚高,表现出十足的自信。在后来给胡季随的信中说:"《王文公祠记》,乃是断百余年未了底大公案,自谓圣人复起,不易吾言。"③在给薛象先的信中,也说:"荆公之学,未得其正,而才宏志笃,适足以败天下,《祠堂记》中论之详矣,自谓圣人复起,不易吾言。"④不过,朱熹却对《祠记》的论断极为不满:"临川近说愈肆,《荆舒祠记》曾见之否?此等议论皆学问偏枯、见识昏昧之故,而私意又从而激之。"⑤

---

① (宋)陆九渊:《陆九渊集》卷三十五,中华书局1980年,第441—442页。

② (宋)陆九渊:《陆九渊集》卷三十五,第442页。

③ (宋)陆九渊:《陆九渊集》卷一,第7页。

④ (宋)陆九渊:《陆九渊集》卷十三,第177页。

⑤ (宋)朱熹:《答刘公度》,《朱文公文集》卷五十三,《朱子全书》第22册,上海古籍出版社2002年,第2486页。

朱熹之所以彻底否定《祠记》，固然是因朱陆学术之争。陆九渊心学的特色在于发明本心，本心既是宇宙万化之原、身心修养之发端，也是政治得失之关键；朱熹的学问方法是"格物致知"，因此他对于陆九渊以"心学政治观"衡量王安石学术的做法予以断然否定①。需特别加以说明的是，陆九渊的论证逻辑也为朱熹所反感，最为明显者便是陆九渊在《祠记》中标举大道，声言王安石"道术必为孔孟，勋绩必为伊周"之外，还指出儒家之道自孔孟之后，"不绝如线，未足以喻斯道之微也。陵夷数千百载，而卓然复见斯义，顾不伟哉？"认为王安石为孔孟大道的继承人。这显然触犯了朱熹构建的以二程为核心的北宋五子承继孔孟的道统体系，环视两宋知识界，声称王安石接续孔孟道统者实为闻所未闻，也难怪朱熹说陆九渊学问偏枯、见识昏昧。朱熹所言"私意又从而激之"中的"私意"，指的当是前所未闻、仅陆氏一家的大道传承说。至于发明本心与格物致知的学术分歧，朱熹早已见惯，断不会如此狠厉地批驳，说什么"近说愈肆"，除前文提到的王安石直承孔孟大道；《祠记》以为王安石政事趋末而忘本，与朱熹全面否定王安石政事学术，虽有细微的区别，但总体的论证逻辑是一致的，朱熹在给汪应辰的书信中说得很清楚："学以知道为本，知道则学纯而心正，见于行事，发于言语，亦无往而不得其正焉。如王氏者，其始学也，盖欲凌跨扬、韩、掩迹颜、孟，初亦岂遽有邪心哉？特以不能知道，故其学不纯，而设心造事，遂流入于邪。"②朱熹说王安石不知道、学不

①　周建刚：《陆九渊〈荆国王文公祠堂记〉与朱陆学术之争》，《江西师范大学学报》2013年第1期。

②　（宋）朱熹：《答汪尚书》，《朱文公文集》卷三十，《朱子全书》第21册，上海古籍出版社2002年，第1303页。

纯,所以导致政事之失败,与陆九渊总结的不务本(发明本心)、学之蔽而最终政事乖而道不明,推论的理路完全相同。

《祠记》系统地评价王安石,也是文体的需要。《祠记》要借助文字使奉祠者千载而下凛然如生,具体到祠主王安石,百年来起伏升沉,当时社会尚流行不公之论和"人心畏疑"的情绪,因此陆九渊采用褒中有贬、褒贬并行的行文方式,自认为客观公正地评述王安石,断了百余年的公案。陆九渊在其他场合对王安石的评述,刚好可以与之相互印证、发明。从朱熹的反应来看,这种论证逻辑、行文方式并没有获得认同。不过,这并不影响《祠记》的价值,因为它代表着知识界对王安石分而论之的共识。

在今天看来,《祠记》评价王安石确是系统,但不全面,因为文学缺席了。在分而论之中,道德人品、政事学术,陆九渊都已详悉论及;唯独文学,只字未提。环顾彼时文学界,王安石文学并没有因政事而受到阻滞。叶梦得《石林诗话》卷中论述了王安石诗歌风格由意气淋漓到深婉不迫的变化,云:"王荆公少以意气自许,故诗语惟其所向,不复更为涵蓄……后为群牧判官,从宋次道尽假唐人诗集,博观而约取。晚年始尽深婉不迫之趣。"①陈东曾写过《与士繇游金山翌日分袂二绝》其二:"京口瓜洲一水间,秋风重约到金山。江山自为离人好,不为离人数往还。"②不自觉地步了王安石《泊船瓜洲》的诗韵,并化用了其诗意。曾极将政事与文学区别开来,认为王安石文学地位毋庸置疑,而政事却败坏天下,诗曰:"误把清标犯世纷,平生忠业自超群。如何今代麒麟阁,只道诗名合策

---

① (清)何文焕:《历代诗话》,中华书局 1981 年,第 419 页。
② 《全宋诗》第 29 册,北京大学出版社 1998 年,第 18748 页。

勋。""汇进群奸卒召戎,萌芽培养自熙丰。当时手植留遗爱,只有岩前十八公。"①前文曾引述过李焘的例子,他以"耻读王氏书"出名,而其儿子李壁却耗费大量精力为荆公诗作注,即《王荆文公诗笺注》。既然父亲李焘如此排斥王氏书,李壁为何还要为王安石诗作详注? 李焘父子的事例,进一步证实了王安石的政事学术、道德品行与文学分而论之的评价趋向是广泛存在的。陆九渊之后的严羽,在《沧浪诗话·诗体》标列"荆公体",可见王安石文学的经典地位。袁桷在《书汤西楼诗后》总结有宋诗歌的流变,提到了三大宗派:"自西昆体盛,襞积组错。梅欧诸公发为自然之声,穷极幽隐,而诗有三宗焉。夫律正不拘,语腴意赡者,为临川之宗;气盛而力夸,穷抉变化,浩浩焉沧海之夹碣石也,为眉山之宗;神清骨爽,声振金石,有穿云裂竹之势,为江西之宗。二宗为盛,惟临川莫有继者,于是唐声绝矣。"②眉山之宗,即以苏轼诗为代表;江西之宗,以黄庭坚为宗主;临川之宗,是以王安石为宗派领袖。嗣后的胡应麟也说:"至介甫创撰新奇,唐人格调,始一大变。苏、黄继起,古法荡然。"③同样总结了王安石、苏轼、黄庭坚三人在文学史上的地位和贡献。

　　《祠记》中缺席的文学评价,究竟是王安石文学评价本无疑义,还是理学家漠视文学的态度的延续? 不可遽下定论。《祠记》结尾一段交待写作缘起,说"余固悼此学之不讲,士心不明,随声是非,无所折衷",言外之意,陆九渊讨论的重点是是非、不明的问题,就

---

　　①　(宋)祝穆:《新编方舆胜览》卷十四"建康府荆公墓""建康府青松路",中华书局2003年,第248、257、258页。

　　②　(元)袁桷:《清容居士集》卷四十八,影印文渊阁《四库全书》本。

　　③　(明)胡应麟:《诗薮》外编卷五,上海古籍出版社1958年,第211页。

王安石文学评价而言,似乎没有太多是非争论。从程颐到朱熹,对文学皆持排斥的态度,此已甚明,无须赘论。绍兴七年(1137)十二月至绍兴九年(1139)正月间,尹焞侍经筵,他曾对宋高宗说:"黄鲁直如此做诗,不知要何用?"①理学家对于文学"作文害道"观念的顺延,可见一斑。上述两种因素或许都存在,最终影响《祠记》中文学评价的缺席。

结　语

陆九渊《祠记》通篇以议论为主,立论、驳论兼用,仅末段记述祠堂重修始末,深合"记"的文体特征。《祠记》的论证逻辑,具有浓郁的陆氏学术色彩,尚本务简。陆九渊自信所写《祠记》解决了百年王安石争论不休的历史"大公案",并坚信评判客观公允。在南宋尊程(洛学)贬王(新学)的文化语境中,陆九渊《祠记》系统而褒贬并行的评价方式,深具了解之同情,代表着知识界对王安石分而论之的共识,达到了垂世立教明道的目的。

陆九渊视野中的王安石,丰富而立体。他赞扬王安石光明俊伟的人格,又批评王安石不能发明本心、学之蔽而最终政事乖而道不明,褒中有贬,褒贬相间。这一评判视角,呈现出丰富生动的历史讯息,既可管窥王安石地位的百年升沉,又能深化对象山心学的认知。当然,任何一种研究视角都有其局限性,《祠记》中文学评价的缺席,使得有关王安石道德人品、政事学术及文学分而论之的议题,仅停留在前两个方面,文学评价的问题未能完全展开。从文体

---

① 　(宋)吕本中:《师友杂志》,《丛书集成初编》本。

特征、论证逻辑、内涵价值等文学研究层面,分析讨论宋代学术史、思想史的具体问题;这一积极的尝试,必能推动文学史与学术史、思想史的交叉、融合,并最终实现文史研究的深度融通。

(原载《南昌大学学报》2019 年第 4 期)

南宋寓客及其文学活动

　　北宋末年金兵两次兵临汴京，黑云压城城欲摧；靖康二年(1127)二月，金人废徽、钦二帝为庶人，标志着北宋王朝的终结。当年五月，康王赵构在南京应天府(今河南商丘)即位，赵宋王朝开始迈上了艰难的中兴之路。伴随着王朝的废兴，宋朝士民也被迫踏上南渡的征程。本文要讨论的是南渡士大夫这一群体寄居某地后如何形成交游网络，形成具有典范性的寓客文化，以及带有中原文献特色的文化如何融入地域性的文化景观。

　　两宋之际，文人士大夫有三次大规模的南迁。第一次是在靖康元年(1126)围城结束后，就有士大夫逃离汴京，朝廷明令禁止①。靖康二年春，北宋灭亡，金兵胁迫徽、钦二帝北迁，围城结束后士大夫开始第二轮的南下热潮。建炎元年(1127)十月，宋高宗逃离南京，经淮甸(实际上经过亳州、宿州)、泗州、楚州、高邮军，最

---

　　① (靖康元年三月三十日)贴黄称："窃见往者初报金贼入寇，(宋)唤首除发运使，其实护送蔡京、蔡攸家属尽往东南，故京、攸一门与唤之家中外千余人，无一在京师者。至于京、攸门下之士，弃官而逃者甚众。其后公卿士夫各遣造出京城，十室九空，实自唤首为此计以误之也。迹其罪状，诚不可贷，欲望并赐施行。"(汪藻著、王智勇笺注《靖康要录笺注》，四川大学出版社 2008 年，第 576 页)

后达到扬州。建炎三年(1129)二月,离开扬州渡江而南。大批文人士大夫随宋室南下,掀起了第三轮的南渡大潮。据陈乐素先生考证:"一部分官吏士民流徙杭、秀、苏、常、湖,即太湖流域一带;另一部分而且是大部分,随隆祐太后沿赣江走洪州、吉安、虔州。"①此次南渡,情形之复杂、规模之大、流经范围之广,在中国历史上极为罕见②。

　　南渡本身就是人员以及思想文化的流动,与这种大规模的流动相对应,寓居、寄居、客居相对静态。蒋寅先生曾指出:"相对籍贯而言,流寓乃是人与地域一种更真实的关系。而从文学的角度看,这种关系就愈是文学史研究应予关注的问题,也是地域文学史不可或缺的内容。"③在宋室南渡的语境下,流寓成为宋代社会的突出现象,寓客文学及寓客文化也就应运而生。

一、寓　客

　　自建炎元年始,南渡文人经历了长达十余年的流亡生涯,途经江南大部分地区,成为"寓客""寓公"。《建炎以来系年要录》《三朝北盟会编》《宋史》等史籍,记述了南渡士大夫流离的境况:

---

①　陈乐素:《珠玑巷史事》,《求是集》第二集,广东人民出版社1984年,第266页。
②　晋永嘉南渡,在历史上规模也很大,但凭借长江天堑,胡骑被阻隔,东晋偏安局面形成;南渡士族多定居于长江下游的京口、晋陵、会稽及长江上游之江陵等地(陈寅恪:《述东晋王导之功业》,《金明馆丛稿初编》,上海古籍出版社1980年,第57—66页)。宋建炎南渡,与永嘉南渡不同,文人士大夫渡江后,很长时间飘零在长江以南各地,江西、湖南、广西、广东、浙江、福建等地,到处都有他们的足迹;而且,他们时常在行在所、外任之地、流寓地之间奔波。
③　蒋寅:《一种更真实的人地关系与文学生态——中国古代流寓文学刍论》,《中国文化研究》2012年秋之卷。

是时西北衣冠与百姓奔赴东南者,络绎道路,至有数十里或百余里无烟舍者,州县无官司,比比皆是盗贼,艰辛之状,万绪千般。①

衢州开化县界严、徽、信州之间,万山所环,路不通驿,部使者率数十年不到,居人流寓,恃以安处。②

丞相赵鼎、侍郎魏矼、侍读范冲,避地南来,寓居寺(衢州永年寺)中,有酬唱。③

"寓公"在唐宋文学中已成为寄居某地的文人士大夫的一种称呼。周必大明确指出,在江西临川文学的发展史上,寓公韩驹、吕本中发挥了积极的作用,他们的诗歌及其唱酬活动已成为地域文学不可或缺的组成部分。周必大《跋抚州邬虑诗》:"临川自晏元献公、王文公主文盟于本朝,由是诗人项背相望。近世如谢无逸、幼槃兄弟及饶德操、汪信民,皆杰然拔出者也。南渡以来,又得寓公韩子苍、吕居仁振而作之,四方传为盛事。"④"寓客"作为"寓公"的同义语,也用来指寄居某地的文人士大夫,在宋代使用相当频繁。比如:

---

① (宋)徐梦莘:《三朝北盟会编》卷一百三十四,上海古籍出版社 1987 年,第977 页。

② (宋)庄绰:《鸡肋编》卷中,中华书局 1983 年,第 64 页。

③ (宋)祝穆:《新编方舆胜览》卷七,中华书局 2003 年,第 126 页。

④ (宋)周必大:《平园续稿》卷八,《丛书集成三编》,新文丰出版公司 1997 年,第670 页。

　　勤王所檄至湖州,新除资政殿学士提举中太一宫叶梦得行舟碧澜堂下,召守臣梁端、通判州事张焘及寓客龙图阁直学士许份、徽猷阁直学士曾栎、徽猷阁待制致仕贾安宅等谋之,梦得欲与端等共为一檄,调诸县射士勤王,而留平江檄书不发。①

　　马进陷江州……李成闻江州已陷,乃渡江入城,坐于州治,括寓客及郡县官仅二百员,悉杀于庭下。②

　　郡守欲为寓客治第而属役于县(常州武进县),其费且数十万。君不可,曰:“吾为天子牧民,岂为若人治第者耶! 且浚吾民之膏血以媚人,吾不忍也。”③

上举材料,湖州、江州、常州等地,皆有寓客的身影。北方人口大量南迁,散布于江南范围内,“江、浙、湖、湘、闽、广,西北流寓之人遍满”④。环太湖流域较为集中,“平江、常、润、湖、杭、明、越,号为士大夫渊薮,天下贤俊多避地于此。”⑤像容州,“渡江以来,北客避地留家者众,俗化一变,今衣冠礼度并同中州”⑥,可见中原文化

---

　　① (宋)李心传:《建炎以来系年要录》卷二十一,中华书局 1956 年,第 454—455 页。

　　② (宋)李心传:《建炎以来系年要录》卷四十一,第 755 页。

　　③ (宋)朱熹:《知南康军石君墓志铭》,《朱文公集》卷九十二,《朱子全书》第 25 册,上海古籍出版社 2002 年,第 4242 页。

　　④ (宋)庄绰:《鸡肋编》卷上,中华书局 1983 年,第 36 页。

　　⑤ (宋)李心传:《建炎以来系年要录》卷二十,第 405 页。

　　⑥ (宋)王象之:《舆地纪胜》卷一百四,中华书局 1992 年,第 3197—3198 页。

礼俗对江南州县的深远影响。关于这一点,吴松弟《北方移民与南宋社会变迁》有详细的论述①,兹不赘论。

需要说明的是,流寓是行为,寓客是身份;前者是动词,后者是名词,二者间有依伴关系。在古代诗文、方志的表述体系中,流寓的主体基本是作为文人士大夫的寓客。本文主要考察南宋寓客的活动、心态及精神价值,故采用这一表明身份主体的名词性概念。

二、上饶寓客考略

南宋时,上饶乃江南东路信州治所,与饶州、衢州及福建的崇安相邻,辖玉山、永丰、上饶、铅山、弋阳、贵溪六县。韩元吉不止一次地提到上饶的交通要冲地位,《信州新建牙门记》云:"地控闽粤,邻江淮,引二浙,隐然实要冲之会。山川秀发,人物繁夥。"②他在《两贤堂记》中指出,上饶乃渡江士人倾向于寓居之地,"并江而东行,当闽浙之交,是为上饶郡。灵山连延,秀拔森耸,与怀玉诸峰,巉然相映带。其物产丰美,土壤平衍,故北来之渡江者,爱而多寓焉。"③《上饶志》也说:"福建、湖广、江西诸道,悉出其途,昔为左僻,今为通要。"④在 12 世纪 80 年代,北方南渡的官绅人家寓居在上饶城内和近郊者达百户以上,洪迈《稼轩记》:"国家

---

①　吴松弟:《北方移民与南宋社会变迁》,文津出版社 1993 年。

②　(宋)韩元吉:《南涧甲乙稿》卷十五、《丛书集成初编》本。

③　(宋)韩元吉:《南涧甲乙稿》卷十五。韩元吉《望灵山》诗:"……诸峰七十二,磊砢略可推……定知水晶宫,闷藏神所司。"(《舆地纪胜》卷二十一《信州·景物上》引,中华书局 1992 年,第 951 页)

④　(宋)王象之:《舆地纪胜》卷二十一,中华书局 1992 年,第 949 页。

行在武林，广信最密迩畿辅。东舟西车，蜂午错出，处势便近，士大夫乐寄焉。"①上饶具有优越的地理位置，吸引了大量文人士大夫寓居此地，造成"中原文献，萃止彬彬"的盛景②。

在南宋，寓居上饶的文人士大夫，有不少著名的文学家，比如吕本中、曾几、辛弃疾等。笔者据浏览所及，整理上饶寓客名录如下。

郑望之(1078—1161)，字顾道、固道，一作显道，彭城人。靖康初，出使金营，累官至吏部侍郎，以徽猷阁直学士致仕，侨居上饶，扁曰"寓屋"。汪藻曾为其"寓屋"作记③，汪藻卒于绍兴二十四年(1154)，为郑望之寓屋作记必在此年之前。周煇《清波杂志》云："郑顾道侍郎居上饶，享高寿，煇不及识也。尝见其《除夕》小诗亲笔：'可是今年老也无？儿孙次第饮屠苏。一门骨肉知多少，日出高时到老夫。'"④

郑望之其弟郑资之，字深道，仕至吏部侍郎，亦徙上饶溪南，尝开山路成两岩，对弈其上，名寿松岩。

吕丕问，寿州人，曾寓居玉山谷隐堂。"丕问在中原时，其居名谷隐，后居玉山，亦名其堂曰谷隐。其犹子居仁尝为赋诗云：'客舟

①　(宋)洪迈：《洪文敏公集》卷六，清抄本，北京大学图书馆藏。白居易《送人贬信州判官》："地僻山深古上饶，土风贫薄道程遥。不唯迁客须栖屑，见说居人也寂寥。溪畔毒砂藏水弩，城头枯树下山魈。若于此郡为卑吏，刺史厅前又折腰。"(《白居易集》，中华书局1979年，第305页)中唐时期，上饶在白居易心目中还是穷乡僻壤、土风浇薄之地。

②　清同治十一年《上饶县志》卷二十《寓贤》，《中国地方志集成》，江苏古籍出版社1996年，第455页。

③　(宋)汪藻：《信州郑固道侍郎寓屋记》，《浮溪集》卷十九，《丛书集成初编》本。

④　(宋)周煇：《清波杂志》卷十一，中华书局1994年，第467页。

不顾生事窘,所至有堂名谷隐。'"①

龚仕旺,徽州人,曾任工部侍郎,于绍兴三年(1133)在上饶应家乡安坑村隐居。

程瑀,字伯寓,浮梁人,《宋史》有传。绍兴间与秦桧不合,乞祠,以龙图阁学士知信州,上饶大水,上奏,得罪秦桧,遂请祠。

吕本中,字居仁,寿州人。曾为中书舍人,《宋史》有传。绍兴十一年(1141)始,曾寓居上饶茶山寺五年。韩元吉撰《跋吕居仁与魏邦达昆仲诗》:"吕舍人久寓上饶,后葬于德源山。故其晚年诗章,多见于此。今辰州魏使君所藏五篇,盖与其尊公侍郎及其季父邦杰、叔祖父元章者也,龙图则张殿中彦素尔。一时文士相从之适,气韵风流,为可概见。虽无老成人,尚有典刑。长啸宇宙间,高才日陵替,古之诗人类有叹耶。淳熙乙巳岁十二月,颍川韩某题。"②韩元吉此跋作于淳熙十二年(1185),距吕本中去世已过了四十年,韩元吉对前贤吕本中、魏矼兄弟间的诗歌交谊,充满欣羡之情。追慕前辈的"气韵风流",慨叹今之人才凋零的同时,更希望能将此"典型"精神承传下去,生生不息。

曾几,字吉甫,河南人,《宋史》有传。绍兴八年(1138)起,寓居茶山寺,凡七年。

晁谦之,字恭祖,一作恭道,澶州人。渡江亲族离散,极力收恤。居信州,官至敷文阁直学士,卒葬铅山鹅湖寺,子孙因家焉。吕本中《送晁侍郎知抚州》:"与君相从四十载,老病昏昏君不怪。交游太半在鬼录,一时辈行惟君在。前年簪笔侍明光,论议风流传

---

①　(宋)王象之:《舆地纪胜》卷二十一,中华书局1992年,第962页。

②　曾枣庄、刘琳:《全宋文》第216册,上海辞书出版社2006年,第128页。

梗概。迩来同住此荒城,笑语澜翻绝机械。薄酒重寻它日盟,新诗未了平生债。今君奉诏作邻郡,共喜朝廷有除拜。定知惠政及斯民,一洗从来州郡隘。瓮头春色早晚熟,远寄还须例沾丐。为君试草德政碑,萧何自昔文无害。"①绍兴九年(1139),晁谦之为枢密院检详诸房文字,右司员外郎、权户部侍郎。从诗中"迩来同住此荒城",知吕本中、晁谦之同寓上饶。

王洋,字元渤,东牟人,仕至起居舍人。侨居城之南池,赋诗自适,曾文清和之,且尝为《丛珍集》,酬唱之盛,甲于一时。著有《东牟集》十四卷。

周垫,字仲固,仕至湖南转运判官,徙居上饶,扁所居曰"尚论",吕本中有《周仲固尚论斋》纪之。

王傅,字岩起,蓬莱人,尝居上饶,赴淮南提举,吕本中有赠行诗云:"随行万卷书,既足以自娱。因知君所乐,不在使者车。"②可以想见其为人。

周聿,字德元,青州人,徙居上饶,绍兴间召对,陈经纶匡济策,称旨。累官刑户部侍郎。

周辉,泰州人,曾寓居三四年。《清波杂志》云:"茶山,上饶名刹也。辉在上饶三四年,日从寓士游,遍历溪山奇胜。廖明略、徐师川、吕居仁、郑顾道、曾宏甫诸公,风流未远,邦人类能道之。辉尝欲哀集赋咏为一编,目为《玉溪唱酬》,以侈一时人物之盛,因循不克成。"③

---

① (宋)吕本中:《东莱先生诗集》卷二十,《四部丛刊续编》本。
② (宋)吕本中:《送王提举赴淮东七首》其三,《东莱先生诗集》卷二十,《四部丛刊续编》本。
③ (宋)周辉:《清波杂志》卷五,中华书局1994年,第210—211页。

韩元吉,字无咎,开封人,韩维五世孙,仕吏部尚书,龙图阁学士,封颍川公。尝师尹焞,得吕祖谦为婿,师友渊源为诸儒所推重。淳熙五年(1178),韩元吉徙居上饶城南。淳熙十四年(1187)病故,葬在城东。所居之前有涧水,故号南涧。涧南有园,筑亭竹间,号苍筤。其兄韩元隆亦登甲第,卒葬城东。

尹穑,字少稷,兖州人,博学能文,登孝宗朝进士,累官殿中侍御史,后迁至右谏议大夫。绍兴间,侨居怀玉山,以方名斋。徙上饶溪南之太霞宫,开轩种竹,曾文清以"友直"名之。

辛弃疾,济南人。淳熙九年(1182)至绍熙二年(1192),辛弃疾闲居上饶带湖。《稼轩词编年笺注》卷二有"带湖之什"。《西江月·夜行黄沙道中》:"稻花香里说丰年,听取蛙声一片。"①作于此时此地。淳熙十五年(1188),陈亮来访辛弃疾,二人同游鹅湖寺。

韩淲,字仲止,号涧泉,韩元吉之子,著有《涧泉集》《涧泉日记》,韩淲也曾寓居上饶。

赵蕃,号章泉,郑州人,亦居上饶。与韩淲同时有诗名,称二泉先生。

汤邦彦,字朝美,镇江人,因出使金国"有辱使命",受到朝廷处分,先被谪往新州,后送信州编管。

上饶寓客中,父子同寓此地者有曾几、曾逮、韩元吉、韩淲;兄弟同寓上饶者,郑望之、郑资之,韩元吉、韩元隆。中原世家大族吕氏、晁氏、韩氏中的某一支系流寓上饶,他们与其他寓客以及当地贤哲后进诗酒高会、切磋品题、论道讲学,形成一道靓丽的文化景观。

---

① 邓广铭:《稼轩词编年笺注》卷二,上海古籍出版社2007年,第250页。

三、寓客的文学活动

南宋文人流寓上饶期间的文学作品，不仅记录了他们日常生活的细节，还记述了寓客之间的交游活动。上饶寓客因北宋灭亡被迫远离京洛、流寓他乡，有浓郁的家国之叹。从他们所留存的文字来看，流寓异乡的日常生活节奏并没有根本性的变化：读书、吟诗、课子、漫步等活动，依然在有序地进行着。

曾几寓居茶山时，读书是他日常性的活动，大量的读书诗是他这种生活的生动写照。《读书》："散帙有佳趣，俗人那得知。醉乡非为酒，坐隐不关棋。几净幽怀惬，窗明老眼宜。一生无用处，又把教群儿。"①《读书四首》之一："黄卷中人最起予，病来相对却成疏。新凉试傍青灯看，犹有飞蚊小未除。"之二："童子区区攻一艺，老生汲汲事三余。偶然领会忘言处，只有渊明解读书。"之三："朝游夕咏一窗书，只要今吾胜昔吾。未识此间真气味，直缘圣处少工夫。"之四："勿谓微言久绝弦，六经正用此心传。假令坏壁无余烬，日月堂堂故丽天。"②读书之余，教育子嗣也是重要的日常活动，如《示逢子》："清臞骨相类诸生，黾勉寒窗守一经。用赋要窥司马室，学诗频过伯鱼庭。可怜亲发镜中白，莫负子衿身上青。五桂荫门家世事，寂寥天畔几回星。"③在诗中，曾几勉励儿子曾逢潜心儒经、游艺诗赋，能不负光阴，光大门户。

曾几寓居上饶期间的日常写作中，广教寺、横碧轩成为吟咏的

① （宋）曾几：《茶山集》卷四，《丛书集成初编》本。
② （宋）曾几：《茶山集》卷八，《丛书集成初编》本。
③ （宋）曾几：《茶山集》卷五，《丛书集成初编》本。

对象。《寓广教僧寺》:"似病元非病,求闲方得闲。残僧六七辈,败屋两三间。野外无供给,城中断往还。同参木上座,与汝住茶山。"①《寓广教寺东轩》:"谁将老境觅菟裘,聊与瞿昙共一丘。青士无多自萧散,紫君虽小亦风流。要须憩寂有茅宇,何以落成惟茗瓯。稳看林间上番笋,惜无余地可通幽。"②《横碧轩》(几尝居孔雀僧院东庑小室,榜曰横碧轩,有诸公唱酬之作):"道山心已灰,但有爱山癖。移家过溪住,政为数峰碧。空濛梅子雨,了不见颜色。朝来忽献状,欣若对佳客。晴窗卷书坐,葱翠长在侧。似为神所怜,持用慰岑寂。会登此山头,却望水南北。烟树有无间,吾庐应可识。"③山林之趣,"连沧公境界,横碧我山林。"④上述诗篇在写法上即景入诗,情景交融。相比曾几寓居其他地方的诗作,如《寓居吴兴》:"相对真成泣楚囚,遂无末策到神州。但知绕树如飞鹊,不解营巢似拙鸠。江北江南犹断绝,秋风秋雨敢淹留。低回又作荆州梦,落日孤云始欲愁。"⑤上饶时期的诗歌表现了寓客日常生活的散澹、闲适,显得更为平澹。

除了日常性的写作外,寓客间的文学交游很频繁。从目前所见的资料来看,南宋上饶寓客之间的交游,多见于酬和、赠送、题咏等诗歌中。通过这些应酬性文字,某种程度上可看出寓客与当地士人以及寓客之间的文化交流,由此管窥"中原文献"在江南地域的流动实况。在寓客的交游网络中,郑望之、吕本中、曾几、韩元

①　(宋)曾几:《茶山集》卷四,《丛书集成初编》本。

②⑤　(宋)曾几:《茶山集》卷六,《丛书集成初编》本。

③　(宋)曾几:《茶山集》卷二,《丛书集成初编》本。

④　(宋)曾几:《次镇江守曾宏甫见寄韵》,《茶山集》卷四,《丛书集成初编》本。吕本中有《曾吉父横碧轩》(《东莱先生诗集》卷二十)。

吉、辛弃疾等人，在士大夫中有极高的名望，为人热情，成为不同时期交游网络中的关键人物。

吕本中与曾几同岁，二人在绍兴元年（1131）曾互致书信深入交流学诗经验①。吕本中《赠曾吉甫》："荒城少往还，居处喜相近。欣然得一笑，渠敢有不尽。词源久欲竭，此道或少进。作气在一鼓，军士况未慭。凉风动高梧，尘土朝作阵。临溪惜暂别，溪浅雨复吝。岂无一言赠，以当百镒赆。沉绵我未瘳，行李君更慎。"②《送曾吉父》："吾道从来到处穷，八珍常与一箪同。子房故是青云士，圯上乃逢黄石翁。圣学有传为可喜，宦游少味自无功。亦知湖岭如江浙，尽在先生指顾中。"③从诗歌中"荒城少往还，居处喜相近"可知，吕本中、曾几二人居处甚近，诗歌赠酬中反复申述的正是"吾道"与"圣学"。曾几后将自己所体会的东莱诗法写成诗，寄给吕本中，其中有"学诗如参禅，慎勿参死句。纵横无不可，乃在欢喜处。……居仁说活法，大意欲人悟。常言古作者，一一从此路。岂惟如是说，实亦造佳处。其圆如金弹，所向若脱兔"④等语。

上饶寓客积极参与文化的传承，授徒讲学，传道课诗，勉励四方生徒读书躬行、尚友先贤、安贫乐道。吕本中《送方丰之秀才归福唐》："我居江东，惟信之州。子来自南，而与我游。问其所友，一时之秀。其兄韫德，亦既有就。子学既立，子志甚远。何以终之，止在不倦。贫贱勿厌，自然无闷。富贵勿羡，害德之本。彼古之

---

① （宋）吕本中：《与曾吉甫论诗第一帖》、《与曾吉甫论诗第二帖》，《苕溪渔隐丛话》前集卷四十九，人民文学出版社 1962 年，第 332—333 页。曾几之帖已佚失，从吕本中的回帖中可见曾几关注的诗学问题：如何悟入、悟入与涵养的矛盾等。

② （宋）吕本中：《东莱先生诗集》卷十九，《四部丛刊续编》本。

③ （宋）吕本中：《东莱先生诗集》卷十七，《四部丛刊续编》本。

④ （宋）曾几：《读吕居仁旧诗有怀其人作诗寄之》，《全宋诗》第 29 册，第 18594 页。

人,能圣与仁。我胡不能,叹其绝尘。今子归矣,岁亦有秋。何以告子,惟圣之求。水流有源,木生有根。惟源与根,入德之门。求圣根源,惟正之守。正之不守,弃师背友。丝毫之伪,勿萌于心。无有内外,亦无浅深。由此则圣,舍此则病。是以君子,所守先正。于以赠别,亦以自警。为别后思,且以三省。"①在诗中,吕本中鼓励方丰之勤学好问,谆谆教诲之意溢于言表;吕本中所教授者,正是读书践履、正心诚意等儒学的基本要求。

上饶寓客间以气节相砥砺,吕本中对程瑀推崇备至。吕本中《送程伯禹归浮梁》其一:"不见程公二十年,上饶相遇各华颠。平生气节君先立,老去安闲我未然。即看归来上廊庙,未容休歇住林泉。饱山阁上凭栏处,合得逍遥第一篇。"②

寓客间的诗歌酬赠,体现出他们深厚的情谊和高雅的情致。曾几与曾惇在上饶期间过从甚密,也有多首交游诗。《寻春次曾宏甫韵》:"春山数峰青,春水一溪绿。幽寻山水间,物物可寓目。花香若三薰,柳色若新沐。吾侪幸闲放,晴昼颇连属。胡为深闭门,终日仰看屋。嘉招倪亟拜,岂敢惮仆仆。请君携壶去,政恐日不足。小槽虽蜜甜,何必待醨醁。茗事姑置之,雷车困枵腹。"③《乞梅曾宏甫二首》之一:"寻梅不惜上南坡,傍险冲泥奈老何。寂寞僧窗禅榻畔,好枝还解送人么?"之二:"腊前腊后无非雪,溪北溪南并是梅。知有家山难觅路,敢烦健步送春来。"④

①② (宋)吕本中:《东莱先生诗集》卷二十,《四部丛刊续编》本。

③ (宋)曾几:《茶山集》卷一,《丛书集成初编》本。原按:曾惇字宏甫,避宋光宗讳,以字行,纡之子,巩之侄孙。陈振孙《书录解题》:曾氏三望最初温陵公亮,次南丰巩兄弟,其后则几之族。集中赠宏甫必冠以曾,盖以明同姓不宗之意。

④ (宋)曾几:《茶山集》卷八,《丛书集成初编》本。

上饶寓客中,郑望之、吕本中、晁恭道、曾惇等人的雅集,不仅生动地体现了知识精英间的交流互动,还展示了寓客文化的多样态势。王明清《挥麈录》有详细的记载:

> 舅氏曾宏父,生长绮纨,而风流酝藉,闻于荐绅。长于歌诗,脍炙人口。绍兴中守黄州,有双鬟小鬟者颇慧黠,宏父令诵东坡先生赤壁前后二赋,客至代讴,人多称之,见于谢景思所叙刊行词策。后归上饶,时郑顾道(郑望之)、吕居仁、晁恭道俱为寓客,日夕往来,杯酒流行,顾道教其小获亦为此技,宏父顾郑笑曰:"此真所谓效颦也。"后来士大夫家与夫尊俎之间,悉转而为郑、卫之音,不独二赋而已。①

王洋、曾几参与唱和,编成的诗集名为《丛珍集》。"王洋字元渤,东牟人,仕至起居舍人。侨居城之南池,赋诗自适,曾文清和之,且尝为《丛珍集》,酬唱之盛,甲于一时,著有《东牟集》十四卷。"②曾几《五月六日为丛珍之集于南池呈座中诸公》:"今日携壶地,南池信杖行。红藻争入眼,白鹭最关情。待得跳珠雨,来听打叶声。菰蒲最深处,只欠小舟横。"③

上饶寓客曾有两次较为集中的题咏活动,曾几横碧轩、王傅(岩起)乐斋建成,寓客争相题诗。文字交游记述了日常交际的细节:尹穑寄茶给曾几,曾几作诗云:"骎骎要路津,旧日水南人。尚

---

① (宋)王明清:《挥麈录》后录卷十一,上海书店出版社 2001 年,第 169 页。
② 清同治十一年《上饶县志》卷二十《寓贤》,《中国地方志集成》,江苏古籍出版社 1996 年,第 456 页。
③ (宋)曾几:《茶山集》卷四,《丛书集成初编》本。

记茶山老,能分顾渚春。江淮劳庙算,河路暗胡尘。忧国惟生睡,降魔固有神。"①酬和吕本中的诗中,对吕本中以知音相赏、以道德文字相期深谢不已,诗云:"雪屋风窗逼岁穷,一杯情话与谁同。向人寡偶无如我,抵老相知独有公。文字欲求千古事,簿书还费二年功。新诗已佩临分语,况复哦诗是病中。"②上饶寓客间的交流,有时呈现出多人联动的态势。李商叟秀才建斋后,请王洋名之,曾几作诗纪之。③

吕本中、曾几、韩元吉等人与上饶士人也有广泛的交流。吕本中与信州玉山人汪应辰的交往,见《尤美轩在玉山县小叶村,喻子才作尉时名之。取欧阳文忠公〈醉翁亭记〉所谓"林壑尤美,望之蔚然"者。后数年,旧轩既毁,复作寺,僧移轩山下。汪圣锡要诗叙本末,因成数句寄之》:"兹轩在何许,远在洞岩侧。洞岩山水胜,自与尘土隔。天以奉幽人,宁肯媚过客。尉曹昔吏隐,到此若有获。名轩曰尤美,尽去眼界窄。坐令欧阳公,余意转明白。车马走道路,我久度此厄。茫茫六合间,于此有安宅。轩虽有成坏,山本无异色。举头见林壑,不必更远索。"④吕本中把上饶人王时敏推荐给尹焞,"(王时敏)从吕居仁学,居仁荐之和靖。半年,和靖卒,守师说甚坚"⑤。上饶寓客与地方官亦有交流,曾几为上饶方姓长官的快哉亭题诗,诗题曰:"上饶方君小倅,官而不婚宦。居偏户间,静

---

① (宋)曾几:《尹少稷寄顾渚茶》,《茶山集》卷四,《丛书集成初编》本。
② (宋)曾几:《吕居仁力疾作诗送行次其韵》,《茶山集》卷五,《丛书集成初编》本。
③ (宋)曾几:《李商叟秀才求斋名于王元渤以养源名之求诗》,《茶山集》卷七,《丛书集成初编》本。曾几另有《王元渤自湖楚归赠之》(《茶山集》卷三)、《挽王元渤舍人二首》(《茶山集》卷四)等诗。
④ (宋)吕本中:《东莱先生诗集》卷二十,《四部丛刊续编》本。
⑤ (宋)韩淲:《涧泉日记》卷中,上海古籍出版社1993年,第18页。

无官宦之事。舍后梯城而上，即棚为亭，尽得溪山之胜，名之曰快哉。为作四小诗，以快哉此风为韵。"①

上饶南渡寓客文学活动频繁，且不囿于个人的小天地中，赠答、唱和等文字往来及雅集聚赏，都极大地增进情感的交流，他们以道义相扶植，以气节相激赏，形成一个声气相应的寓客共同体。纵览上述寓客的文学活动，吕本中、曾几、韩元吉等人构成的文学交游网络，丰富了上饶寓客文学的内容，这与吕、曾、韩等人的文学能力、自觉的共同体意识密不可分。

四、寓客文化之构建

寓客并非上饶一地所特有，何代何地无之？那么，南宋上饶寓客的独特意义何在？一言以蔽之，他们推动了"中原文献"②的南传。

寓客在促进地方文化建设方面，做出了积极的贡献：授徒讲学、保存文化图籍、彰显乡贤文化、推进文学酬唱等等。曾几在上饶茶山时，远在永丰的学子前来学诗，"永丰周日章日新兄弟，少力于学，尝以诗谒曾吉甫于茶山，此其报字也。公之去茶山逾二十年矣，周氏兄弟华发萧然，犹连蹇场屋也。览之叹息！淳熙十二年二月十日南涧翁韩某题。"③吕本中有一首诗歌，题目很长："会稽石道叟教授南剑，兵火抢攘之余，兴治郡学，尺椽片瓦，皆其所自经营也。未期月而学成，远近赖之。又祠前辈贤者以风励多士，使游其

---

① （宋）曾几：《茶山集》卷七，《丛书集成初编》本。
② 参见本书中《吕本中与中原文献南传》《吕祖谦的中原文献南传之功》。
③ （宋）韩元吉：《跋曾吉甫帖后》，《南涧甲乙稿》卷十六，《丛书集成初编》本。

间者望之而心化，由是而入尧舜之道不难也。古之教者，盖多术矣。'五帝宪，三王有乞言'，宪贤于乞言也，道叟知之矣。吕本中为作诗叙本末云。"诗云："圣远道则微，世久学欲绝。区区续微言，未易胜邪说。石侯东南秀，睹此心欲折。分教南剑州，意在补亡缺。敉令兵火后，复见俎豆设。庙貌甚尊严，上下有区别。先生默无语，风化动闽粤。斯文自明白，如仰见日月。坐令穿凿误，不待汤沃雪。不知旁祠谁，今代古豪杰。孰能与之齐，共此岁寒节。入门日在望，未返意已竭。由来正心术，不在费颊舌。乃知薰陶功，自与闻见别。参鲁回不愚，亦岂有优劣。此理倘可求，万古同一辙（自注：前辈，谓陈了翁也）。"①该诗为南宋兵荒马乱之际文化建设的实绩提供了很好的例证。石道叟执教于南剑州，兵火之余，兴修学舍，崇祀乡贤，致力于圣学的传承。吕本中寓居福建，对石道叟教授的行实深表钦佩，心有戚戚焉，便用诗歌的形式记录了州学教授传承文化的事例。而他叙述石道叟兴学本末，已然是南宋地方文化建设的关键一环。南宋处于风雨飘摇之中，国祚、文脉不绝如缕，当是时，对文化精英发扬圣学之功予以表彰，倡导坚忍不屈之精神，不啻为南宋文化重建摇旗呐喊。

上饶寓客的子弟后学对他们的追怀、欣慕，很大程度上推动了寓客文化的构建。周辉《清波杂志》云："郑顾道侍郎居上饶，享高寿，辉不及识也。尝见其《除夕》小诗亲笔：'可是今年老也无？儿孙次第饮屠苏。一门骨肉知多少，日出高时到老夫。'"②《清波杂志》又云："辉在上饶三四年，日从寓士游，遍历溪山奇胜。廖明略、

---

① （宋）吕本中：《东莱先生诗集》卷十四，《四部丛刊续编》本。
② （宋）周辉：《清波杂志》卷十一，中华书局1994年，第467页。

徐师川、吕居仁、郑顾道、曾宏甫诸公,风流未远,邦人类能道之。辉尝欲裒集赋咏为一编,目为《玉溪唱酬》,以侈一时人物之盛,因循不克成。"①

王明清曾追忆:"舅氏曾宏父,生长绮纨,而风流酝藉,闻于荐绅。长于歌诗,脍炙人口。绍兴中守黄州,有双鬟小鬈者,颇慧黠,宏父令诵东坡先生赤壁前后二赋,客至代讴,人多称之,见于谢景思所叙刊行词策。后归上饶,时郑顾道(郑望之)、吕居仁、晁恭道俱为寓客,日夕往来,杯酒流行,顾道教其小鬈亦为此技,宏父顾郑笑曰:'此真所谓效颦也。'后来士大夫家与夫尊俎之间,悉转而为郑、卫之音,不独二赋而已。"②

陆游回忆"少时犹及见赵、魏、秦、晋、齐、鲁士大夫之渡江者,家法多可观"③,嘉定二年(1209)陆游又说:"我宋更靖康祸变之后,高皇帝受命中兴,虽艰难颠沛,文章独不少衰。得志者司诏令,垂金石;流落不偶者,娱忧纾愤,发为诗骚。视中原盛时,皆略可无愧,可谓盛矣。"④曾几与陆游的文学交游,在绍兴二十一年(1151)左右,"曾几寓居上饶茶山寺,来函致候,务观寄诗酬谢,盖此一二年中事"⑤。陆游《寄酬曾学士,学宛陵先生体。比得书云:所寓广教僧舍,有陆子泉,每对之辄奉怀》,述其师友渊源和学诗心得⑥。

———————

①　(宋)周辉:《清波杂志》卷五,中华书局 1994 年,第 210—211 页。

②　(宋)王明清:《挥麈录》后录卷十一,上海书店出版社 2001 年,第 169 页。

③　(宋)陆游:《杨夫人墓志铭》,《陆游集·渭南文集》卷三十四,中华书局 1976 年,第 2322 页。

④　(宋)陆游:《陈长翁文集序》,《陆游集·渭南文集》卷十五,第 2117 页。

⑤　于北山:《陆游年谱》,中华书局 1961 年,第 44 页。

⑥　(宋)陆游著,钱仲联校注:《剑南诗稿校注》卷一,上海古籍出版社 2005 年,第 16 页。

　　韩元吉、韩淲父子的上饶情结,尤宜揭示。淳熙五年(1178),韩元吉徙居上饶城南。淳熙七年(1180),韩元吉六十三岁,知婺州。韩元吉《跋吕居仁韩子苍曾吉甫诗》:"广教仁老,既为吕、曾二公立两贤堂矣,又得公所书数诗及韩子苍舍人酬唱,刻石置堂上,可与好事者言也。前辈文采风流,零落殆尽。其交友情谊,尚因其诗笔往来见之。淳熙七年二月丁酉,颍川韩某题。"①淳熙十二年(1185),韩元吉六十八岁;十二月,作《跋吕居仁与魏邦达昆仲诗》:"吕舍人久寓上饶,后葬于德源山。故其晚年诗章,多见于此。今辰州魏使君所藏五篇,盖与其尊公侍郎及其季父邦杰、叔祖父元章者也。龙图则张殿中彦素尔。一时文士相从之适,气韵风流,为可概见。虽无老成人,尚有典刑。"②淳熙十四年(1187)韩元吉病故,葬在上饶城东。

　　寓客的第二代,流寓心理、文化思想有何变化? 可以韩元吉之子韩淲的横碧轩写作为例。韩淲《教授同太守过横碧因留教授一饮》:"班坐横碧轩,便足了吾事。水南冻雨中,岁晚欲何为。人生衰荣尔,翻覆当有自。使君真不凡,宾从随听视。偶然理窗楹,岂曰登临地。吕曾骨已朽,方来重增喟。萧闲著我老,婆娑恐容易。惜乎一杯酒,未敢驻千骑。梅花山翠寒,孤香发清吹。"韩淲《昌甫再集横碧》其二:"青山如佳人,不暇相应接。风轩一开明,烟峦几重叠。云乎具尊酒,乃尔随步屧。寺古天薄寒,窗前堕红叶。"韩淲《饮横碧轩》:"僧舍颓檐屋一间,吕曾南渡此看山。风光流转人虽远,诗句磨镌景自闲。好事肯同携酒至,青春又见隔年还。坐中野

---

① 《全宋文》第 216 册,上海辞书出版社 2006 年,第 127 页。
② 《全宋文》第 216 册,第 128 页。

老醺然醉,指点梅花亦可攀。"韩淲《横碧轩》:"文清来此地,留下横碧轩。寂寂今无主,空山起夕烟。"①横碧轩,已经打上了曾几的烙印;韩淲、赵蕃在横碧轩文学活动中,曾几是挥之不去的影子,从中可看出前辈风流对二泉的深刻影响。

上饶士民对寓客接受、认同,他们认为寓客可以作为当地的文化符号。在茶山广教寺,南宋淳熙年间建两贤堂,韩元吉作文纪之。全文如下:

　　并江而东行,当闽浙之交,是为上饶郡。灵山连延,秀拔森耸,与怀玉诸峰巉然相映带。其物产丰美,土壤平衍,故北来之渡江者,爱而多寓焉。广教僧舍,在城西北三里而近,尤为幽清。小溪回环,松竹茂密,有茶丛生数亩,父老相传唐陆鸿渐所种也,因号茶山。泉发砌下,甚乳而甘,亦以陆子名。绍兴中,故中书舍人吕公居仁尝寓于寺(即广教寺),公以文章名于世,而直道劲节,不容于当路者,屏居避谤,赍志以没。上饶士子稍宗其学问,虽田夫野老能记其曳杖行吟、风流韵度也。后数年,故礼部侍郎文清曾公吉甫,复来居之。二公平生交,俱以诗鸣江右,适相继寓此,而曾公为最久。杜门醉诗书以教子弟,或经时不入州府,不问世故。好事者间从公游,谈风月尔。公亦自号茶山居士,若将终身焉。会朝廷更庶政,一时端人正士,始得进用,而吕公前已下世,莫不惜而哀之。公起为部刺史,遂以道德文学入侍天子。盖退而老于稽山之下,而上饶之人,称一时衣冠师友之盛,及二公姓字,则拳拳不忍

---

①　(宋)韩淲:《涧泉集》卷四、十四、十五,《宋集珍本丛刊》本。

忘。寺之僮奴,指其庭之竹则曰:此文清公所植也;山有隙地,旧以为圃,指其花卉,则曰:此文清公所艺也。一亭一轩,爱而不敢动,曰:此公所建立或命名也。主僧敦仁者,言少年走诸方,侍其师清于草堂。清每与其徒诵二公诗语,且道其禅学之妙,敦仁窃闻之,以谓非今世之人也。不意游上饶,及见二公于此寺。今既叨洒扫之职矣,俯仰逾三十载,思再见而不可得也。将虚其室,绘二公之像,事以香火而祭其讳日焉。于是榜以'两贤堂',而求为之记。夫自中原隔绝,士大夫违其乡居,类多寄迹浮图之宇,固有厌苦,冀其速去者矣。未有能知其贤,既去而见思也。在《诗》有之,"蔽芾甘棠,勿剪勿伐,召伯所茇",说者曰:茇之为言,草舍也。召伯听断于棠木之下,而民之被其德者,思其人,敬其木,不加翦伐云尔。今二公之寓室,殆亦茇舍之比也。然非有听讼之劳,及民之化,而敦仁又佛之徒,岂能尽知吾儒之事,与夫贤者之详,乃尊敬爱慕不已,至袯饰其居,以为二公之思,而祠祀之。使二公也得位以行其志,则所以致民之思者,岂不足侔于召伯哉!虽然,世之为士者,见贤不能慕,既去而忘其人,闻敦仁之为,过于堂下,亦可以少愧矣夫。淳熙六年七月,具位韩某记。[1]

此文作于淳熙六年(1179)。韩元吉何尝不是寓客,这篇由寓客来写的礼赞寓客的文章,因而显得极其特别。吕本中、曾几二人的风度,成为属于上饶士民宝贵的文化遗产。韩元吉受敦仁禅师

---

[1] (宋)韩元吉:《两贤堂记》,《南涧甲乙稿》卷十五,《丛书集成初编》本。王象之《舆地纪胜》卷二十一《信州·景物下》:"两贤堂,在上饶之广教院,祀东莱吕舍人,赣川曾文清。"(中华书局 1992 年,第 955 页)

之请,为"两贤堂"作记,旨在推扬慕贤崇德的文化。淳熙年间所建两贤堂,后又增祀徐元杰、辛弃疾、唐陆羽,更名五贤祠。①五贤中,除徐元杰外,其余皆非上饶人。寓客的身份被淡化,名正言顺地进入上饶"乡贤"之列。

千古风流人物,总被雨打风吹去。所幸寓客留下些遗踪印迹,可供后人凭吊追慕。上饶寓客的轩室亭台,随着时间的推移,已然为陈迹,而其名称及附着建筑物上的文化意蕴并未烟消云散。在不断的沉积中,这些寓客遗迹渐次成为地方文化景观的重要构成要素。

上饶寓客的遗迹中,曾几留存的最多,如清樾轩、东轩、松风亭、横碧轩、香寂圃等等。建筑遗存得以垂世,有赖于曾几诗文铭记之功。韩元吉的上饶遗迹,有苍筤亭、望灵山堂、南岩等。苍筤亭,韩元吉徙居上饶,宅前有涧水,故号南涧,涧南有园,筑亭号苍筤。又建望灵山堂,在城南一里。上饶南岩,同样因韩元吉的诗而增色,据《舆地纪胜》记载:"(南岩)在上饶县十余里,岩傍巨石,俨然北向,其下宽平,可坐千人,士女游赏之处。……韩(无咎)诗云:'野棠著子梅杏老,密叶尚带残花红。涓涓寒溜滴冰雪,一酌为我凉心胸。'"②此外,郑望之的"寓屋"、曾惇的"溪上堂"、辛弃疾的"稼轩"等等③,也都是上饶有名的地方文化景观。

限于古代的建筑条件,堂舍斋亭等经岁月侵蚀,往往化为乌

---

① 乾隆《上饶县志》卷三《坛庙》,海南出版社 2001 年,第 375 页。

② (宋)王象之:《舆地纪胜》卷二十一,中华书局 1992 年,第 953 页。

③ 寓屋、稼轩,见清同治十一年《上饶县志》卷十四《古迹》,《中国地方志集成》,江苏古籍出版社 1996 年,第 215 页;溪上堂,"宋南丰曾黄州游历之地,故址在府城外南山之巅,面直灵山,下临冰溪,故名"(见乾隆《上饶县志》卷三《古迹》,海南出版社 2001 年,第 382 页)。

有,但寓客遗迹端以留存的载体——诗文,却得以流播,继续述说着寓客及其流寓地的故事。后来的地方志编纂者,在"古迹"部分,大都借诗文以显其迹。如上饶的月岩,《舆地纪胜》是这样记述的:"月岩在上饶县西三十里,一名石桥山,岩半有穴,穿出山背,远望如月,故名月岩。……朱乔年郎中有诗云:'凿透巉岩不记春,山腰千古挂冰轮。谁知擘破三峰手,聊出婵娟戏路人。'"①朱松字乔年,婺源人,曾流寓上饶,他的月岩诗在促成该景点胜迹化的过程中起到关键的作用。

总之,上饶寓客流寓期间所写文学作品,不仅记录了日常生活的细节,还记述了寓客之间以及寓客与当地士人的雅集与文学交游。寓客授徒讲学、保存文化图籍、彰显乡贤文化、推进文学酬唱,既传承了中原文献,又极大地促进地方文化建设,并努力推进二者的融合。南宋人对上饶寓客的追怀,很大程度上推动了寓客文化的构建;寓客遗迹逐渐成为地方文化景观的重要构成要素。

（原载《中华文化论坛》2019 年第 4 期）

---

① （宋）王象之:《舆地纪胜》卷二十一,中华书局 1992 年,第 952 页。

南宋地方总志中的杜甫遗踪

北宋时杜甫诗的典范化在平稳推进，王洙等人编刻杜工部诗集、吕大防等人编订年谱，更有千家注杜之说，这些工作为杜诗的经典化奠基，巩固了杜甫在诗史上的崇高地位。由此形成了杜甫行年、杜诗编年深厚扎实的基础。至南宋时，除了年谱编订、诗集的补遗增修、分类集注、诗话评论外，一种融诗文与地志于一体的著述产生了，最具代表性的当属王象之的《舆地纪胜》和祝穆父子的《方舆胜览》。

唐宋地理总志"在内容上也有一个从注重政治经济地理到注重社会文化地理的转变，简言之，即从地记向胜览的演变"①，如《太平寰宇记》以政区历史沿革、山川古迹介绍为主，尤重典故，兼记道里、人口、风土、人物；而《舆地纪胜》除详记政区沿革、山川景物外，还注重记述人物事迹，选录地方艺文；《方舆胜览》着重介绍风土名胜、名人事迹及题咏四六。《舆地纪胜》和《方舆胜览》共同之处，在于他们更重风土名胜和地方文化，以"纪胜"、"胜览"为特

① 郭声波：《唐宋地理总志从地记到胜览的演变》，《四川大学学报》（哲学社会科学版）2000 年第 6 期。

征,即以汇总与江山胜迹有关的诗文翰墨为主。现存地理总志中,《元和郡县图志》中收录左思《三都赋》等作品,《太平寰宇记》"人物"门下详及诗词杂事,至《舆地纪胜》和《方舆胜览》则广收诗文等有关资料,除单列"诗"、"题咏"、"四六"外,还在景物、风俗等门,征引大量诗文。二书所收集的范围,自然是南宋疆域内的历代文学作品,尤以唐宋为重。

一

绍兴十一年(1141)宋金达成和议,双方以淮水为界,南宋割唐(今河南唐河)、邓(今河南邓州东)二州与金。随后的隆兴和议,地界如绍兴之时,南宋将已经收复的唐、邓、海(今江苏连云港)、泗(今江苏盱眙北)四州和商(今陕西商县)、秦(今甘肃天水)割让给金国。宋金疆界是固定的,而南宋以前的先贤,淮河秦岭南北都有他们的踪迹,他们活动于相对广阔的空间。这些有着完整文学生涯的前贤,自然是南宋民族文化精神的瑰宝。

南宋失去中原故土,背海立国,就疆域而言可谓生来残缺,但在文化上却高度自信——斯文在此,别无旁系。与北宋文化一脉相承,南宋文人以继承、光大汉民族的优秀文化即文化中兴为己任。在官方正史、目录提要、诗文集等文献著述中,南宋之前的先贤都是以完整的形态存在,尽管他们的文学活动中部分空间是在眼下的金国界内。黄希、黄鹤父子补注杜诗,所注乃全部杜诗;对南宋人来讲,杜诗是毋庸置疑的文化经典。前贤诗文与地理类书籍交集后,必然恪守此疆彼界,因此前贤完整的文学活动硬生生被割裂开来。南宋地方总志中,就存在这种现象。

　　王象之、祝穆等人编纂赵宋疆界内山川形胜时，根据南宋疆域挑选杜诗及前贤所咏诗文，即量图裁诗。前贤所咏，在地方志的编纂者看来，地标性、地理性远大于文学性，入选地方总志的作品都带有浓重的胜迹、遗迹、地标等烙印。

　　杜甫四十九岁之前的作品，大部分在中原地区。据黄鹤年谱，乾元二年(759)，杜甫自秦州入蜀，编年作品有《秦州杂诗二十首》《发秦州》《至寒硖》《发同谷县》《木皮岭》《水会渡》等。杜甫从秦州至同谷的诗歌《发秦州》《赤谷》《铁堂峡》《盐井》《寒硖》《法镜寺》《青阳峡》《龙门镇》《石龛》《积草岭》《泥功山》《凤凰台》等诗①，因南宋已将商、秦之地割让金国，自秦州至同谷这一段非南宋所有，故《舆地纪胜》中这些杜诗都没有出现。作为纪胜依据出现的诗歌有《木皮岭》《水会渡》《飞仙阁》《白沙渡》《石柜阁》《龙门阁》《五盘山》②，这些都是从同谷到蜀路途中的纪行诗，诗歌题目本身就是沿途重要节点。

　　《方舆胜览》中，除了龙门阁、石柜阁、桔柏潭、白沙渡、水会渡、飞仙岭、铁堂峡、凤凰山、泥功山、木皮岭、石龛、积草岭，在天水军部分征引了杜甫《秦州山寺》《秦州杂诗》《寓目》等诗，《方舆胜览》将蔡梦弼《杜工部草堂诗笺》中自秦州至同谷的诗歌都予以地理定位。秦州是杜甫诗歌生涯发生转变的地标，而它却成为南宋版图中可望而不可即的金国边郡，王象之《舆地纪胜》竭力回避秦州这样一个沦陷之州，简直令人目不忍视；可祝穆父子偏偏要在地图上为杜甫从秦州到同谷中的始发点——秦州找个替代点，天水军成

---

　　①　(宋)蔡梦弼：《杜工部草堂诗笺》卷十七，卷下有"乾元二年自秦州如同谷十二月一日纪行所作"，《中华再造善本》据国家图书馆、北京大学图书馆藏宋刻本影印。《中华再造善本》据上海图书馆藏元刻本影印《杜工部草堂诗笺》卷十七同。

　　②　(宋)王象之：《舆地纪胜》卷一百八十六，中华书局 1992 年，第 4795—4800 页。

为最合适的地点。天水本属秦州,宋金战争中陕右百城尽陷,只有天水独存;《方舆胜览》天水军"题咏"中所引的《秦州杂诗》《寓目》,写作地皆在秦州而非天水,祝穆父子移花接木式的植入,某种程度上也是为了呈现前贤相对完整的人生阅历。在南宋地方总志中所收杜甫的作品,《秦州杂诗》《寓目》算是最靠近宋金边界的杜诗了。

《舆地纪胜》卷五十五衡州"古迹"目下,有杜甫祠、杜甫墓、杜甫迁葬偃师等条①。同书卷六十九岳州有杜子美旅殡岳阳条、卷八十二襄阳府有杜甫故里条②。《方舆胜览》卷二十四衡州有"杜子美墓"条。上举诸条目中,杜甫迁葬偃师条最为显眼,详录于下:

> 《唐诗纪事》云:适子美之孙嗣业,启子美之柩,襄祔事于偃师,途次于荆楚,旅殡岳阳,合窆我杜子美于首阳之山前。又,《皇朝类苑》云:杜甫终耒阳,藁葬之。至元和中,其孙始改葬于巩县,元微之为志。而郑刑部文宝谪官衡州,有《经耒阳子美墓》诗。岂但为志而不克迁,或以迁而故冢尚存耶?③

若是大一统舆图,杜甫迁葬偃师以及偃师杜甫墓必在河南府下"古迹"部分。只是宋金对峙,南宋丧失中原腹地,"杜甫迁葬偃师"在南宋地图中无所凭依,只能在衡州相关条目暂时"栖身"。杜

---

① （宋）王象之:《舆地纪胜》卷五十五,中华书局1992年,第2020—2021页。

② （宋）王象之:《舆地纪胜》,第2355、2664页。

③ （宋）王象之:《舆地纪胜》卷五十五,第2021页;同书卷六十九岳州"杜子美旅殡岳阳"条提到:"元稹作子美墓铭云:子美'扁舟荆楚间,竟以寓卒,旅殡岳阳';子美殁后四十年,'子美之孙嗣业,启子美之柩,襄事于偃师,途次荆楚',时元和之癸巳岁也。"(第2355页)《方舆胜览》并无专门的条目,不过在咸淳府"陆宣公墓"条,有这样的文字:"然杜子美已归葬偃师,而耒阳之墓自若。"(中华书局2003年,第1075页)

甫生于斯长于斯的洛阳故园,连同长眠之地偃师,在南宋地图中都无法标示。毫无疑问,王象之阅读、了解的当是全部杜诗和完整的杜甫,而在整个南宋版图中,杜甫等前贤的作品并不能全部呈现,内心深处的无奈悲凉可以想见,故在适当地方安置下中原遗踪。"杜甫迁葬偃师"条,当作如是观。

杜甫写过三首《望岳》,分别吟咏泰山、华山、衡山。题写泰山、华山者,皆因地属金国而被裁掉,入选者仅题写衡山者。对于熟悉杜甫、杜诗的人来讲,当读到衡州《望岳》诗时,自然会联想到另两首《望岳》。

南宋人在面对秦岭淮河这条分界线时,"铁马秋风大散关"、"人到淮河意不佳"、"中流以北即天涯",内心很痛苦,心情很糟糕。他们在编纂地理总志时,同样心绪不佳:没想到秦淮分界线,竟然也无形中框定了前贤文学的边界,半壁河山见旧题,全帙诗文念故国!

二

杜诗地理考乃杜诗研究中的重要内容,宋代在这方面的成就很突出。考证当时事实、地理、岁月可谓宋代杜甫研究的三大版块,从宋人所作杜诗序跋中可明显看出这一特点。绍兴癸酉(1153)五月,鲁訔《编次杜工部诗序》明确提出:"摘诸家之善,有考于当时事实及地理岁月,与古语之的然者,聊注其下。"[1]所考之当时事实,也就是知人论世中的论世,职官、人名、时代背景等皆属其范围;所考之地理,即杜诗的系地工作;所考之岁

---

① (宋)黄希、黄鹤:《黄氏补千家注纪年杜工部诗史》卷首,《中华再造善本》影印元至元二十四年詹光祖月崖书堂刻本。

月,即杜甫行年及杜诗编年工作。嘉定丙子(1216),黄鹤为杜甫年谱辨疑所作跋语云:"或因人以核其时,或搜地以校其迹,或摘句以辨其事,或即物以求其意。"①黄鹤补注杜诗时,关注的重点——时、地、事、意,前三者与鲁訔所论大体相同。终宋之世,系地与编年、考事可谓杜甫研究的三驾马车,齐头并进。

元祐庚午(1090),胡宗愈作《成都草堂诗碑序》:"先生以诗鸣于唐,凡出处去就,动息劳佚,悲欢忧乐,忠愤感激,好贤恶恶,一见于诗,读之可以知其世,学士大夫谓之诗史。其所游历,好事者随处刻其诗于石,及至成都则阙然。……宗愈假符于此,乃录先生之诗,刻石置于草堂之壁间。先生虽去此,而其诗之意,有在于是者,亦附其后,庶几好事者,得以考先生去来之迹云。"②从胡宗愈记述的情况来看,杜甫游踪所至,北宋中期已有刻诗纪行踪者。"好事者"之所以刻杜诗于石,固然是考辨清楚杜甫踪迹,将文本形态的诗歌具化在州县山川里,而具化的载体便是立在各地的杜甫诗刻。随处可见的杜甫诗刻,扩大了杜甫诗的传播,进一步推动杜诗的典范化进程;杜甫经行州县的山川古迹,因诗刻的置放扩大了知名度,渐次成为当地有名的人文景观。

不惟如此,宋人于杜诗系地工作极为热情。具体而微的地名考实,也是构成杜诗研究的基础。杜甫《南池》诗中有这样的诗句:"峥嵘巴阆间,所向尽山谷。安知有苍池,万顷浸坤轴。"南池究竟在利州还是阆州?

---

① (宋)黄鹤:《黄氏补注杜工部年谱辨疑》,《黄氏补千家注纪年杜工部诗史》,《中华再造善本》影印元至元二十四年詹光祖月崖书堂刻本。

② (宋)黄希、黄鹤:《黄氏补千家注纪年杜工部诗史》卷首,《中华再造善本》影印元至元二十四年詹光祖月崖书堂刻本。

　　《舆地纪胜》卷一百八十四利州路利州"景物上"目下"南池"条:
《剑南诗稿》云:"杜诗所谓'安知有苍池,万顷浸坤轴'者,今已尽废。"①

　　《方舆胜览》卷六十六利州东路利州"山川"目下"南池"条:陆游
《剑南诗稿》云:"杜诗所谓'安知有苍池'者,即此地。"或云在阆州。②
同书卷六十七隆庆府阆州"山川"目下"南池"条亦引杜甫诗:"峥嵘
巴阆间,所向尽山谷。安知有苍池,万顷浸坤轴。……"③

　　黄鹤补注《南池》曰:"公以广德元年秋往阆,冬回梓。明年春,
虽又自梓之阆,今诗云'粳稻共比屋',又云'高田失西成,此物颇丰
熟',当是广德元年秋在阆州作。"④

　　从《剑南诗稿》《舆地纪胜》《方舆胜览》《黄氏补千家注纪年杜
工部诗史》等资料可看出,南宋人对杜诗系地倾注了极大的热情,
不断引用、修正前人的观点,最终得出相对准确的结论。

　　杜甫入蜀是杜甫生平行踪中的关键事目,由陇入蜀经行何处,
也就是走的什么路线,自然是杜甫杜诗研究的重点和热点。从宋
人所编年谱中,可明显看出这一点。

　　吕大防《年谱》乾元二年:"是年弃官之秦州,自秦适同谷,自同
谷入蜀。时有《遣兴》三百首。"⑤

　　蔡兴宗编《年谱》乾元二年:"秋七月,弃官往居秦州,有寄贾
至、严武诗。……冬十月赴同谷县,有纪行十二首、七歌、万丈潭

　①　(宋)王象之:《舆地纪胜》卷一百八十四,中华书局1992年,第4732—4733页。
　②　(宋)祝穆:《新编方舆胜览》卷六十六,中华书局2003年,第1157页。
　③　(宋)祝穆:《新编方舆胜览》卷六十七,第1175页。
　④　(宋)黄希、黄鹤:《黄氏补千家注纪年杜工部诗史》卷九,《中华再造善本》影印
元至元二十四年詹光祖月崖书堂刻本。
　⑤　(宋)王洙:《分门集注杜工部诗》年谱,《中华再造善本》据国家图书馆藏宋刻本
影印。

诗。十二月一日,自陇右赴剑南,又有纪行十二首。首篇曰'一岁四行役'是也;又成都府诗曰'季冬树木苍',乃以是月至剑南。而元祐间胡资政守蜀,作《草堂诗碑引》云先生至成都之年月不可考,盖未详也。"①乾元二年年谱结尾针对胡宗愈《成都草堂诗碑序》中"唐之史记前后抵牾,先生至成都之年月,不可考其后先"来驳论,引杜诗为据,证明乾元二年十二月已至成都。

鲁訔《年谱》乾元二年:"关辅饿,辄弃官去。客秦州,贫,采橡栗自给,有秦州二十首……冬十月发秦州……至同谷,作《七歌》。寓同谷不盈月。十二月一日,发同谷……公自京至华,至秦,至同谷,赴剑南,凡四……但史不载,止云十二月史思明寇陕州,公度栗亭,趋剑门。《木皮岭》曰……《鹿头山》曰……"②

黄鹤《黄氏补注杜工部年谱辨疑》乾元二年:"……去秦亦必在十月,故至寒硖,有诗云'况当仲冬交,沍沿增波澜',考秦至成之界垂二百里,又七十里至成。今寒硖尚为秦地,而已交十一月,则先生去秦,又可知在十月之末。至同谷不及月,遂入蜀,有《发同谷县》诗云'贤有不黔突,圣有不暖席'。赵注云:公尝自注此诗云:'乾元二年十二月一日,自陇右赴剑南。'今书虽无此注,而《木皮岭》诗云:'季冬携童稚,辛苦赴蜀门'。《水会渡》诗云'微月没已久',可知为十二月初也。至成都不出此月,故诗云'季冬树木苍'。是时裴冀公冕牧蜀。"③

以上四种宋人年谱,都交待了杜甫由秦入蜀的行实,详略不一。

---

①② (宋)王洙:《分门集注杜工部诗》年谱,《中华再造善本》据国家图书馆藏宋刻本影印。

③ (宋)黄希、黄鹤:《黄氏补千家注纪年杜工部诗史》,《中华再造善本》影印元至元二十四年詹光祖月崖书堂刻本。

吕大防所作谱最简略,蔡兴宗谱重在编年;鲁訔撰年谱、黄鹤补编年谱皆援史传、诗句为证,考辨了杜甫由秦入蜀的时间,《寒硖》《木皮岭》《水会渡》等地理信息极其突出的诗歌则成为论证入蜀时间问题的关键证据。后三谱都旨在提供更翔实的杜甫入蜀行实,在年月的准确度上,可谓后出转精,黄鹤谱最为明实。宋人所作杜甫四谱,都提供了这样一条入蜀路线:由秦州往同谷、再由同谷入蜀。

《方舆胜览》提供了更详细的入蜀路线,利州西路·凤州"山川"下,有"木皮岭"条,云:"河池县西十里,详见成州。杜甫发同谷,取路栗亭南入郡界,历当房村,度木皮岭,由白水峡入蜀,即此。"①

宋人所修杜甫年谱所提供的入蜀路线,是由秦州、同谷、蜀三点构成的一条线;而《方舆胜览》在同谷至蜀地两点之间,又标出了栗亭、当房村、木皮岭、白水峡四个更具体的点。杜甫《发同谷》《木皮岭》"首路栗亭西,尚想凤凰村"等诗,可坐实这四个具体的点,在南宋的舆图中实有其地,且为入蜀要道中的关键点。

《舆地纪胜》虽然没有精要地概括杜甫自秦州入蜀的具体路线,却将沿途重要节点一一标出。《舆地纪胜》卷一百八十六利州路隆庆府"景物下"目,相关条目提供了详细的信息。

木皮岭　杜甫自陇右赴剑南纪行《木皮岭》诗:"季冬携童稚,辛苦赴蜀门。南登木皮岭,艰险不易论。高有废阁道,摧折如短辕。下有冬青林,石上走长根。"②

水会渡　一名水回渡。杜甫自陇右赴剑南纪行《水会渡》诗:"微月没已久,崖倾路何难。大江动我前,汹若溟渤宽。篙师暗理棹,歌笑轻波澜。"③

①　(宋)祝穆:《新编方舆胜览》卷六十九,中华书局2003年,第1213页。
②③　(宋)王象之:《舆地纪胜》卷一百八十六,中华书局1992年,第4795页。

飞仙阁　杜甫自陇右赴剑南纪行《飞仙阁》诗:"出门山下窄,微径缘秋毫。栈云阑干峻,梯石结构牢。"①

白沙渡　杜甫自陇右赴剑南纪行《白沙渡》诗。②

石柜阁　杜甫自陇右赴剑南纪行《石柜阁》诗:"蜀道多草花,江间饶奇石。石柜层波上,临虚荡高壁。"③

龙门阁　杜甫自陇右赴剑南纪行《龙门阁》诗。④

五盘山　杜甫《五盘山》诗:"五盘虽云险,山色佳有余。仰凌栈道细,俯映江木疏。"⑤

以上条目中,高频出现"杜甫自陇右赴剑南纪行",说明王象之编纂《舆地纪胜》时,对杜甫由秦州入蜀的路线非常熟悉,他将杜甫沿途所写诗歌,通过实地景点予以坐实。《舆地纪胜》将木皮岭、水会渡、飞仙阁、白沙渡、石柜阁、龙门阁、五盘山连接起来,同样是更为清晰的入蜀路线图。这些含有地名的诗歌编排有序,基本勾勒出当年杜甫行走的轨迹。

"杜甫自陇右赴剑南纪行"这样的高频词汇,恰恰来源于蔡梦弼《杜工部草堂诗笺》,该书卷十八下有这么一行文字:"乾元二年十二月一日自陇右赴剑南纪行所作。"⑥只不过,在《杜工部草堂诗笺》中,诗歌题目的顺序是这样的:发同谷县、木皮岭、白沙渡、水会渡、飞仙阁、五盘、龙门阁、石柜阁、桔柏渡、剑门、鹿头山。以上举"杜甫自陇右赴剑南纪行"及成串出现的诗例,是《舆地纪胜》的编

---

①② 　(宋)王象之:《舆地纪胜》卷一百八十六,中华书局1992年,第4797页。

③ 　(宋)王象之:《舆地纪胜》卷一百八十六,第4798页。

④ 　(宋)王象之:《舆地纪胜》卷一百八十六,第4799页。

⑤ 　(宋)王象之:《舆地纪胜》卷一百八十六,第4800页。

⑥ 　(宋)蔡梦弼《杜工部草堂诗笺》卷十八,《中华再造善本》据国家图书馆、北京大学图书馆藏宋刻本影印。

著者王象之参考引用《杜工部草堂诗笺》的证据。值得注意的是，王象之并非完全按照《杜工部草堂诗笺》逐次排诗，白沙渡、飞仙阁、五盘等在景物布局中发生变动。

《舆地纪胜》《方舆胜览》等地方总志的一项重要任务，便是将前世名贤的诗歌实地化、坐标化。在讨论这一问题之前，我们先看《舆地纪胜》《方舆胜览》征引杜甫诗的具体情况（详见下表）。

《舆地纪胜》引杜诗数量表①

路	州（府、军）	数量	路	州（府、军）	数量	路	州（府、军）	数量
两浙西路	平江府	2	广南东路	德庆府	1	潼川府路	果州	1
两浙东路	庆元府	1		静江府	1		合州	2
江南东路	台州	6		容州	1		昌州	1
	信州	1	广南西路	昭州	1		叙州	1
江南西路	隆兴府	1		昌化军	1	夔州路	夔州	阙
	江州	3		吉阳军	1		涪州	1
淮南东路	扬州	1		成都府	阙		重庆府	3
荆湖南路	潭州	阙		嘉定	4		黔州	3
	衡州	6		雅州	1		万州	2
	永州	1	成都府路	威州	1		大宁监	2
荆湖北路	江陵府	17		茂州	17		云安军	3
	鄂州	1		隆州	1	利州路	兴元军	1
	岳州	6		永康军	4		利州	7
	峡州	4		石泉军	1		阆州	10
	归州	7		泸州	1		隆庆府	8
广南东路	广州	2	潼川府路	潼川府	23	利东路	巴州	5
	韶州	3		顺庆府	1		剑门关	2

---

① 据中华书局1992年版《舆地纪胜》统计，因杜甫创作诗歌较多的成都府、夔州、潭州，宋本已阙，无从查证，故存目以显其实。

上表中《舆地纪胜》共引杜诗 174 首,如果加上所阙的成都府、夔州、潭州等地,那数量远在二百首以上。其所引杜诗,并不完全是杜甫真正到过的地方,如广南东路、广南西路。依据杜甫与经行二地的友朋的赠答唱和诗,地方志的编纂者将杜甫与广南东路、广南西路联系起来。在地方志中,杜甫的踪迹大大超过了他实际活动的历史空间,存在明显的扩大化、宽泛化的倾向。

《方舆胜览》引杜诗数量表

路	州(府、军)	数量	路	州(府、军)	数量	路	州(府、军)	数量
两浙东路	绍兴府	1	淮西路	安庆府	1	夔州路	绍庆府	2
两浙东路	台州	2	成都府路	成都府	24	夔州路	咸淳府	3
江东路	建康府	1		崇庆府	5		潼川府	29
江东路	宁国府	1		嘉定府	3	潼川府路	泸州	1
江东路	南康军	1		隆州	1		合州	2
江东路	信州	1		彭州	5		昌州	1
江西路	江州	1		汉州	2		叙州	1
湖南路	潭州	7		绵州	6		利州	5
湖南路	衡州	2		茂州	6	利州东路	隆庆府	3
湖南路	道州	3		永康军	4		阆州	7
湖南路	郴州	3		威州	1		巴州	6
湖北路	江陵府	7	夔州路	夔州	48		洋州	1
湖北路	岳州	3		归州	5		沔州	1
广东路	广州	3		云安军	6	利州西路	天水军	5
广东路	德庆府	1		大宁监	3		凤州	1
广东路	韶州	1		开州	1		西和州	1
广西路	静江府	1		施州	2		同庆府	10

《方舆胜览》卷首"引用文集目"中的数据极不可靠,不足为据。上表引杜诗共计 242 首,由此统计数据可管窥南宋地方总志中诗文系地的全貌。祝穆父子充分利用了前人杜诗系地的成就,如杜

甫寄李白诗"匡山读书处,头白早归来",引《容斋续笔》的考证结论"杜甫诗盖蜀之匡山,非庐山也"①,避免了地方志编撰中因同名而造成混误。《方舆胜览》引用文集目录中,同庆凤凰山、建康凤凰台,皆有同题诗歌,即"亭亭凤凰台,北对西康州"。而凤凰台在同谷东南十里,古成州地界,实非金陵凤凰台。祝穆编纂时,大概受到李白《登金陵凤凰台》的影响;看到杜甫的凤凰台诗,想当然地认为也是在金陵所作。在整个编纂环节,祝穆并未注意到杜甫《凤凰台》诗出现两次,分别系同庆、建康。作为大部头的著述,疏误在所难免,如和州项王庙,所引诗歌乃杜牧之作,而不是杜甫作品。

《舆地纪胜》卷一百八十四利州路利州"景物下"目下,"龙洞阁"条引杜诗"清江下龙门,绝壁无尺土"后,云:"老杜诗'绝壁无尺土',谓此也。"②同书卷一百八十五利州路阆州"景物"目下"橘柚坞"条:"老杜苍溪诗'黄知橘柚来',盖谓此地。"③《方舆胜览》卷五十二嘉定府"祠庙"目"花将军庙"条,引杜甫《戏作花卿歌》后,有"即此也"④三字。同书卷六十二潼川府"山川"目"大雄山"条:"有真武祠。杜甫有《题玄武禅师屋壁》诗,即此。"⑤这些皆属系诗于地、引诗证地的明证。

王象之、祝穆父子系地的依据,更多地从杜诗题目中获取信息。这一点似乎无须举证,《舆地纪胜》《方舆胜览》中所引用诗歌,大多数从题目中即可看出地理、地标信息。杜诗研究方面编年诗

<hr />

① (宋)祝穆:《新编方舆胜览》卷五十四,中华书局 2003 年,第 971 页。
② (宋)王象之:《舆地纪胜》卷一百八十四,中华书局 1992 年,第 4737—4738 页。
③ (宋)王象之:《舆地纪胜》卷一百八十五,第 4765 页。
④ (宋)祝穆:《新编方舆胜览》卷五十二,第 940—941 页。
⑤ (宋)祝穆:《新编方舆胜览》卷六十二,第 1091 页。

集、年谱、诗笺等成果丰硕,王象之、祝穆可以参考利用已有杜诗成果,将杜诗实地化、名胜化。通览《舆地纪胜》《方舆胜览》,发现有些诗歌,若非深入阅读,仅从题目很难找到明确的地理信息。《方舆胜览》卷六十二潼川府路潼川府"土产"目"桃竹"条:杜甫《桃竹杖》诗:"江心蟠石生桃竹,苍波喷浸尺度足……梓潼使君开一束,满堂宾客皆叹息。"①所引杜诗中,"梓潼使君"句是判断诗歌写于潼川的重要依据。

杜甫晚年漂泊湖湘地区,作有《清明》二首。其中的第二首,有关清明节候及湖湘地区风物的诗句:"十年蹴鞠将雏远,万里秋千习俗同。旅雁上云归紫塞,家人钻火用青枫。秦城楼阁烟花里,汉主山河锦绣中。风水春来洞庭阔,白蘋愁杀白头翁。"②读来清新明白,湖湘风物宛然在前。此诗若置于岳州,未尝不可,惜《舆地纪胜》《方舆胜览》均没有收系此诗。若据诗题,《清明》是无论如何也进入不了编纂者视野的。当然,要求编纂者通读历代前贤诗文,从中找出全部证据,有点求全责备。

三

唐宋时期出现了很多纪念杜甫的祭祀场所,彰显了诗圣杜甫在社会生活层面的影响力。杜甫祠墓、斋堂,多建立在杜甫踪迹所至之处。后人对杜甫遗踪的纪念,是对杜甫及其诗歌所凝聚的人文精神的激扬,这也是杜诗典范化进程的源动力。

---

① (宋)祝穆:《新编方舆胜览》卷六十二,中华书局 2003 年,第 1090 页。
② (宋)王洙:《杜工部集》卷十八,《中华再造善本》影宋王原叔编次本。

《方舆胜览》卷二十四衡州"杜子美墓"条，整合各家说法，辨明杜甫死于牛炙白酒的说法荒诞不经。详引于下：

> 《本传》："大历中，出瞿唐，下江陵，泝沅湘以登衡山，因客耒阳，游岳祠。大水遽至，涉旬不得食，县令具舟迎之，乃得还。令尝馈牛炙白酒，大醉，一夕卒。"刘斧《摭遗小说》谓子美由蜀往来，得以诗酒自适。一日过江上，舟中饮醉，不能复归，宿酒家。是夕江水暴涨，子美为惊湍漂泛，其尸不知落于何处。玄宗还南内，思子美，诏求之。聂令乃积空土于江上，曰："子美为白酒牛炙胀饫而死，葬于此矣。"以此闻玄宗，故唐史氏因有"牛炙白酒，大醉，一夕卒"之语。信哉，史氏之讹也！元稹作《墓志》云："扁舟下荆楚，竟以寓卒，旅殡岳阳。其后嗣业启柩，襄祔事于偃师，途次于荆，拜余为志。"①

衡州杜甫墓，已成为当地的文化古迹。南来北往经行之人，拜谒遗迹，读其诗而想其人，缅怀追忆是最好的纪念方式。各地所建立的杜甫祠堂，同样起着礼祀先贤、传承文化的功用。

在崇庆府江源县，邑宰赵抃建有杜工部祠。隆庆府有李杜祠。《方舆胜览》卷六十九利州西路沔州"山川"目下，北宋绍圣年间于东柯谷建有杜甫祠堂。栗亭令王知彰作《祠堂记》："工部弃官，寓东柯侄佐之居。"②

《方舆胜览》卷七十利州西路同庆府"楼阁"下，该府所建八景

①　(宋)祝穆：《新编方舆胜览》卷二十四，中华书局 2003 年，第 435 页。
②　(宋)祝穆：《新编方舆胜览》卷六十九，第 1210 页。

楼中,就有子美祠。杜甫成为同庆府(即成州)的名贤,故"四六"目下有"杜少陵寓处之乡,江山增耀"①之语,指出了杜甫的寓居成就了同庆府的江山胜迹。能够完整再现杜甫踪迹的载体,毫无疑问就是杜甫沿途所写的纪行诗。

《方舆胜览》卷七十利州西路西和州,"四六"目下有"孔明师出于祁山,子美诗成于铁峡"②之语,它高度凝炼地概括了杜甫诗歌对地方景观名胜化过程中的意义;杜甫纪行诗与诸葛亮师出祁山一样,成为彪炳史册的杰构。《铁堂峡》诗中"山川吹游子",包含着山川胜景与游子吟客间的良性互动关系,陕蜀沿途壮丽的山川助力诗人吟咏,所谓"得江山之助"也;游子吟客的诗作何尝不为所到之处的山川增色添光。《方舆胜览》卷七十利州西路同庆府"山川"下,凤凰山、仇池山、泥功山、飞龙峡、木皮岭、石龛、万丈潭等七处景观,皆因杜甫诗而成为胜景,便是突出的例证。

除了祠墓,各地建立的斋堂,既有效地缅怀纪念先贤,也成为地方文化景观的重要构成部分。《舆地纪胜》《方舆胜览》中记载的纪念杜甫的斋堂,罗列于下。

襄阳府有杜氏故宅。成都府有杜甫宅,"吕大防建草堂,绘少陵像,张焘尽取少陵诗,勒石刻置焉"③,建草堂、绘肖像、勒诗刻,近乎构成纪念杜甫的多维空间。眉州建有大雅堂,杨素刻杜子美东西川及夔州诗④。绵州有思贤堂,绘有杜甫、李白等九贤之像。夔州建有十贤堂,杜甫是其中的一位;又有杜少陵故宅。剑门关有

①　(宋)祝穆:《新编方舆胜览》卷七十,中华书局 2003 年,第 1225 页。按,杜甫为同庆府名贤。

②　(宋)祝穆:《新编方舆胜览》卷七十,第 1220 页。

③　(宋)祝穆:《新编方舆胜览》卷五十一,第 912 页。

④　据《新编方舆胜览》,大雅堂在眉州,杨素乃丹陵人(第 951 页);而《舆地纪胜》,编大雅堂于叙州,说杨素是眉人。

思贤楼,绘有张孟阳、李太白、杜子美、柳子厚等人画像。夔州有高斋,陆游《高斋记》:"少陵居夔三徙居,皆名高斋。其记曰:次水门者,白帝城之高斋也。曰依药饵者,瀼西之高斋也。见一川者,东屯之高斋也。"①

在南宋地方文化景观中,以杜诗命名者不乏其例。如衡州粲粲亭、肃肃亭,取自杜甫"粲粲元道州"、"肃肃秋初筵"的诗句;江陵府一柱观,取杜诗"孤城一柱观,落日九江秋";汉州鹅儿酒,酒名源自杜甫诗句"鹅儿黄似酒";茂州练光亭,取少陵诗"川蜺饮练光"②。杜甫经行之处,壮丽的河山与精美的诗篇的有机结合,在地方景观的命名、构建中起到了举足轻重的作用。

余　　论

《舆地纪胜》与《方舆胜览》在收诗时,各有所长。在阅读和使用时,应将二书结合起来。如潼川府路内《陈拾遗故宅》一诗,《方舆胜览》未收,而《舆地纪胜》则系录该诗;《舆地纪胜》卷一百五十四潼川府路"四六"录王元龟启:"陈伯玉之故乡,风生谏草;杜少陵之遗迹,春到诗坛。"③而依照《方舆胜览》的通例,并不署四六作者姓名。除《舆地纪胜》外,王象之还著有《四川风俗形胜考》《蜀山考》《蜀水考》等地理学论著,可见他对南宋山川形胜的用心。不独

---

①　(宋)祝穆:《新编方舆胜览》卷五十七,中华书局 2003 年,第 1013 页。

②　以上名目,见祝穆《新编方舆胜览》第 440、483、966、983 页。

③　(宋)王象之:《舆地纪胜》,中华书局 1992 年,第 4188 页。《方舆胜览》卷六十二潼川府"四六"亦收"陈伯玉之故乡,风生谏草;杜少陵之遗迹,月冷诗坛。"(第 1096 页)王元龟即王大宝(1094—1170),海阳(今广东潮安)人,建炎二年(1128)廷试第二。《宋史》有传。王大宝墓现为广东省重点文物保护单位。

如此,他还编录北方山川形胜,作《舆地纪胜续编》。《记纂渊海》卷二十四《郿州》:"二贤祠在州内,祀杜甫、范仲淹。"据李裕民先生考证:《记纂渊海》卷十七至二十五郡县部分为北宋十二路,郿州二贤祠部分,节取的正是王象之《舆地纪胜续编》内容①。

　　在阅读地方总志时,确有地理性大于文学性的感受,但《舆地纪胜》《方舆胜览》中有些文字颇具文学价值。仅以《方舆胜览》对简州望湖楼的文字叙述为例:"湖光山色,交相辉映。轻舟小艇,时时撑出柳阴之中。不谓重冈叠嶂间,乃有潇湘苕雪之景也。"②简洁明快,爽神悦目,堪称美文。

　　《舆地纪胜》《方舆胜览》在编撰过程中,不仅借鉴了《舆地志》《图经》《元和郡县志》《太平寰宇记》《舆地广纪》《皇朝郡县志》等地理资料,更充分利用了大量的诗文,将其编系在南宋疆域内的山川形胜。这一工作流程,包括了剪裁、填充两个环节。所谓剪裁,就是将前贤完帙割裂开来,仅拣取南宋现有疆域范围内的文学经典;宋金疆界确定,井水不犯河水,秦岭、淮河一线始终横亘在南宋之前的文学经典中,割裂了作家创作的完整性和统一性。从传播接受来看,南宋地方总志对文学经典的利用,不越界,带有天生的残缺之憾。对编者王象之、祝穆父子来讲,编纂过程中一次又一次地触碰到秦淮分界线,回不去的中原山川,已然是摆在眼前的现实。平日阅读李白、杜甫等人诗文时的顺理成章,却在碰到秦淮线时极为尴尬、难堪,因为他们的中原经历和文学书写无法在舆图地志中显现。杜甫曾由秦州入蜀,而秦州多半之境割属金国,一个完整的

————————————

① 李裕民:《〈舆地纪胜续编〉研究》,《陕西师范大学学报》2002年第4期。
② (宋)祝穆:《新编方舆胜览》卷五十二,中华书局2003年,第934页。

由秦入蜀踪迹,却被此疆彼界活生生割裂开来,故在《舆地纪胜》《方舆胜览》等地方总志中,淡化了由秦州到同谷的经历,而由同谷入蜀的行踪被更明确、清晰地予以实地化标示。如果从工作流程来看,在杜甫入蜀路线问题的编纂上,最集中地体现了编者王象之、祝穆等人工作的两大核心:量图裁诗、系诗于地。这也就是所谓填充。

在杜甫杜诗研究全面开花的宋代,除了诗集编次笺注、年谱编撰、诗话评论等成果外,地方总志中对杜诗的系地工作,也是杜诗研究的重要组成部分。它虽然是在半壁河山内选取诗文四六,却清晰地呈现了南宋版图内包括杜甫在内的前贤遗迹。《舆地纪胜》《方舆胜览》这类著述,将文学从文本形态推向广袤的山川地理,促进了文学作品的实地化、名胜化进程;以文学为媒,统览胜景,极大地促进各州县自然景观和人文景观的再造。总之,王象之、祝穆等人将文学与地理联袂的尝试,在12—13世纪的中国具有划时代的意义,其影响不止于文学,亦不止于地理。同样,这种尝试对当下的地方文化建设,不无借鉴意义。

(原载《中国典籍与文化》2019年第4期)

南宋初期文学的"京洛记忆"

　　"靖康之难"后,新建立的赵构政权为躲避金人的侵扰,仓皇南渡。从此,昔日富庶的中原地区沦于金人之手;赵宋王朝的政治文化中心汴京、洛阳也惨遭金兵铁骑的践踏,并成为遥不可及的故国他乡。对京洛旧事、旧人的追忆,是南渡文人热门的话题之一。京洛,在南渡文人的笔下,既是地理概念,指以京洛为中心的中原地区①;同时也是文化概念,指北宋时期文化形态、生活方式、观念习惯等。京洛记忆成为南渡文学中一个独特的现象。对这一现象的梳理,既有助于我们剖析南渡文人的心路历程,也助于我们把握南渡文学的创作基调,进而寻绎南宋文化中兴的原动力。

　　本文所讨论的京洛记忆,指有关京洛(北宋的东京汴梁、西京洛阳)的生活阅历、知识、习惯、观念等在南渡文人脑海中的印象累积。在南宋史籍中,有关京洛记忆的表述很多,而最为鲜活的部分,保留在南渡时期的各体文学中,呈现方式是多样化的。南渡文

---

　　① (元)脱脱:《宋史》卷八十五《地理志》载:"高宗苍黄渡江,驻跸吴会,中原、陕右尽入于金,东画长淮,西割商、秦之半,以散关为界,其所存者两浙、两淮、江东西、湖南北、西蜀、福建、广东、广西十五路而已。"(中华书局1985年,第2096页)按,北宋元丰时期,定天下为二十四路,至南宋则丧失三分之一。

人在流亡奔波过程中,常用京洛的阅历经验来衡量新场境,这无疑加剧了他们内心的苦痛,南渡时期的文学作品反映了旧阅历与新场境的纠葛。空间阻隔使京洛成为遥不可及的故园他乡,地理上的丧失更需要文化上的补救,因此,他们在文学作品中自觉传承中原文化。铭记国耻遗恨、反思亡国教训,是南渡文人对国破家亡现实的回应,在其作品中寄寓着深沉的家国悲慨。上述内容看似分散,或为心理纠葛,或为精神动力,或为现实关怀,却都统摄在"京洛记忆"这一核心向度上。那么,京洛记忆如何影响文人的心理和思维? 南渡文人采取什么样的文学表现手法? 它为何能催发出文化传承的动力? 京洛记忆又如何体现在关怀现实的文学作品中? 通过文学作品中鲜活的例证,笔者试图对上述问题作初步的探究。

一、新场境与旧阅历

汴京、洛阳作为北宋王朝的政治文化中心,各地文人萃集于此,或做官,或游学,形成强大的文化磁场。生活在京洛的文人,享受着得天独厚的文化资源,其生活品位、知识素养、文化视野远高于其他地方的文人。南渡文人是一个非常独特的群体,他们活跃在北宋徽、钦及南宋高宗朝,很多人都有京洛生活的经历,既目睹过北宋承平时代的繁华,又亲历流亡奔波之痛。

南渡文人对京洛的抒写,不管是即事性的,还是追忆回眸式,较之南渡前,其情感、主题及风格截然不同。朱敦儒(1081—1159)南渡前的词作中有首《临江仙》:"生长西都逢化日,行歌不记流年。花间相过酒家眠。乘风游二室,弄雪过三川。　　莫笑衰容双鬓改,自家风味依然。碧潭明月水中天。谁闲如老子,不肯作神仙。"①用近乎直书其事的方式描述了他笑傲山林、疏狂自在的西都生活,豪爽俊逸。南渡后朱敦儒曾流寓岭南,写下了《雨中花》:"故国当年得意,射麋上苑,走马长楸。对葱葱佳气,赤县神州。好景何曾虚过,胜友是处相留。向伊川雪夜,洛浦花朝,占断狂游。 胡尘卷地,南走炎荒,曳裾强学应刘。空漫说、蟠蟠龙卧,谁取封侯。塞雁年年北去,蛮江日日西流。此生老矣,除非春梦,重到东周。"②山河破碎、去国离乡的悲痛,极大地震撼着词人的心灵,词风由豪俊变为苍凉悲慨。

同样是洛阳人的陈与义(1090—1138),南渡后曾至邓州、房州、岳州、潭州、邵阳、永州、贺州等地避难,备受流离之苦。《临江仙》(夜登小阁忆洛中旧游)云:"忆昔午桥桥上饮,坐中多是豪英。长沟流月去无声。杏花疏影里,吹笛到天明。 二十余年如一梦,此身虽在堪惊。闲登小阁看新晴。古今多少事,渔唱起三更。"③词题明言追忆洛中旧游,良辰美景赏心乐事却渺如云烟,眼下国事沧桑、知交零落,一昔一今,悲慨疏宕。晁说之《书怀二绝句》其一:"老境才来便辄留,龙门胜韵去悠悠。此怀京洛愁无限,更对沧江烟雨愁。"④飘泊流转中的沧江烟雨,与京洛生活的美好印记,形成强烈的反差;在表现手法上,同样采用今昔对比的方式表达内心深处的悲凉。

今昔对比是古典文学作品常用的手法,《诗经·采薇》中"昔我往矣,杨柳依依。今我来思,雨雪霏霏",可谓经典例证。南渡文人

---

① 唐圭璋编:《全宋词》,中华书局1965年,第842页。
② 唐圭璋编:《全宋词》,第833页。
③ 《陈与义集》,中华书局1982年,第500页。
④ (宋)晁说之:《嵩山文集》卷六,《四部丛刊续编》本。

在表达家国悲慨时,更多地采用这一手法。在对比中,繁华与萧索、欢快与悲凉、中原与江南的差异均显现出来。记忆与现实之间总显得那么不协调:记忆总使现实相形见绌,现实怎么也无法满足记忆的要求,反而引发伤逝之痛。而且,描写往昔欢快生活的语汇,在抒情效果上,给人的不是轻松愉悦,而是强烈的压迫感。作者的内心痛苦不是瞬间爆发,而是通过映衬铺叙缓缓流淌。今日所写自是哀情哀景,昔日乐景,也倍增其哀。今昔对比这种常见的艺术手法,某种程度上强化了南渡文学以悲慨为主的抒情基调。

　　南渡文人离开他们熟悉的中原生活圈,流落到南方,面临一系列的新问题。空间的变动,带动了语言、风俗、习惯、交游甚至是生存条件等要素的变化。面对上述各种要素所构成的新场境,南渡文人感到无所适从。在流离奔波之中,他们面临的一大问题,便是南北语言不通。北宋时的官话以京洛方言为主,但南渡之后,文人流落各地,要与操吴音、楚调、闽语的南方人交流就很困难。曹勋《清平乐》:"去年春破,强半途中过。日日篷窗眠了坐,饱听吴音楚些。"[1]宗室赵子发《南歌子》:"坐见楚咻、儿女变齐音。"[2]陈与义《点绛唇》:"寒食今年,紫阳山下蛮江左。竹篱烟锁,何处求新火?　　不解乡音,只怕人嫌我。"[3]上述曹勋、赵子发、陈与义词中流露出他们对南方方言的隔膜,语言本自起到很好的交流作用,而方言却让他们陷入交流的困惑中。不仅如此,像赵子发还担心子女们学一口蛮语从而忘掉乡音;交流的困难,让陈与义身处孤独落寞之中,可他不愿意去学习当地方言,从根本上说,就

---

① 唐圭璋编:《全宋词》中华书局1965年,第1228页。
② 唐圭璋编:《全宋词》,第740页。
③ 《陈与义集》,中华书局1982年,第492页。

是不愿意改变自己的语言文化习惯。而寄居江南,对当地方言、习俗必须有所了解,这也是生存所需,如晁说之《送二十二弟入浙》:"世乱还家未有期,汝于何处望京师。韦郎旧恨今新恨,细学南音寄我诗。"①

浓郁的乡关之思,加上语言风俗的障碍,造成了无法排解的客居惆怅。而客居惆怅反过来又加重他们对新场境的排斥。张元幹、陈与义、吕本中等南渡文人的诗文中都有对客居心理的描绘。吕本中《连州阳山归路》其二:"稍离烟瘴近湘潭,疾病衰颓已不堪。儿女不知来避地,强言风物胜江南。"②仓皇逃难中,对江南山水并无心游赏。朱敦儒的词对客居心境也有集中的表现。《柳梢青》:"狂踪怪迹。谁料年老,天涯为客。帆展霜风,船随江月,山寒波碧。 如今著处添愁,怎忍看、参西雁北。洛浦莺花,伊川云水,何时归得?"③除了常怀客居愁绪外,南渡文人还常怀如"梦"般的追思、想象。刘才邵《次韵赵伯达梅花三绝句》之三:"丞相家园雪里开,琼枝斗白远高台。十年戎马暗京洛,旧赏犹能入梦来。"④

深刻的京洛记忆使南渡文人难以融入新生活中,江南新场境与中原旧阅历间的矛盾、纠葛始终困扰着他们。京洛的繁荣发达以及尽享这种繁荣的幸福快乐,更反衬出南渡后飘泊流转的种种不堪与痛苦。李清照在汴京曾有一段美好的生活经历,"步入相国

---

① (宋)晁说之:《嵩山文集》卷八,《四部丛刊续编》本。
② (宋)吕本中:《东莱先生诗集》卷十二,《四部丛刊续编》本。
③ 唐圭璋编:《全宋词》,中华书局1965年,第859—860页。
④ (宋)刘才邵:《檆溪居士集》卷三,文渊阁《四库全书》本;诗题下原有自注:"富郑公洛阳有梅台"。

寺,市碑文、果实归,相对展玩咀嚼,自谓葛天氏之民也"①。在《永遇乐》中,她写道:"落日熔金,暮云合璧,人在何处? 染柳烟浓,吹梅笛怨,春意知几许! 元宵佳节,融和天气,次第岂无风雨? 来相召,香车宝马,谢他酒朋诗侣。   中州盛日,闺门多暇,记得偏重三五。铺翠冠儿,捻金雪柳,簇带争济楚。如今憔悴,风鬟雾鬓,怕见夜间出去。不如向、帘儿底下,听人笑语。"②张端义曾指出李清照"南渡以来,常怀京洛旧事"③,难以忘怀的京洛旧事,牵绊着李清照的现实生活,甚至造成了她对新场境的排斥。李清照南渡词也常用今昔对比的手法,上举《永遇乐》,上片今中有昔,下片昔中有今,今昔交错、变换,从中可看出她鲜活复杂的心路历程。与李清照一样,朱敦儒词中也流露出他对新环境的不适,《芰荷香·金陵》:"远寻花。正风亭霁雨,烟浦移沙。缓提金勒,路拥桃叶香车。凭高帐饮,照羽觞、晚日横斜。六朝浪语繁华。山围故国,绮散馀霞。   无奈尊前万里客,叹人今何在,身老天涯。壮心零落,怕听叠鼓掺挝。江浮醉眼,望浩渺、空想灵槎。曲终泪湿琵琶。谁扶上马,不省还家。"④之所以产生"怕见"、"怕听"等心理,主因在于已有的京洛阅历,使他们无法全身心地融入到新环境中。

通过上述分析可以看出,南渡文人的心境大体上经历了这样的曲线:遗恨→想消解→更痛苦→度日如年。上引李清照、朱敦儒

---

① (宋)李清照:《金石录后序》,徐培均:《李清照集笺注》,上海古籍出版社 2002年,第 309 页。

② 徐培均:《李清照集笺注》,第 150 页。

③ (宋)张端义:《贵耳集》,上海古籍出版社编《宋元笔记小说大观》,上海古籍出版社 2001 年,第 4273 页。

④ 唐圭璋编:《全宋词》,中华书局 1965 年,第 839 页。

等人的词,大都体现了心理的矛盾与挣扎。本自忧恨重重,却尽力消解愁闷,而最终还是忧恨绵绵。之所以形成这种回环往复式的心路历程,原因在于南渡文人亲身经历了家国沦亡的灾难,痛彻心扉。南渡文人这种独特的心理路径,与此后的中兴文人不同。陆游《感愤》:"今皇神武是周宣,谁赋南征北伐篇。四海一家天历数,两河百郡宋山川。诸公尚守和亲策,志士虚捐少壮年。京洛雪消春又动,永昌陵上草芊芊。"①杨万里《题盱眙军东南第一山》:"建隆家业大于天,庆历春风一万年。廊庙谋谟出童蔡,笑谈京洛博幽燕。白沟旧在鸿沟外,易水今移淮水前。川后年来世情了,一波分护两涯船。"②关河阻隔已成现实,中兴文人想恢复,却因主客观上条件的不成熟,转为无奈的空想甚至失望。陆游、杨万里诗歌所体现的悲愤、无奈,与南渡文人一脉相承,所不同者便是中兴文人缺乏刻骨铭心、亲身所历的家国沦亡之痛。

　　除了对京洛旧人、旧事追忆外,置身江南的文人对京洛的种种想象或虚构,同属于他们怀旧情绪的兴发表达。往昔京洛之物、景、人既为具体的对象,便容易消逝、不可捉摸,通过想象、虚构、梦境等,某种程度上实现往昔的再现,从而营造"风景不殊"的怀旧场境。京洛成为挥之不去的记忆,南渡生活中,任何与京洛相似的物土、风情抑或场境,都会让南渡文人产生一种幻觉,仿佛回到中原承平的年代,把酒论诗,何等快意!胡寅一看到牡丹,就想起洛阳的名品姚黄,并生发无限的故国之思:"胜业看花暖正繁,玉仙洪福且休论。初筵爱客尊俱尽,落笔成诗水共翻。

---

①　钱仲联:《剑南诗稿校注》,上海古籍出版社1985年,第1238页。
②　辛更儒:《杨万里集笺校》,中华书局2007年,第1406页。

京洛追游真似梦,风光流转绝无言。武林亦有西池否,安得姚黄奉至尊。"①吕本中有"满堂举酒话畴昔,疑是中原无事时"②,因深重的怀旧心理,但凡见到相似的情境,都以为是往昔承平生活的再现。日常生活中的一花一木、一饭一饮,都能勾起南渡文人的京洛之思,张元幹在《浣溪沙》小序中便交代了他的实例,"范才元自酿,色香玉如,直与绿蓴梅同调,宛然京洛气味也,因名曰蓴绿春,且作一首",《瑞鹧鸪》下阕也说:"风光全似中原日,臭味要须我辈人。雨后飞花知底数,醉来赢取自由身。"③陈与义更直呼"京洛了在眼,山川一何迂"④!南渡生活中不自觉地受到"京洛"的影响,这只是生活中的小片段而已;他们借京洛来寻找归属感及精神依托。

　　南渡文人对往昔京洛生活的追忆,似乎在重温一段永远不可能再拥有的生活阅历,因为此时的中原已非赵宋的统治范围。张元幹《次友人寒食书怀韵二首》其一:"往昔升平客大梁,新烟然烛九衢香。车声驰道内家出,春色禁沟宫柳黄。陵邑只今称虏地,衣冠谁复问唐装。伤心寒食当时事,梦想流莺下苑墙。"⑤对中原的念念不忘是南渡文人的一种普遍心理,他们在追忆时有意选择并不断强化那些美好的记忆。这种集体性的怀旧情结,是南渡文学悲慨基调的情感基础。

---

　　①　(宋)胡寅:《赴宣卿牡丹之集和奇父二首》之一,《斐然集》,中华书局1993年,第100页。

　　②　(宋)吕本中:《简范信中钤辖三首》其二,《东莱先生诗集》卷十四,《四部丛刊续编》本。

　　③　(宋)张元幹:《芦川归来集》,上海古籍出版社1978年,第97、111页。

　　④　(宋)陈与义:《述怀》,《陈与义集》,中华书局1982年,第266页。

　　⑤　(宋)张元幹:《芦川归来集》,上海古籍出版社1978年,第43—44页。

二、京洛沦陷与文化承传

无可否认的是,记忆尤其是往昔的阅历,会随着时间变化、人物的离世而日趋模糊甚至消逝。上文已提到,南渡文人的京洛记忆中,有亲身阅历的成分,也有想象虚构的成分,且前者的比重更大。京洛记忆会随着南渡文人的离世而终结吗?令人诧异的是,新生代的作家们并无京洛的体验,而京洛记忆却得到了强化。从南渡文人开始,就非常注重有关京洛的前言往行、知识、习惯、风俗的承袭,并自觉地将其纳入文化传承的序列中。正因为如此,京洛记忆非但没有黯淡、消亡,反而更加凝固,成为集体性的文化情结。记忆本是时间序列中的往昔再现,而南渡后空间的阻隔,加剧了京洛记忆再现的频率、程度。南渡文人对京洛阅历、知识、习惯、风俗的广泛而持久的关注,影响了他们的文化取向——对于文化传统的依恋,这种依恋进而成为他们传承京洛文化的原动力。

靖康之难后,汴京、洛阳便沦陷于金人铁蹄之下。无论是绍兴和议、还是隆兴和议,都明确地划定了宋、金的疆界,即淮河以北的大片土地包括京、洛,都属于金国的版图。正如杨万里在《初入淮河》中所言:"何必桑干方是远,中流以北即天涯。"古人常用"天涯"形容极其遥远的地方,如今淮河以北已是异族统治区,边界阻隔、壁垒森严无疑拉大了"中原"在南宋文人心中的距离。从政治、地理上讲,京洛之地被割弃了。上文所谈到的新场境与旧阅历间产生的冲突,也基于边界阻隔这一前提。在恢复中原的问题上,统治者内部分歧很大,最终主和派占据了上风——中原沦陷成为不可逆转的定局。

与放弃中原故地完全不同，南渡文人从未舍弃以京洛为主体的中原文化，相反，官方、文人都将中原文化作为学术文化重建的基石，以此维系文化正统的地位①。地理上的拉远与文化上的拉近，成为南渡包括中兴文人对待"中原"时看似矛盾的态度。

边界阻隔状态下，南渡文人想象中的京洛——荆棘丛生、狐兔出没、胡尘弥眼，成了膻腥之地。如张元幹《贺新郎》"梦绕神州路。怅秋风，连营画角，故宫离黍。底事昆仑倾砥柱，九地黄流乱注。聚万落千村狐兔"②，刘子翚《郡圃观酴醾》"洛阳园苑狐兔生，虏骑时来北邙下"③，《望京谣》"州桥灯火夜无光，夹道狐狸昼相逐"④，曾几在诗中也写道"京洛胡尘满人眼，不知能似浙江不"⑤。汴京、洛阳沦陷后，金兵盘踞在这里，南渡文人想象中的京洛，成为狐兔丛集之地。借此想象或虚构，他们在文学作品中不仅抒发其黍离之悲，更寄托着文化哀思。华夏地域被异族统治，一定糟糕透顶，制度、习俗、言行等均被胡化，沦陷区的人民披发左衽，不堪其辱。南渡逃脱出来的文人士大夫，又怎能忍受京洛文化被践踏呢！

重新踏上中原土地的南渡文人，他们所看到的京洛到底是一番什么样的景象呢？绍兴九年（1139）六月，签书枢密院事楼炤与东京留守王伦检视汴京大内，史书中有这样一段记述："趋入大庆殿，过齐明殿，转而东，入左银台门，屏去从者，入内东门，过会通

---

① 参见拙文《南宋初"最爱元祐"语境下的文化重建》，载《中州学刊》2011年第3期。

② （宋）张元幹：《芦川归来集》卷五，上海古籍出版社1978年，第71页。

③④ （宋）刘子翚：《屏山集》卷十一，《宋集珍本丛刊》本。

⑤ （宋）曾几：《癸未（1163）八月十四日至十六夜月色皆佳》，《茶山集》卷六，《丛书集成初编》本。

门，由垂拱殿后稍南至玉虚殿，乃徽宗奉老子之所。殿后有景命殿，复出至福宁殿，即至尊寝所。简质不华，上有白华石，广一席地。祖宗时，每旦北面拜殿下，遇雨则南面拜石上。稍北至坤宁殿，屏墨画竹篱芦鸿雁之属，然无全本矣。他殿画皆类此。自福宁至钦先、孝思二殿，钦先奉诸帝，孝思奉诸后，帐座供具犹在。出肃雍门，至玉春堂，规模宏壮，非他位比，刘豫尝对伪臣于此，左竹径之上，有迎曦轩，对轩有月屏。始至修内司，谓元是宝绘堂，复由延春阁下，稍东即今太母之旧阁。过小门曰锦庄，无文饰。入睿思殿门，登殿，左曰玉銮，右曰清微，后曰宣和，殿庭下皆修竹。自此列石为山，分左右斜廊，为复道平台，台上过玉华殿，殿后有轩曰稽古，西庑下曰尚书内省。西出后苑，至太清楼下，壁间有御书千文。登瑶津亭，亭在水间，四面楼阁相对，遂趋出拱辰门。时京城外不复有民舍，自保康门至太学道，才数家。太学廊庑皆败，屋中惟敦化堂榜尚在，军人杂处其上，而牧麏于堂下。惟国子监以养士，略如学舍，都亭驿栋牌，犹是伪齐年号。琼林苑，敌尝以为营，至今作小城围之。金明池，断栋颓壁，望之萧然也。"①这段材料以使者的口吻，叙述所见所感，绍兴九年前后东京内城的掠影——衰败的故国京城，得以清晰地呈现。

　　王朝的政治文化中心京洛成为金人的势力范围，礼乐文化也惨遭破坏，南渡文人表达了他们的忧虑与伤感。他们在"京洛"这一语汇上，叠加了多重内涵，地理的、政统的、历史的、文化的，等等。刘才邵在他的诗歌中表达了对昔日汉官威仪的神往，其实已包含着浓重的中兴情结，《次韵刘克强寄刘齐庄并见寄》云："神京

① （宋）李心传：《建炎以来系年要录》卷一百二十九，中华书局 1956 年，第 2083 页。

朝万国,复见汉官仪。归来颂中兴,当才勿吾欺。"①又如,"汉宫威仪重烜赫,天宇披豁无氛埃。"②中原礼乐文化在战乱中惨遭毁坏,刺激着士人的心灵,如胡宏"堪嗟烽火干戈地,元是衣冠礼乐天"③,寄托着对中原礼乐文化的哀思。南渡之后,不仅中原地区惨遭金兵铁蹄的蹂躏,连淮南、江南一些地方也未能幸免,礼乐文化遭到空前的浩劫,正如庄绰《鸡肋编》所载:"胡人连年以深秋弓劲马肥入寇,薄暑乃归。远至湖、湘、二浙,兵戈扰攘,所在未尝有乐土也。"④。朱敦儒《小尽行》反映了南渡初年历法不一的情景,诗云:"藤州三月作小尽,梧州三月作大尽。哀哉官历今不颁,忆昔升平泪成阵。我今何异桃源人,落叶为秋花作春。但恨未能与世隔,时闻丧乱空伤神。"周紫芝《竹坡诗话》记载了朱敦儒作诗的缘由:"顷岁朝廷多事,郡县不颁历,所至晦朔不同。朱希真避地广中,作《小尽行》一诗。"⑤连历法这种最基本的制度文化都不能实施,文化浩劫之程度可以想见。晁说之《痛心》:"为问谁今有好怀,园林春色不须来。王孙草向荒城短,驿使梅因战阵回。但道边尘迷上苑,不闻汉诏出中台。痛心一日复一日,何日皇威遍九垓。"⑥晁说之因国事飘零无心赏春,而化解仇恨的解药,便是重振国威。张元幹《冬夜书怀呈富枢密》:"耳聋无用问新闻,矫首何妨目作昏。痴绝已甘投老境,背驰宁受乞怜恩。难陪年少从渠薄,赖得春回为

①　(宋)刘才邵:《檆溪居士集》卷一,影印文渊阁四库全书本。
②　(宋)刘才邵:《慈宁寿庆曲》,《檆溪居士集》卷二,影印文渊阁四库全书本。
③　(宋)胡宏:《别全当可》,《胡宏集》,中华书局1987年,第66页。
④　(宋)庄绰:《鸡肋编》卷中,中华书局1983年,第43页。
⑤　(宋)周紫芝:《竹坡诗话》,何文焕辑《历代诗话》,中华书局1981年,第356页。
⑥　(宋)晁说之:《嵩山文集》卷九,四部丛刊续编本。

我温。京洛交游频检校,渡江今有几人存!"①京洛士人相继辞世,如今对他们的伤悼,也是对中原文化的哀思,这也是"隆、绍间士大夫,犹语元符、宣政旧事"②的原因之一。

建炎南渡后,从饮食文化到说唱艺术,都在追慕"汴京气象",比如下面两段记载,就说明这一现象:"杭城风俗,凡百货卖饮食之人,多是装饰车担,盘盒器皿,新洁精巧,以耀人耳目。盖效学汴京气象。及因高宗南渡后,常宣唤买市,所以不敢苟简,食味亦不敢草率也。"③又,"说唱诸宫调,昨汴京有孔三传编成传奇灵怪,入曲说唱。今杭城有女流熊保保,及后辈女童皆效此,说唱亦精。"④衣冠南渡后,文人对中州气象的追慕,让人顿生今昔之感,如朱翌《次吕居仁九日群集韵》:"衣冠交上郡,气象有中州。九日一尊酒,千岩万壑秋。星方聚吴分,鱼已跃王舟。即事感今昔,乃情无去留。忧时俱出力,济胜合先谋。北望边风凛,戎衣讵敢休。"⑤

直至中兴文人,依然对京洛风俗人情乃至文化走向保持高度关注。宋孝宗乾道六年(1170),范成大出使金国,陆游作《送范舍人还朝》诗送别:"君如高光那可负,东都儿童作胡语。常时念此气生瘿,况送公归觐明主。皇天震怒贼得长,三年胡星失光芒。旄头下扫在旦暮,嗟此大议知谁当。公归上前勉画策,先取关中次河北。……因公并寄千万意,早为神州清虏尘。"⑥前六句属于对东

---

① (宋)张元幹:《芦川归来集》卷三,上海古籍出版社1978年,第46页。

② (宋)张端义:《贵耳集》卷中序,《宋元笔记小说大观》,上海古籍出版社2001年,第4281页。

③ (宋)吴自牧:《梦粱录》卷十八《民俗》,《丛书集成初编》本。

④ (宋)吴自牧:《梦粱录》卷二十《妓乐》,《丛书集成初编》本。

⑤ (宋)朱翌:《灊山集》卷三,影印文渊阁《四库全书》本。

⑥ 钱仲联校注:《剑南诗稿校注》卷八,上海古籍出版社1985年,第651页。

京的想象,"东都儿童作胡语"一句,中原文化遭受陵夷,这也是南渡至中兴文人忍无可忍之事。范成大目睹了中原风物、民俗后,哀叹道:"四望时见楼阁峥嵘,皆旧宫观寺宇,无不颓毁""民亦久习胡俗,态度嗜好与之俱化。男子髡顶,月辄三四髡……村落间多不复巾,蓬辫如鬼,反以为便。最甚者,衣装之类,其制尽为胡矣。自过淮已北皆然,而京师尤甚。"①此外,"京洛风流"成为惯用语,还反复出现在中兴文人的笔下,姜夔《鹧鸪天·己酉之秋苕溪记所见》:"京洛风流绝代人,因何风絮落溪津。"②可见他对京洛文化的仰慕之情。朱熹晚年倡导"遵用旧京故俗,辄以野服从事","使穷乡下邑,得以复见祖宗盛时京都旧俗,其美如此,亦补助风教之一端也。"③将重振京都旧俗视作文化建设的重要内容,由此可以看出朱熹传承京洛文化的自觉意识。对京洛风俗、习惯的礼赞和承袭,体现了南渡以来文人传承北宋文化的强烈使命感,他们将此视为保持文化正统的有效途径。

汴京、洛阳,在北宋一代是文化重心,也是士大夫思想文化的摇篮。南渡之后,文人士大夫有意识地记录保存与京洛、中原有关的文化资料,存诸文字。孟元老追叙东京旧事,撰成《东京梦华录》,书成于绍兴丁卯(1147),极写东京街市之繁华、风物之阜盛,人文之荟萃。《东京梦华录自序》云:"太平日久,人物繁阜。垂髫之童,但习鼓舞;班白之老,不识干戈。时节相次,各有观赏。灯宵月夕,雪际花时,乞巧登高,教池游苑。举目则青楼画阁,绣户珠帘,雕车竞驻于天街,宝马争驰于御路。金翠耀目,罗绮飘香。新

---

① (宋)范成大:《揽辔录》,《范成大笔记六种》,中华书局 2002 年,第 12 页。
② 唐圭璋编:《全宋词》,中华书局 1965 年,第 2172 页。
③ (宋)张世南:《游宦纪闻》卷八,中华书局 1981 年,第 69 页。

声巧笑于柳陌花衢,按管调弦于茶坊酒肆。八荒争凑,万国咸通。集四海之珍奇,皆归市易;会寰区之异味,悉在庖厨。花光满路,何限春游。箫鼓喧空,几家夜宴。伎巧则惊人耳目,侈奢则长人精神。瞻天表则元夕教池、拜郊孟享;频观公主下降、皇子纳妃。修造则创建明堂,冶铸则立成鼎鼐。观妓籍则府曹衙罢、内省宴回,看变化则举子唱名、武人换授。仆数十年烂赏叠游,莫知厌足。一旦兵火,靖康丙午之明年,出京南来,避地江左。情绪牢落,渐入桑榆。暗想当年节物风流,人情和美,但成怅恨。近与亲戚会面,谈及曩昔,后生往往妄生不然。仆恐浸久,论其风俗者,失于事实,诚为可惜。谨省记编次成集,庶几开卷得睹当时之盛,古人有梦游华胥之国,其乐无涯者,仆今追念,回首怅然,岂非华胥之梦觉哉?目之曰《梦华录》。"[1]孟元老意在保存一代风俗,希望能将繁华存诸史册,成为持续的、文人广泛参与的文化记录活动。这也提示我们:东京在南渡文人的眼中,已浓缩为一个文化的符号——中原礼制文明的象征。除了《东京梦华录》外,吕本中《师友杂志》、朱弁《曲洧旧闻》等等,所记载不仅仅是昔日风华、前言往行,而是有关学术渊源、精神气象、文化精髓的历史,旨在于保存并传承中原文献。这种深沉的京洛记忆,是南渡文人传承中原文化最直接的动力来源。

虽然南渡文人在保存、传承中原文化方面付出了很大的努力,但其后人对京洛并无切身体会,代际之间出现隔膜;这引起了南渡文人的焦虑。朱敦儒《忆旧》:"早年京洛识前辈,晚景江湖无故人。

---

① (宋)孟元老:《东京梦华录注》卷首,中华书局 1982 年。

难与儿童谈旧事，夜攀庭树数星辰。"①韩元吉《又次韵子云春日绝句三首》其三："日月行天自汉家，十年京洛恨无涯。儿童不识乡园事，竞说江南春后花。"②

　　无可讳言的是，在南渡文学中，还存在一种被扭曲的京洛记忆，认定北宋的一切都是好的，乃至视政和、宣和时期为承平之治。王庭珪《题宣和御画》自跋，交待了作诗缘由："徽宗皇帝临御日久，海内无事，唯不忘翰墨之娱，见者知其为御画也。臣既获仰观，抚卷太息，思宣政间当国家太平极治之时，景物宛然，不觉流涕，乃再拜稽首而赋是诗。"③该跋语作于绍兴丙寅（1146）。南渡之后，朝野上下对政和、宣和政事多持批评态度，认为君臣不思安危导致了北宋灭亡。而王庭珪在诗文中强调政、宣时期乃太平盛世。

　　事实上，王庭珪所表达的是一种扭曲的历史记忆，即逝去的东西最值得留恋，因此美化留恋的对象，所以连北宋政、宣时期都称得上"极治"之时。像王庭珪这样美化北宋历史，只是极个别的例子，大多数南渡文人则从国耻遗恨、亡国教训等方面进行文学化的抒写或总结。南渡文人的国耻记忆，不仅是对北宋历史的认识，更是他们关怀现实、中兴大宋的精神动力。

三、国耻遗恨与亡国反思

　　上文已谈到，京洛记忆的内容包含生活阅历、知识、习惯、观念等，前两部分着力从这些方面予以探究。在有关京洛的记忆中，切

---

①　《全宋诗》第 25 册，北京大学出版社 1995 年，第 16881 页。
②　（宋）韩元吉：《南涧甲乙稿》卷六，《丛书集成初编》本。
③　（宋）王庭珪：《卢溪先生文集》卷一，《宋集珍本丛刊》本。

不可忽略这样特殊的记忆:作为王朝的政治文化中心京洛,是宋朝政权的空间载体,生活在这一空间的宋朝皇帝是国家的象征,也就是说京洛记忆中还包含着国家载体层面的内容。而南渡初年,宋徽宗、钦宗二帝被金人扣押在遥远的北方,暂时没有归还的希望,隐饰徽、钦二帝被掳的"两宫北狩",实际上成为国耻遗恨的代名词。对两宫的牵挂,焦点虽不在京洛,但却与京洛记忆有必然的联系,因为南宋人所饰言的"两宫北狩",既是国破家亡的历史结局,也是中原沦陷、山河凭陵、君父被执的现实困境。也就是说,"两宫"既是关涉京洛记忆的历史认识问题,也是直指当下的现实问题。

宣和七年(1125)金兵南下,攻城略地,严重威胁着宋王朝的统治秩序。宋徽宗仓猝禅位,做起了太上皇。新即位的宋钦宗及朝中大臣战和不定的策略,加上经年的积弊、军队的战斗力差,宋朝节节溃退。金兵很快渡过黄河,围攻汴京。靖康二年(1127)三四月间,金人掳获徽、钦二帝及诸王子、宗室等北上,史称"靖康之难"。岳飞《满江红》中"靖康耻,犹未雪。臣子恨,何时灭",激越悲慨,所耻所恨者,正是靖康国难。

在南渡这一特定时期,"两宫"既是京洛遗恨的集结点,也是朝野上下激励士气的精神动力。陈与义《有感再赋》:"忆昔甲辰重九日,天恩曾预宴城东。龙沙此日西风冷,谁折黄花寿两宫?"[①]宣和六年(1124)重阳,宋徽宗赐宴宜春苑,陈与义有幸与宴,君臣欢聚一堂,其乐融融;如今又是重阳佳节,自己流寓异乡,身陷敌国的徽、钦二帝,该如何度此佳节呢? 两相比较,更突出悲怆、感伤的情

---

① (宋)陈与义:《陈与义集》卷十七,中华书局1982年,第268页。

怀。类似主题的诗歌,在陈与义诗集中很多,罗大经感慨地评价他"值靖康之乱,崎岖流落,感时恨别,颇有一饭不忘君之意"①。两宫一去不复返,竟成中原遗恨。刘一止《傅子骏右司见和雪句且有两宫北狩之感复用韵二首》其一:"万里胡沙惊毳幕,北望旄头天际落。向来官军如路人,受甲逡巡惟指鹤。宁知竟屈銮辂尊,问天火令何当燧。落雪如絮不我温,九关梦想血面论。"②想象徽、钦二帝在金国的非礼待遇,南渡文人深感奇耻大辱,思君报国之意溢于言表。

　　两宫冷暖不仅是南渡文人关心的热门话题,也是他们发抒家国悲恨的有效途径。刘子翚《四不忍》诗,想象二帝在北方的饮食、起居诸般不便,突出本朝君王所受的非礼遭遇,在臣子看来,实在是痛彻心扉的国耻遗恨。其一:"草边飞骑如烟灭,拉兽摧斑食其血。此时疾首念銮舆,玉体能胜饥渴无? 危城屑曲惊云扰,箫簋无光天座杳。奋戈倘未雪深仇,我食虽甘何忍饱。"其二:"黄河凿凿冰成路,人语寒空气成雾。此时泣血念銮舆,玉体能胜凛冽无? 苍黄天步蒙尘去,画衮飘零伤岁暮。飞书倘未伐奸谋,我服虽华何忍御。"其三:"平沙月转旌旗影,擐甲为衾戈作枕。此时饮恨念銮舆,玉体能胜暴露无? 问安使者空相继,清跸不回宫殿闭。请缨倘未缚酋渠,我榻虽安何忍寐。"其四:"渔阳叠鼓风沙战,泼水淋漓舞胡旋。此时太息念銮舆,玉体能胜寂寞无? 六宫遭乱多奔迸,不复梨园歌舞盛。着鞭倘未蹂龙庭,我瑟虽调何忍听。"③在刘子翚的认识世界中,徽、钦二帝理当在汴京的皇宫内过着锦衣玉食、高枕无

---

① (宋)罗大经:《鹤林玉露》甲编卷六,中华书局 1983 年,第 105—106 页。
② (宋)刘一止:《苕溪集》卷四,《宋集珍本丛刊》本。
③ (宋)刘子翚:《屏山集》卷十一,《宋集珍本丛刊》本。

忧、歌舞佐欢的帝王生活,如今却落得个凄凄惨惨、飘零异域的下场,这让宋朝的臣子们怎生消得?"我食虽甘何忍饱"、"我服虽华何忍御"、"我榻虽安何忍寐"、"我瑟虽调何忍听",极写寝食难安的生活状态,虽是夸张性的文学描述,现实中未必如此;但两宫冷暖却是文人士大夫念兹在兹的对象,渗透着强烈的耻辱感。

张九成在绍兴二年(1132)《状元策》中有一段话,以春夏秋冬时节两宫的冷暖忧乐为题,极度铺陈徽、钦二帝在北方的生活,云:"方当春阳昼敷,行宫别殿,花气纷纷,想陛下念两宫之在北边,尘沙漠漠,不得共此融和也,其何安乎?盛夏之际,风窗水院,凉气凄清,窃想陛下念两宫之在北边,蛮毡拥蔽,不得共此疏畅也,亦何安乎?澄江泻练,夜桂飘香,陛下享此乐时,必曰西风凄劲,两宫得无忧乎?狐裘温暖,兽炭春红,陛下享此乐时,必曰朔雪羹丈,两宫得无寒乎?至于陈水陆饱,珍奇必投箸而起曰雁粉腥羊,两宫所不便也,食其能下咽乎?居广厦,处深宫,必抚几而叹曰穹庐区脱,两宫必难处也,居其能安席乎?今闾巷之人,皆知有父兄妻子之乐,陛下虽贵为天子,富有四海,以金虏之故,使陛下冬不得温,夏不得清,昏无所于定,晨无所于省,问寝之私,何时可遂乎?在原之急,何时可救乎?日往月来,何时可归乎?每岁时遇物,想惟圣心雷厉,天泪雨流,抚剑长吁,思欲扫清蛮帐,以还二圣之车,此臣心之所以知陛下者。"[1]张九成的策论有强烈的现实指向,他以两宫冷暖来激励宋高宗励精图治、报仇雪耻。

绍兴五年(1135)向子諲所作《阮郎归》下阕云:"天可老,海能

---

① (宋)张九成:《横浦先生文集》卷十二,《中华再造善本》影印宋刻本。

翻。消除此恨难。频闻遣使问平安。几时鸾辂还?"①国耻遗恨难以忘怀,而宋高宗却不停地派遣使者与金人议和,名义上是向两宫问安,可是,何时能将二帝迎救回来呢? 正如胡寅在本年上奏时所言:"自建炎丁未,至于绍兴甲寅,所谓卑辞厚礼,以问安迎请为名而遣使者,不知几人矣。知二帝所在者谁钦? 见二帝之面者谁钦? 得女真之要领者谁钦? 因讲和而能息敌兵者谁钦?"②

绍兴五年(1135)四月,宋徽宗驾崩;绍兴七年(1137)二月,宋徽宗驾崩的消息才传至南宋朝廷。绍兴十一年(1141)宋金正式达成和议,金国送还了宋徽宗的梓宫及高宗生母韦氏,"两宫"中就剩下宋钦宗滞留金国。出于统治的需要,宋高宗迎还生母而不迎其兄钦宗。此后,南渡文人便很识趣地避谈两宫话题。凝结在"两宫"上的国耻遗恨,全都转移到"京洛"、"中原"等话题上,两宫、京洛、中原成为南渡文人士大夫无法释怀的国耻遗恨。陈与义、刘子翚、张九成、向子諲等人有关"两宫"的文学书写,相互呼应,从不同层面表达了南渡文人无法消解的国耻遗恨。绍兴和议后,光复京洛成为梦想,以致使这种国耻记忆郁结于胸,行诸诗文,从而奠定了南渡文学以悲慨为主的基调。

在深沉的国耻记忆中,南渡文人陷入了对亡国的反思。我们姑不论这种反思是否客观到位、达到史家评判历史的水平、具备史学的鉴戒功能;我们所看重的是文学作品中的鲜活记忆,所关涉到的民族情感与家国情怀。在对亡国教训的反思中,南渡文人的第一反应,就是找出祸国殃民的罪魁祸首。晁说之《上元前再题南庄

① 唐圭璋编:《全宋词》,中华书局1965年,第958页。
② (宋)李心传:《建炎以来系年要录》卷八十九,中华书局1956年,第1487页。

壁二首》其一："苍皇徒步子孙随,倒邑空城失所之。十日不通京国信,一灯谁忆上元时。大河难阻金人过,远道休论铁马期。殒难九州宜祭鼎,庆云翔鹤误声诗。"其二："古今之祸此云奇,倏忽犬戎城下师。犯阙过于侯景速,劫君更比禄山危。万方瑞物问何在,五世誓书知谩为。祸难群凶谁首尾,京如狼虎麕狐狸。"①透过虚幻的太平歌声以及粉饰承平的诗文、符瑞等,南渡文人看到当时朝纲的紊乱、政治的黑暗,从而对北宋的覆亡有更深入的了解和思考。

在晁说之看来,导致北宋亡国的罪人,正是蔡京、王黼。"丞相开边靡有它,中原要复识干戈。百年身事今如此,万里胡尘可奈何?"②羁旅之中,晁说之认为北宋亡国的缘由在人事而非天运,而且开边乃亡国的主要原因。早在靖康围城时,吕本中便写下了诗史性质的《兵乱后自嬉杂诗》,其二十二首云:"嫛孽开边隙,羌胡恃衅端。天戈增照耀,国步向平安。骑吹春容远,孤烽战气残。妖星稍退舍,便觉老怀宽。"③吕本中也认为,王黼开边是金兵入侵的导因。王庭珪则认为童贯、王黼等人开启边衅,只是亡国的一个原因,盗贼纵横、军队纪律涣散、战斗力差也是重要因素,诗云:"往年承平久,出师无纪律。群盗尚纵横,岂但开边失。皇威振海岱,戈甲耀霜日。自可扫欃枪,掩耳惊雷疾。"④刘子翚《汴京纪事二十首》中,既有深沉的家国哀痛,又有深刻的亡国反思。其七云:"空嗟覆鼎误前朝,骨朽人间骂未销。夜月池台王傅宅,春风杨柳太师

---

① （宋）晁说之:《嵩山文集》卷八,《四部丛刊续编》本。
② （宋）晁说之:《痛恨》,《嵩山文集》卷九,《四部丛刊续编》本。
③ （宋）吕本中:《东莱先生诗外集》卷三,《宋集珍本丛刊》本。
④ （宋）王庭珪:《余弃官累年刘元弼作诗见勉次韵奉谢》,《卢溪先生文集》卷四,《宋集珍本丛刊》本。

桥。"对王黼、蔡京应负的亡国罪责予以揭露。其八:"御路丹花映绿槐,瞳瞳日照五门开。吾皇欲与民同乐,不惜千金筑露台。"①对宋徽宗不顾百姓生死、沉湎于骄奢淫逸的生活,进行无情的批判。清人翁方纲认为,《汴京纪事二十首》"精妙非常"、"关一代事迹,非仅嘲评花月之作也"②,这一看法是很有道理的。陈与义还指出北宋对外政策之失,"始行夷狄相攻策,可惜中原见事迟"③,所谓的"夷狄相攻策"指政和、宣和之际宋金签订海上之盟,约定宣和二年(1120)联金灭辽。朝廷所采取的联金灭辽策略,几乎是引狼入室,加速了北宋的灭亡。陈与义的反思是很深刻的,朱熹对此深有同感,认为宋朝的败盟失信导致了金兵南侵④。

南渡文人从各个方面对亡国原因予以分析,用文学的方式表明他们对刚刚过去的本朝历史的认识。值得注意的是,这类作品某种程度上兼具史学的功能,但不等同于史家客观冷静之论;不过,也正因为文学极富情感性及想象、夸张等手法的运用,使得这类作品极具感染力,其中的反思或历史认识也更为鲜活。反思亡国教训的同时也寄托着他们中兴赵宋王室的希望,这体现了南渡文人对现实问题的持续关注。

"京洛记忆"是南渡文人普遍的文化心理,在各种史籍中有诸多的表述与阐发,成为突出的历史文化现象。有关"京洛记忆"的

---

① (宋)刘子翚:《屏山集》卷十八,《宋集珍本丛刊》本。

② (清)翁方纲:《石洲诗话》卷四,人民文学出版社1981年,第131页。

③ (宋)陈与义:《邓州西轩书事十首》其七,《陈与义集》卷十五,中华书局1982年,第230页。

④ (宋)黎靖德:《朱子语类》卷一百二十七《本朝一·徽宗朝》,中华书局1986年,第3050页。

文学写作,是南渡文人持续而集中的文化艺术活动。往昔的京洛生活,未必都那么惬意,但南渡文人饱受流离之苦后,有意用诗词文学作品追忆那些美好的往昔。这种选择性的记忆和怀旧情绪,被集体强化后,渗透到社会生活、思想文化的各个方面。刘子健先生著名论断——"中国转向内在",时间节点恰在南宋初的三十余年,"富于怀旧色彩的王朝复兴观念引发了保守思潮,人们梦想回到太祖皇帝的黄金时代或至少(王安石)变法之前的美好旧时光"[①]。南渡文学中的悲慨、怀旧基调,与12世纪中国政治及思想文化领域发生的内在转向可谓表里相应。

清人翁方纲指出:"南渡而后,如武林之遗事,汴土之旧闻,故老名臣之言行、学术,师承之绪论、渊源,莫不借诗以资考据。而其言之是非得失,与其声之贞淫正变,亦从可互按焉。"[②]这些追忆京洛的诗文词,具有非同寻常的文化史意义。对京洛记忆问题的深入探究,不仅为我们研究南宋文学提供了新视角,也为我们深究文人复杂的思想和心灵史提供了合适的切入点,对重构宋代文人士大夫精神发展史也具有不可低估的意义。

(原载《多元视角与文学文化——古典文学论集》,
安徽大学出版社2014年2月出版)

---

① 刘子健:《中国转向内在:两宋之际的文化内向》,江苏人民出版社2002年,第15页。

② (清)翁方纲:《石洲诗话》卷四,人民文学出版社1981年,第123页。

论"绍兴和议"期间的文学生态

在"绍兴和议"的二十余年间(1138—1161),宋高宗和秦桧摧残正论、实施高压政治,使得"文丐奔竞",谄诗谀文汗牛充栋,这几乎成为宋代文史研究者的共识①。若将研究的重心从文丐转向"山林之士",我们所看到的就不再是"弥望皆黄茅白苇"的文学景观。身处山林的忠正之士,虽在政治上受到压制,但他们持守君子理想,在恶劣的政治环境中读书治学、砥砺节操、涵养心性,形成了士林的另一道风景线。

一、从朝堂到山林

在中国古代,隐士文化源远流长。士人隐逸于山水林泉之中,自得其乐,对现实政治的态度是消极的,甚至是排斥的。本文所谈的"山林之士",与通常意义上的隐士不同,指的是"绍兴和议"期间

---

① 王曾瑜:《宋高宗》"文丐奔竞"一节,吉林文史出版社 1996 年,第 205 页;沈松勤:《从高压政治到"文丐奔竞"——论"绍兴和议"期间的文学生态》,《文学遗产》2003年第 3 期;钱建状:《南宋初期的文化重组与文学新变》"谄谀之风——文字狱的另一面"一节,厦门大学出版社 2006 年,第 202—208 页。

被排挤出朝堂的士人。朝堂、山林作为士人活动的场所,本不带有道德评判色彩,但士人从朝堂到山林,不仅仅意味着场所的变化,同时寓示着政治取向、人生重心的转变。朝堂之士,顾名思义,就是指在朝廷中枢机构任职的士人,他们是南渡初年政治、思想、文化建设的主体。绍兴八年(1138)后,围绕和、战之争,朝堂之士开始分化,主战者很快被排挤。这一现象引起了后世的关注,这批被排挤出朝堂的士人,被冠以"山林之士"的称号。比如绍兴三十一年(1161)正月,和州进士何廷英向宋高宗上书时,写道:

> 自秦桧误国以来,奸臣相继专党擅权,无所不至……遂令天下之忠臣义士抚膺扼腕,相视切齿,高举远引,甘心自弃于南山之南,北山之北。或佯狂于闾阎,或飘蓬于江海,或慷慨而悲歌,或如痴而似醉,至于郁郁而病、愤愤而死者多矣。臣于是时,进退不能,自知无用,不免土木其形骸,水云其心志,隐于岩石泉水下,处丰草长林者二十年矣。①

何廷英的上书中,"忠臣义士"已带有浓重的道德评判色彩,"甘心自弃于南山之南,北山之北""或佯狂于闾阎,或飘蓬于江海""隐于岩石泉水下,处丰草长林"等,都是对"山林"生活极其形象的描绘。

史学家李心传明确地使用"山林之士"这一称呼,《建炎以来系年要录》(下简称《要录》)对绍兴秦桧专权有如下评论:"由是中外

---

① (宋)徐梦莘:《三朝北盟会编》卷二百二十七,上海古籍出版社 1987 年,第 1630—1631 页。

大权尽归于桧,非桧亲党及昏庸谀佞者,则不得仕宦;忠正之士,多避山林间。"①李心传对绍兴和议期间士林的风貌作了一些概括,那便是"忠正之士,多避山林间"。此外,他还对秦桧卒后的思想文化态势有这样的评判:"自秦桧死,学禁稍开,而张忠献公(按,指张浚)为桧所忌,谪居连、永间者,十有余年,精思力行,始知此学为可用。然桧之余党,相继在位,国论未正也。惟山林之士,不以荣辱贵贱累其心。"②李心传所用的"山林之士",即是"忠正之士,多避山林间"的简称,包括秦桧死前的身处山林的士人;而且,他还揭示了"山林之士"的人格魅力,"不以荣辱贵贱累其心",这也恰恰是"山林之士"的典型特征之一。

"绍兴和议"引发了"道义""功利"的争论;且大批朝堂之士从政治中心走向边缘,即从朝堂走向山林。绍兴八年(1138)末、九年(1139)初,朝臣中反对和议的声势最为高涨,阵容也极为庞大。吕中《大事记》在总结这一事件时,列举了多达三十七人的名单,引次如下:

> 桧虽以和议断自圣衷,而人心公议,终不可遏。争之者,台谏则张戒、常同、方庭实、辛次膺,侍从则梁汝嘉、苏符、楼炤、张九成、曾开、李(当为"张")焘、晏敦复、魏矼、李弥逊,郎官则胡珵、朱松、张广、凌景夏,宰执则赵鼎、刘大中、王庶,旧宰执则李纲、张浚。其他如林季仲、范如圭、常明、许诉(当为"忻")、潘良贵、薛徽言、尹焞、赵雍、王(当为"冯")时行、连南

---

① (宋)李心传:《建炎以来系年要录》卷一百六十九,中华书局 1956 年,第 2771 页。
② (宋)李心传:《道命录》卷五,《丛书集成初编》本。

夫、汪应辰、樊光远,交言其不可。大将岳飞、韩世忠亦深言其
非计。而胡铨乞斩王伦、秦桧、孙近二疏,都人喧腾,数日不
定,人心亦可知矣。①

　　反对和议的士人,有一个共同的特点:以"义"事君;这也是君
子的理想、职责所在。他们认为朝廷若屈辱地议和,无疑陷君王于
不义。例如,范如圭便以《春秋》大义责秦桧,云:"相公尝自谓我欲
济国事,死且不恤,宁避谤怨。相公之心则忠矣,使杀身而有益于
君,固志士仁人之所愿为也。若犯众怒,陷吾君于不义,政恐不惟
怨谤而已。将丧身及国,毒流天下,遗臭万世。"②胡铨上疏反对和
议时,也言:"义不与(秦)桧等共戴天。"③早在绍兴八年(1138)初,
秦桧就开始为和议做准备,派遣王伦到金国请和,辛次膺认为:"国
耻未雪,义难请好。"④辛氏在阐明立场时,关键词便是"义"字。
　　为平息朝臣反对和议的声浪,秦桧极尽拉拢、排挤之能事,以
分化朝臣。秦桧实施和议政策的举措之一,便是举荐素有威望的
李光作参政;在他看来,李光"有人望,若同押榜,浮议自息"⑤。李
光出任参政不到一个月,朝廷便下达了和议诏书。贬居永州的张
浚,给孙近、李光写信,阐述"义"不当和的立场。明州监当官杨炜
也给李光上书,极言和议之非,并责备李光不该附和秦桧,贪图名
利。杨炜的《上李光书》,内容极其丰富,它不仅反映了南渡士人对

---

　　①　(宋)李心传:《建炎以来系年要录》卷一百二十四,绍兴八年十二月引,中华书
局1956年,第2029页。

　　②　(宋)李心传:《建炎以来系年要录》卷一百二十三,第2003页。

　　③　《宋史全文》卷二十,绍兴八年十一月丁未条,《中华再造善本》影印元刻本。

　　④　(宋)李心传:《建炎以来系年要录》卷一百十八,第1901页。

　　⑤　(宋)李心传:《建炎以来系年要录》卷一百二十四,第2011页。

政治形势的判断,还表达杨炜对宰执重臣的希望——以"道义"事
君。书信的内容节引于下:

> 某虽碌碌庸众,浮沉里巷,然亦已钦慕阁下,信刚决君子
> 人也。……人情汹汹,弥时不定。遽闻阁下奏召造朝,天下之
> 人与夫贤士大夫欣欣然皆颂阁下……尚妄意阁下靖康之朝,
> 挺挺之节固在,履此危机,正昔所谓有待而发者,庶几能为圣
> 主开陈存亡利害之势,维持善后之策,尽识虏诈,洞悟天听,断
> 此国论。不数日,阁下既至,遽复合为一党,寂然无声。有识
> 者谓阁下非不知利害之晓然,所以然者,卖谄取执政尔。已而
> 果然,呜呼! 利禄之移人,一至是邪! ……若阁下果独不知之
> (按,指和议),是不智也。倘阁下知不可和,徒媚宰相取尊官,
> 遂嘿默而不以告吾君,是不忠也。为大臣而不智不忠,果可以
> 安国家、利社稷乎? ……安有身为大臣,坐视君上贬屈尊称臣
> 于丑虏,恬不为恤? 诸公世事儒业,号为知书,此岂平昔所学
> 于圣贤致君之事业哉? ……犹冀阁下尚能改悟,力解社稷之
> 祸,挈而置之安存。不然,不得其职,自可引身而去矣! 岂可
> 与卖国之奸谀,甘心低头,共槽枥而食邪?①——

在书信中,杨炜始终以"君子"的标准来要求李光;而且,"为圣
主开陈存亡利害之势,维持善后之策,尽识虏诈,洞悟天听,断此国
论",是南渡士人的外王理想。不仅杨炜这样要求李光,胡安国亦

---

① 　(宋)徐梦莘:《三朝北盟会编》卷一百九十一,绍兴九年正月十四日,上海古籍
出版社 1987 年,第 1377—1382 页。《建炎以来系年要录》卷一百二十五,绍兴九年正月
乙未条,乃节录文字(第 2040—2041 页),《会编》所收乃书信之全文。

以"国论未定,正要博谋。若赞得国是,其绩不小"激励胡寅①。无论是"断此国论",还是"赞得国是",都体现了君子任其责的精神,也反映了他们的政治诉求。

值得注意的是,杨炜对李光的要求,体现的依然是一种传统的观念:道合则进,不合则去。在杨炜看来,李光没有做到这一点——未能向宋高宗力谏和议之危害,也没有引退,原因便是他贪恋名位。杨炜书信中体现了两种政治理想:一种为道义,一种为功利。重道义,还是重功利,导致了不同的政治取向与行为选择,这是朝堂之士分化的根源所在,也是此后朝堂之士与"山林之士"产生分歧的根本原因。

面对秦桧对朝堂之士的威逼利诱,不少士人坚持立场,以道义为重,保持人格的独立。绍兴八年(1138)末,秦桧极力拉拢张九成站在自己的阵营。据《要录》记载:

> 秦桧谓九成曰:"且同(秦)桧成此事,如何?"九成曰:"事宜所可,九成胡为异议,特不可轻易以苟安耳!"他日,与吕本中同见桧,桧曰:"大抵立朝,须优游委曲,乃能有济。"九成曰:"未有枉己而能正人。"桧为之变色。②

在同秦桧周旋的过程中,张九成表现出了十足的聪慧与果决,"未有枉己而能正人"一语,直承孟子"枉己者,未有能正人者也"(《孟子·滕文公下》)之意,实乃以道义相高的人格精神的自然流

---

① (宋)李心传:《建炎以来系年要录》卷八十五,中华书局 1956 年,第 1399 页。

② (宋)李心传:《建炎以来系年要录》卷一百二十三,第 1981 页。

露。魏矼不愿做金国的馆伴使,秦桧问他不主和议的原因,魏矼认为"敌情难保",并批驳秦桧所谓"以诚待敌"之策,云:"相公固以诚待敌,第恐敌人不以诚待相公耳!"①魏矼此举,其实已为他日后的政治选择埋下了伏笔——因不赞成和议被排挤出朝堂。

在拉拢朝臣的同时,秦桧将不附和议者相继排挤出朝堂。如绍兴八年十月,林季仲知婺州,中书舍人吕本中罢任②;绍兴九年正月间曾开知徽州,李弥逊知漳州;三月,胡珵知严州,吕用中知建州;四月,晏敦复知衢州,潘良贵知明州;五月,汪应辰通判建州③;绍兴十年三月朱松知饶州;闰六月,胡寅知永州,廖刚外任;八月,张九成、喻樗、陈刚中、凌景夏、樊光远,与外任差遣④。

宋高宗、秦桧对异议之人的处理意见很明确:"今者和议,人多异论,朕不晓所谓,止是不恤国事耳! 若无赏罚,望其为国实难。自今用人,宜求靖共之操;如其不然,在朝廷者与之外任,外任者置之闲散,闲散而又不靖者,加以责罚,庶几人知劝惩,不至专为身计。……赏罚既行,数年后,可望风俗丕变矣!"⑤宋高宗和秦桧对待破坏和议的士人决不留情的态度,表明他们为实现"一道德而同风俗"的目的而不择手段,只要与朝廷唱反调,处置就会越来越重,外任→闲散→责罚。在这种政治生态中,大批士人开始了从朝堂走向山林:要么是外任,要么是闲散,总之,他们不在朝堂之上。李

①　(宋)李心传:《建炎以来系年要录》卷一百十九,中华书局1956年,第1931页。
②　分别见于李心传:《建炎以来系年要录》第1972、1977页。
③　分别见于李心传:《建炎以来系年要录》第2039、2045、2061、2068、2071、2076页。
④　分别见于李心传:《建炎以来系年要录》第2157、2190、2206—2207页。
⑤　(宋)李心传:《建炎以来系年要录》卷一百五十六,第2530页。

光参政刚一年,就因与秦桧不合被罢政①,成为"山林之士"中的一员。

二、"山林之士"的群体特征

"绍兴和议"期间被贬斥、迫害的士人大体上可归为两类:不附和议者;忤秦桧得罪者。这两类人构成了"山林之士"的主体,而对于"忤秦桧得罪者",应当加以辨别,如李光、廖刚在秦桧专权时期的表现,无愧于"君子"之称呼;他如萧振、程敦厚、张嵲、郑仲熊、杨愿、李文会等,甘愿充当秦桧的党羽,陷害忠臣义士,无异于势利小人,故不在本文论述之列。

"山林之士"作为一个群体,显得很松散。从朝堂走向山林后,他们多散布在福建、江西、浙江、广东(含海南)等地,其中又以福建、江西最为集中。有些成员的流寓地比较固定,比如曾几在上饶(今江西上饶市)、李弥逊在连江(今福建连江县)、张九成在南安军(今江西大余县);不过,像赵鼎、胡铨等人,辗转于福建、广东等地,还曾在海南岛上寓居过。"山林之士"的流寓地虽然很分散,但身处山林的时间相对比较集中,大体上开始于绍兴八年(1138),止于绍兴二十五年(1155)秦桧卒后。

值得注意的是,"山林之士"的年龄跨度虽很大②,但大都对北宋徽宗朝的政治、思想文化政策有切身的体验,又经历了靖康之难、宋室南渡。在他们的认知世界中,很自然地将北宋后期蔡京、

---

① (宋)李心传:《建炎以来系年要录》卷一百三十三,中华书局1956年,第2141页。
② 以绍兴八年(1138)为例,其中的年长者已六十岁左右,比如晏敦复(1075—1145)、李光(1078—1159)、王庭珪(1080—1172)等人;年龄较小者像汪应辰(1118—1176)也就二十来岁。

王黼专权与眼下的秦桧专权联系在一起。绍兴二十五年(1155)十月秦桧卒后,"山林之士"对于秦桧专权的这段历史,有很犀利的评价,如胡寅写给张九成的信中说道:

> 会之(指秦桧)踵荆舒(指王安石)后尘,以蔡京、王黼为标准,以耿南仲、李邦彦为宗派,其所愿欲,几青出于蓝矣。溘然遽死,遗臭奈何! 向以得君之专,行政之久,依仿先民事业,岂但小康东南,固可开拓河北。乃僻经反道,迷误本朝。若非天佑宋室,剿绝其命,滋长祸乱,何止于焚书坑儒而已。①

胡寅、张九成等南渡士人对蔡京、王黼弄权均有直接或间接的体验,对比刚刚过去的秦桧专权,发现两者竟如此相似! 这种相似,加剧了君子、小人之辨,上引书信中胡寅将王安石、秦桧并提,便是最明确的信号。他们将北宋后期应对困境的经验不自觉地运用到当下,这就使得"绍兴和议"期间的历史在"山林之士"那里具有先验性,即政治形势、思想文化态势是可预见的。在对他们行实的考察中,能感觉到强烈的自信扑面而来,这种自信的来源之一,便是他们业已熟稔的北宋社会阅历。

秦桧专权时期,一些文人丧名失节,甘当秦桧的党羽。如葛立方曾上奏云:"伏望特降诏旨,申敕臣工,使之精白一意,上承休德,如有怀奸弗靖、煽惑士流者,令御史台觉察,流之四裔,永为臣子不忠之戒。"②张嵲为秦桧讲和出谋划策,进献《中兴复古

---

① (宋)胡寅:《答张子韶侍郎》,《斐然集》卷十八,中华书局1993年,第389页。
② (宋)李心传:《建炎以来系年要录》卷一百五十一,中华书局1956年,第2436页。

诗》①；朱敦儒为其子谋官而苟同秦桧父子，"老怀舐犊之爱而畏避窜逐，故其节不终"②，终为人所诟病。在"山林之士"看来，秦桧当权后，"能成事君子，往往去之，与之尽力者皆可知矣"③，便隐含了君子退而小人进的意思。他们对当下士气不振有清醒的认识，张九成曾一针见血地指出症结所在：

> 大抵人材，在上之人作成。若摧抑之，则此气亦索。若道义之士，不任其事，安肯自取僇辱？秦公排斥异己，大起告讦，此其志欲杀僇贤者，未必不反激人之言。子姑俟之。④

张九成此论包含了以下几层意思：人材在于朝廷精心培育，而朝廷若摧残打击士人，必然导致士气衰索；道义之士，暂时远避山林，不任其事，但心忧社稷天下；秦桧排斥异己，迫害忠正之士，不仅打不垮他们的精神志气，而且在不久的将来必然会拨乱反正。这是极有远见的判断，从这一判断中，足见"山林之士"的自信。

不独张九成，王庭珪也有类似的预见。被贬至辰州后，他写有《留别黄子默》，诗云："回瞻人在斗南边，目断湘中万里天。驱马又

---

① （宋）黎靖德：《朱子语类》卷一百三十一《本朝五·中兴至今日人物上》，中华书局1986年，第3145—3146页；（元）脱脱：《宋史》卷四百四十五《张嵲传》，中华书局1985年，第13140页。

② （元）脱脱：《宋史》卷四百四十五《朱敦儒传》，第13142页。

③ （宋）张九成：《横浦心传录》卷上，明万历年间吴惟明刻本《横浦先生文集》附，北京大学图书馆藏。

④ （宋）张九成：《横浦心传录》卷中，明万历年间吴惟明刻本《横浦先生文集》附，北京大学图书馆藏。

过衡岳寺,携家却上洞庭船。江湖足了平生事,文字岂徒今世传。不共离亭一罇酒,行看待我著归鞭。"①诗中"文字岂徒今世传",传达出王庭珪的自信,话外之意,相信历史会给其正义行为以公正评判。在辰州得知秦桧死亡的消息后,王庭珪写诗道:"辰州更在武陵西,每望长安信息希。二十年兴缙绅祸,一朝终失相公威。外人初说哥奴病,远道俄闻逐客归。当日弄权谁敢指,如今忆得姓依稀。"②慨叹近二十年中士大夫所受的祸患,强调秦桧"弄权",其实也就是为"山林之士"正名。

在"绍兴和议"期间,和战之争是明线,而君子、小人之辨则是暗线,两条线索相互交错,这就使得绍兴和议之后的政治、思想文化局势极其复杂。和、战之争,是南宋朝野上下面临的新课题;而君子、小人之辨及其变体,即"邪""正"之分,则是北宋中后期以来一直牵动士大夫神经的老话题。在君子、小人之辨的语境中,"山林之士"往往以君子自期,在心理、学养、道德境界、人格等方面,与暂时得势专权的小人展开较量。

在胡铨的思维世界中,主张和议者就是小人。他在隆兴二年(1164)八月上疏中说得很明白:"自靖康迄今,凡四十年,三遭大变,皆在和议,……而争言为和者,是有三说焉:曰偷懦,曰苟安,曰附会。偷懦则不知立国,苟安则不戒酖毒,附会则觊得美官。小人之情状,具于此矣。"③胡铨作为反和斗士,赢得后世的景仰。他作为正人君子的形象,也更加凸显,正如张浚所说:"秦太师专柄二十

---

①　(宋)王庭珪:《卢溪先生文集》卷十六,《宋集珍本丛刊》本。
②　(宋)王庭珪:《辰州僻远,乙亥(1155)十二月,方闻秦太师病,忽蒙恩自便,始知其死,作诗悲之》,《卢溪先生文集》卷十六,《宋集珍本丛刊》本。
③　(元)脱脱:《宋史》卷三百七十四《胡铨传》,中华书局1985年,第11586页。

年,成就邦衡(胡铨字)一人耳!"①

张九成在为刘安世《尽言集》作序时,对北宋中后期君子、小人分野的历史作了总结:"司马温公与王介甫清俭廉耻,孝友文章,为天下学士大夫所宗仰。然二公所趣,则大有不同,其一以正进,其一以术进。介甫所学者申、韩,而文之以六经;温公所学者周、孔,亦文之以六经。故介甫之门多小人,而温公之门多君子。温公一传而得刘器之,再传而得陈莹中。介甫一传而得吕太尉,再传而得蔡新州,三传而得章丞相,四传而得蔡太师,五传而得王太傅(王黼)。介甫学行,使二圣北狩,夷狄乱华。呜呼!悲夫!器之在谏垣,专攻王氏党,其扶持正道,亦云切矣。余虽不及识其人,读其遗稿,徒深慨叹而已。"②将元祐前后司马光、王安石之门人的传承,作为君子、小人分野的起点,是张九成等人的共识。这种识见恰好是在邪正之辨、君子小人之分的语境下展开的。《尽言集序》约作于绍兴十六年(1146)前后。秦桧及其党羽欺上罔下的作为,尤其是对忠义之士的迫害,已构成了新一轮的君子、小人之辨,张九成只不过借对历史的复述来映射现实而已。

即便身处山林,也不忘朝堂,砥砺品格,直道而行,这是"山林之士"又一典型特征。"绍兴和议"期间,不少士人对"山林"有亲身体悟。从刘子翚《夜行潭溪上念原仲致中乔年茂元伯达皆有入山期以诗趣之》③可以看出,胡宪、刘勉之、朱松、范如圭(字伯达)、傅

---

① (宋)杨万里:《胡铨行状》,《杨万里集笺校》卷一百十八,中华书局 2007 年,第 4501 页。

② (宋)张九成:《尽言集序》,《横浦先生文集》卷十六,《中华再造善本》影印宋刻本。

③ (宋)刘子翚:《屏山集》卷十三,《宋集珍本丛刊》本。

茂元等人,绍兴和议之后相继退避于山林;可与李心传"忠正之士,多避山林间"的概括相印证。退居山林的文人,坚决不与秦桧之党合作,体现了仁人志士的骨气与豪情。绍兴八年(1138)四月,吕本中称赏刘勉之"行义志业",并极力荐举他,故朝廷召他赴行在,"秦桧方主和,虑(刘)勉之见上持正论,乃不引见,但令策试后省给札而已。勉之知不与桧合,即谢病归。杜门十余年,学者踵至,随其材品,为说圣贤教学之门及前言往行之懿。"①刘勉之等人采取不合作的态度,悠然山林,砥砺品节,并培养了新生力量,如朱熹在绍兴时期曾受学于刘勉之、胡宪、刘子翚等人,在学术、品格、气度等方面都为此后的集大成打下了良好的基础。

　　潘良贵竭力摆脱秦桧之牢笼,砥砺君子节操,在当时即获得同侪的称许。据《横浦心传录》记载:"先生因云潘子贱(即潘良贵)舍人,老来力量持重。见渠作《三戒说》,皆是履践语。秦公势正炎炎,冷处一角,笑数泉石。秦公虽令人致语,亦不答。家甚贫,处之晏然,古君子也。闻其死,吾亡后友也,不觉为之堕泪。"②从张九成谈及潘良贵时的语气、神情来看,二人可谓声气相通,志趣相投。吕本中、曾几在"绍兴和议"期间,同样坚守品节,矢志不渝③。"山林之士"砥砺品节的行为,保证了"道"的庄严与纯粹,起到了端正人心、分辨邪正的作用,与浮薄衰索的朝堂士风形成鲜明的对比。

　　有志之士自觉地退避山林,这是值得注意的社会文化现象。因为在他们的思维世界中,士人应当以"道"事君,道合则仕,不合

---

① (元)脱脱:《宋史》卷四百五十九《刘勉之传》,中华书局1985年,第13462页。

② (宋)张九成:《横浦心传录》卷上,明万历年间吴惟明刻本《横浦先生文集》附,北京大学图书馆藏。

③ (宋)韩元吉:《两贤堂记》,《南涧甲乙稿》卷十五,《丛书集成初编》本。

则退。无论进退，都应当正道直行。张九成指出："山林之士忘进，市朝之士忘退，皆非见道，进退无意而唯其正则善矣，才忘则必偏，偏必病。"①这简直是张九成的夫子自道；"唯其正"而从，直道而行，乐在其中，可以说是"山林之士"的共识。李光于绍兴十年(1140)触忤秦桧，贬谪岭南，自号"读易老人"，在《读易详说》中，"于当世之治乱、一身之进退，观象玩辞，恒三致意"，在解《否》卦之初六时说："小人当退黜之时，往往疾视其上。君子则穷通皆乐，未尝一日忘其君。"②绍兴十八年(1148)胡寅退居南岳，曾这样描述他的山林生活："栽花为事业，种秫是谋猷。不羡两蜗角，从教双鬓秋。登楼山抹黛，垂钓水澄眸。此乐应谁侣，零风昔从游。"③身处山林，却深怀庙堂之思，"栽花为事业，种秫是谋猷"，把山林当作了庙堂，修齐治平之愿望不自觉地流露在诗歌中，表明他并未放弃"外王"理想；尾句则将山林之乐，提升至"浴乎沂，风乎舞雩"的境界。

"山林之士"在对进退出处的思索中，形成基本的认知：无论是进还是退，都可以持守"道"，尤其是远离庙堂，更应当在"内圣"方面下工夫。在退处山林的状态下，他们精研性命之理，实际上将视线及个人的精力转移了幽眇的内心世界，以此获得心灵的充实和境界的提升。绍兴和议后，"山林之士"面临困境不尽相同，应对方法也都不同，但在尽力保持心理的平衡、加强心性修养方面是相

---

　　① （宋）张九成：《横浦心传录》卷中，明万历年间吴惟明刻本《横浦先生文集》附，北京大学图书馆藏。
　　② （清）纪昀等：《钦定四库全书总目》卷二《读易详说》提要，中华书局1997年，第14页。
　　③ （宋）胡寅：《和洪秀才八首》之五，《斐然集》卷五，第115页。

通的。

赵鼎的贬谪地,由潮州到吉阳军(今海南),一次比一次荒凉,但他竭力保持内心的宁静高远。其《山中书事》云:"心远身闲眼界清,潇然回首万缘轻。更将满耳是非语,换作松风溪水声。"将是非言语涤除,换作松声、溪水声,在自遣中可以看出其豁达的心胸。又,《梦觉》:"虚窗午夜月朦胧,推枕萧然百念空。更问幽人洗心法,二年魂梦水声中。"①所谓"洗心法",亦重在心灵的调适。

李弥逊归隐福建连江西山,或赋诗饮酒,或笑傲山林,如《初到连江和林公晔先辈》:"投老身名信陆沉,欲将白发寄遥岑。赋诗未敢施彭泽,抱瓮真堪友汉阴。江面飞桥夸壮丽,山腰卧石閟幽深。公才清绝参奇观,慰我长年去国心。"②在努力寻求应对困境的精神支柱的同时,李弥逊还竭力激励同侪调适心理。据《宾退录》记载,胡铨被贬至新州,李弥逊书十事以赠:"一曰有天命,有君命,不择地而安之;二曰唯君子困而不失其所亨;三曰名节之士犹未及道,更宜进步;四曰境界违顺,当以初心对治;五曰子厚居柳筑愚溪,东坡居惠筑鹤观,若将终身焉;六曰无我方能作为大事;七曰天将任之必大有摧抑;八曰建立功名,非知道者不能;九曰太刚恐易折,须养以浑厚;十曰学必明心,记问辨说皆余事。"③李弥逊所言十事中,其中六条(二、三、四、八、九、十)与修德养心有关,可见在秦桧专权期间,心性修养已成为"山林之士"的要务。"山林之士"对于心性修养等内在品格分外看重,表明心性之学为越来越多的

①　(宋)赵鼎:《忠正德文集》卷六,影印文渊阁《四库全书》本。
②　(宋)李弥逊:《筠溪集》卷十六,影印文渊阁《四库全书》本。
③　(宋)赵与时:《宾退录》卷一,《宋元笔记小说大观》,上海古籍出版社2001年,第4139页。

人所接受,传播范围也由此扩大。心性之学之所以在绍兴和议期间得到强化和发展,一个重要的原因便是"山林之士"普遍认为:在当下士风衰索的环境中,只有坚守"内圣"阵地,才有可能在未来的"外王"活动中有所开拓。

三、"山林之士"的诗文写作

在探讨"山林之士"的文学写作之前,有必要对"文丐"们的创作情况进行简单的介绍。处于高压政治下的权力中心,朝堂之士参与到歌功颂德的热潮中,创作了数以万计的谄诗谀文。若遇秦桧生日,"凡缙绅大夫之在有位者,莫不相与作为歌诗,以纪盛德而归成功。篇什之富,烂然如云,至于汗牛充栋,不可纪极"①。沈松勤先生对此有精要的概括:创作主体的心灵畏怯,创作锐气顿失;主题集中于歌颂宋高宗和秦桧"共图中兴"的盛德;弃"刺"尚"美",唯"德"是颂的文学主张等等②。同样处于高压政治之下,"山林之士"的创作情况如何? 他们又有什么样的文学追求呢?

"山林之士"所采用的文体不一,或诗歌,或题记,或书信,或语录;这些纷繁多样的文字,却有着共同的主题倾向——抒写山林之乐、践履君子人格。这与"文丐"们创作的以歌功颂德为主题的谄谀之作有天壤之别。

---

① (宋)周紫芝:《时宰生日乐府四首》序,《太仓稊米集》卷二十五,影印文渊阁《四库全书》本。

② 沈松勤:《从高压政治到"文丐奔竞"——论"绍兴和议"期间的文学生态》,载《文学遗产》2003年第3期。

　　与朝堂之士相比,"山林之士"的生活显得很闲散。他们的诗文作品,体现了山林闲居之乐。王庭珪在《和余教授》中表达了穷通皆乐的观念:"词高云蔼蔼,笔扫阵堂堂。妙绝江南社,清新乐府章。穷通元自乐,身世两相忘。不下千寻海,焉能得夜光。"①曾几寓居茶山的生活,充满了闲淡之趣。《横碧轩》诗云:"道山心已灰,但有爱山癖。移家过溪住,政为数峰碧。空濛梅子雨,了不见颜色。朝来忽献状,欣若对佳客。晴窗卷书坐,葱翠长在侧。似为神所怜,持用慰岑寂。会登此山头,却望水南北。烟树有无间,吾庐应可识。"②徜徉于溪山之胜中,或晴窗读书,或登山望水,其乐无穷,尾句"烟树有无间,吾庐应可识",又有陶潜诗的闲澹之意。"山林之士"所追求的"闲",关键在于闲远的心境。张九成以"山中人"③自居,从其在南安的诗歌来看,读古人书,师法圣贤,远离名利与纷争,安贫乐道,山林之乐尽在其中。如《十九日杂兴》之一:"不是南方热,爱此有永日。人事断经过,萧然空一室。风惊窗外竹,声如清庙瑟。西塘荷已花,北户枣亦实。仕途非所长,进寸辄退尺。所以入市朝,愁苦甘首疾。谪来已九年,底事无忧色。山林兴甚长,湖海情何极。"④在自然山水中陶冶性情,寻求生活乐趣。在《竹轩记》中,张九成以竹之风节气韵自比,不"以窜逐为耻",以"游心为贵":

---

　　①　(宋)王庭珪:《卢溪先生文集》卷十,《宋集珍本丛刊》本。
　　②　(宋)曾几:《茶山集》卷二,《丛书集成初编》本。诗题下原有小注:"几尝居孔雀僧院东庑小室,榜曰横碧轩,有诸公唱酬之作。"
　　③　(宋)张九成:《游尘外亭呈妙喜老师陈元器郑叔茂沈季诚》云:"我本山中人,推出尘寰里。鸟囚不忘飞,今日乃来此。"(《横浦先生文集》卷一)该诗作于绍兴二十六年(1156)二月。
　　④　(宋)张九成:《横浦先生文集》卷二,《中华再造善本》影印宋刻本。

今夫竹之为物也,其节劲,其气清,其韵高,冒霜雪而坚贞,延风月而清淑。吾诵书而有味,考古而有得,仰首而见,俯首而听,如笙箫之在云表,如圣哲之居一堂,爽气在前,清阴满几。陶陶然不知孰为我,孰为竹,孰为耻,孰为不耻,盎盎如春,醺醺如醉,子亦知此乐乎?①

徜徉于精神的极乐世界中,"山林之士"抛弃世俗名缰利锁的羁绊,心游八极,思接千载。在退隐山林的状态下,他们不以贬谪窜逐萦怀,在山林这片乐土上,构建自足自乐的小天地,从而实现精神的遨游和品格的提升。

读书成为"山林之士"的生活方式,常常伴有自得之乐。曾几、吕本中、张九成、胡寅、刘子翚等人的"读书"诗,就明确地体现了这一旨意:读书是成就君子人格的必要途径,为了实现这一理想,他们汲汲于读古人书、尚友先贤等活动中。将读书视作成圣成贤的有效途径,在书中可以尚友古人,将先贤的道德价值,内化为个体性的道德体认,以此砥砺君子品格。绍兴和议之后,曾几寓居上饶茶山长达七年。在此期间,他常常闭门读书。"隐几读书长竟夕,闭门觅句可忘年"②,幽居读书竟到了忘我的地步。《读书四首》集中地体现了他对圣贤工夫的追求,其中的第三首写道:"朝游夕泳一窗书,只要今吾胜昔吾。未识此间真气味,直缘圣处少工夫。"沉浸于书中,朝诵夕咏,"今吾胜昔吾",日新日进,此乃圣贤工夫的真谛。吕本中《读书》,描述其晚年读书状况:"老去有余业,读书空作

---

① (宋)张九成:《竹轩记》,《横浦先生文集》卷十七,《中华再造善本》影印宋刻本。
② (宋)曾几:《即事》,《茶山集》卷四,《丛书集成初编》本。

劳。时闻夜虫响,每伴午鸡号。久静能忘病,因行当出遨。胡为良自苦,膏火自煎熬。"①读书常至深更半夜,目的在于追求心灵之澄澈、精神之遨游。

"山林之士"痴心于读书,最重要的目的在于研讨圣学,师友圣贤,学习做人,学习如何成为一个君子。"山林之士"在"读书"诗中明此心志,警人戒己。张九成《读书》其一:"伊余生三吴,窜逐落荒外。大目试环顾,四海等一芥。谁能于其间,清浊分泾渭。含菽亦饱满,食蘗有余味。不羡嵇叔夜,左右持酒蟹。大哉黄卷中,日与圣贤对。"②不羡慕"越名教而任自然"的嵇康,而是在书册黄卷中研讨圣学,与圣贤相对,确立了一种独特的生活方式。在写给常同的信中,张九成交代了自己以读圣贤书为乐事:"宴坐焚香,读圣贤书,乃知闲居之乐,大胜它事。"③在此期间,他写成《论语解》《孟子解》④等。在给陈开祖的信中还说:"闻见所得,不如践履之深……须一一自己胸襟流出。"⑤通过对《论语》《孟子》中所蕴含的圣贤精神的亲证亲悟,实现人格精神的提升。寓居衡山的胡寅亦云:"了无歌吹娱宾从,只有诗书养性情"⑥;"玩意诗书千古乐,放怀天地一身闲"⑦。刘子翚的诗歌同样体现了读书之乐,如"黄卷箧中昆

---

① (宋)吕本中:《东莱先生诗集》卷十七,《四部丛刊续编》本。
② (宋)张九成:《横浦先生文集》卷一,《中华再造善本》影印宋刻本。
③ (宋)张九成:《与常子正中丞书》,《横浦先生文集》卷十八,《中华再造善本》影印宋刻本。
④ (宋)赵希弁:《读书附志》,《郡斋读书志校正》,上海古籍出版社1990年,第1098页。
⑤ (宋)张九成:《(与)陈开祖》,《横浦先生文集》卷十八,《中华再造善本》影印宋刻本。
⑥ (宋)胡寅:《题叔夏乐谷》,《斐然集》卷四,中华书局1993年,第84—85页。
⑦ (宋)胡寅:《和唐坚伯留题庄舍》之二,《斐然集》卷四,中华书局1993年,第102页。

友,白醪杯里圣贤。我愿长闲足矣,人怜独处萧然"①,对书卷的偏爱,源于尚友古圣先贤的渴望。

在政治生态对忠正之士极其不利的情况下,"山林之士"依然在诗文中以节义相激励、以君子相期许,形成一股迥异于"文丐奔竞"的文学风貌,诗文中洋溢着凛然不可犯的精神气象。张九成贬居南安时,给弟子汪应辰写了一首诗:"美玉藏精璞,明珠媚深渊。天清气或朗,光景露涓涓。或者辄按剑,奇才叹难全。之子英杰人,声名何轩轩。妙龄魁四海,终始皆称贤。过眼不再读,悟心非口传。文真翻手成,识超余子先。森森列五岳,浩浩朝百川。谓年未三十,当握造化权。陶甄到唐虞,修洁偕渊骞。谁云一戢翅,沉滞十二年。众论今未谐,子心方菶然。磨砒尽箭镞,刮洗成混圆。上造羲轩外,下极宣政前。讨论分本末,钩赜穷由缘。遥遥数千载,恍然落眼边。斯文天其兴,子能常颠颠。试看桃李花,三春何暄妍。未及瞬息间,飘零堕风烟。青青乔松枝,霜雪弥贞坚。子如识此理,聊卧白云巅。"②该诗体现了"山林之士"对道义的持守:正人君子不附和议,相继罢官、被贬,张九成激励汪应辰韬光养晦,在上至羲皇、下至本朝宣政间的典籍文献中探究源流、分别本末,以悟得古学之真谛;经历一番磨砺后,不仅学养大为提升,品节也更为坚贞,犹如霜雪压不倒的青松一样。张九成的这首诗,不啻为秦桧专权时期山林之士的座右铭,其精神导向意义不容低估。

同处高压政治之下,胡铨与李光建立起深厚的友谊,以君子相

---

① (宋)刘子翚:《六言二首》其二,《屏山集》卷十五,《宋集珍本丛刊》本。

② (宋)张九成:《怀汪圣锡》,《横浦先生文集》卷二,《中华再造善本》影印宋刻本。

激励。绍兴二十年(1150)三月,陆升之、曹泳告发李光父子私纂史籍,李光"永不检举",其子孟坚"特除名,峡州编管"①。私史案之后的李光,并没有消沉。在《与胡邦衡书》第九书中,李光说道:"况吾二人已踰一纪,天道好还,但力行一'忍'字。"《与胡邦衡书》第十七云:"惟祝乘此闲放,尽为己之学,至处忧患之际,则当安之若命,胸中浩然之气未尝不自若也,邦衡岂俟鄙言?"又,"况君子无入而不自得,想琴书自娱,不知身在万里外也。"②在患难之中,首先要安心于贫困,平日所养浩然之气,刚好派上用场。他们不自觉地加强心性修养,忘记世俗的荣辱利害。从李光的书信来看,二人共同关注的是在患难中如何持守君子人格,或力行"忍"字,或为"为己之学",或君子自得,或陶然自乐。李光、胡铨有意追寻胸中气象,创作主体的精神品格,充盈于诗文作品中,体现出一往直前的英豪之气。李光羁旅纪行诗之中流露出的精神气象,便是绝佳的证明,如《游石桥三绝》之二:"此身游走半尘寰,赢得颜衰两鬓斑。要是胸中未豪壮,重来海际看涛山。"③

　　除了主题倾向、创作主体精神气象方面的不同外,"山林之士"有意追求平淡深远的文学风尚,与"文丐"们弃"刺"尚"美"、唯"德"是颂的文学主张也截然不同。

　　两宋之际的文学史中,反对怨刺的声音不绝于耳,理学家与诗人都一致反对诗文中讥刺的风习。杨时恪守儒家的诗学观:"为文要温柔敦厚,对人主语言及章疏文字,温柔敦厚尤不可无。如子瞻诗多于讥玩,殊无恻怛爱君之意。荆公在朝论事,多不循

---

①　(宋)李心传:《建炎以来系年要录》卷一百六十一,中华书局1956年,第2608页。
②　(宋)李光:《庄简集》卷十五,《宋集珍本丛刊》本。
③　(宋)李光:《庄简集》卷六,《宋集珍本丛刊》本。

理,惟是争气而已,何以事君?君子之所养,要令暴慢邪僻之气,不设于身体。"①黄庭坚也说:"东坡文章妙天下,其短处在好骂。"②"讥玩"与"好骂",都不符合儒家诗学本旨。

到了"绍兴和议"期间,反对怨刺的传统被继承下来,无论是文丐,还是"山林之士",都反对怨刺。王之望《上宰相书》中,便认为屈原、贾谊、孟浩然、石介等在诗文中发抒悲愤不平之气,"露才扬己,上非其君,下讥同列",并不足取。实际上,王之望的《上宰相书》,"公开提倡歌功颂德,正是要投秦桧所好,为秦桧的文化政策提供理论支持"③。李光贬居海南后,极力反对怨愤讥骂之文。他有一首长题诗,题曰"海外气候,每岁三四月间已如剧暑。客有自吉阳至者,寓馆,问汉亭累日,且言吉阳气候昼夜如炊,因叹此邦之胜。乃知人生无有足时,不经热恼,岂知平日之清凉乎?故古之达者,每以此对治。……予谪居岭海踰十五年,见闻习熟,不以为异。因作此诗以自慰,且以警世之贱丈夫,一不快即愁叹怨愤,或讥谤怒骂,如柳、刘之徒,盖未足以语此也。"④这是李光写自我心境的一首诗,带有励志的性质。诗题本身就是一篇叙事文,海外烟瘴之地气候炎热,经历酷热之后,方知平日清凉时节的可贵,并警告世人:大丈夫应当身经忧患、砥砺品节,而不要像柳宗元、刘禹锡那样稍不顺意就怨愤怒骂。

"文丐"和"山林之士"都反对怨刺,但最终的发展路向完全不

---

① （宋）杨时:《龟山语录》,《丛书集成续编》本。该语录乃甲申(1104)四月至乙酉(1105)十月荆州所讲。

② （宋）黄庭坚:《答洪驹父书》,《豫章黄先生文集》卷十九,《四部丛刊》本。

③ 钱建状:《南宋初期的文化重组与文学新变》,厦门大学出版社2006年,第237页。

④ （宋）李光:《庄简集》卷五,《宋集珍本丛刊》本。

同。"文丐"们舍弃怨刺，却走上了颂美王政的创作之路；"山林之士"没有停留在"不怨刺"的口头说教上，在如何加强创作主体的内心修养方面更为精进，从而走上了一条融学问、人生、诗文写作于一体的平淡之路。

"山林之士"的平淡观，建立在平和的心境之上。平淡作为宋代文人重要的审美追求，其内涵便是"由苏轼发展了陶渊明的'平淡'中蕴含的人生追求与梅尧臣'平淡'中老熟的艺术境界，从而将人生历练与具有宋诗新特征的审美追求结合起来"[①]。到了"山林之士"这里，"平淡"获得更广泛的认同。王庭珪、曾几等人都主张平淡自然的诗歌观念，"诗从平澹人难到，语不雕镌句自清"[②]、"律令合时方帖妥，工夫深处却平夷"[③]，等等，都旨在追求平淡而有深蕴的诗风。在这种诗学观的影响下，"山林之士"的诗歌具有平淡深远的意韵。比如，刘子翚《约致明入开善不至二首》之二："偶临沙岸立多时，淡淡烟村日向低。幽事挽人归不得，一枝梅影浸澄溪。"[④]诗歌所体现的闲澹、清雅，无一不是创作主体平和心境的外现；"一枝梅影浸澄溪"，简直是一幅境界澹远的写意画。张元幹在谪居时也保持平和的心境，融化在诗文中，便是醇厚雅正之意，如《兰溪舟中寄苏粹中》云："气吞万里境中事，心老经年江上行。三径已荒无蚁梦，一钱不直有鸥盟。云收远嶂晚风熟，浪打

---

① 马东瑶:《走向中兴:南宋绍兴诗歌论》,载《浙江学刊》2008 年第 2 期。

② (宋)王庭珪:《和曾英发见寄二首》其二,《卢溪先生文集》卷十四,《宋集珍本丛刊》本。

③ (宋)陆游:《追怀曾文清公呈赵教授赵近尝示诗》,《陆游集·剑南诗稿》卷二,中华书局 1976 年,第 63 页。

④ (宋)刘子翚:《屏山集》卷十八,《宋集珍本丛刊》本。

寒滩春水生。鸿雁北飞知我意,为传诗句濮阳城。"①此为"山林之士"怨而不露、中正平和的集中体现,后四句结构谨严,意味深长,所有的不平和幽怨尽化在"鸿雁北飞"这一意象中,深合中正平和之旨。暂处山林还可以有效地检验他们心性修养的水平,这种乐观、从容,本身就是心性平和的一种体现。胡寅《谪居新昌过黄罴岭》(1150)云:"昔年曾作守,旌骑拥山头。省己无遗爱,投荒历旧游。妻儿相翼卫,风雨漫淹留。力学如何验,仁人乃不忧。"②

张九成也提倡平淡的文学观,并将平淡的心性与问学之道联系起来,他说:"学问从平淡处得味,方可入道。"③以人品性情为起点,由心性到学问再到文学,相互关联,形成全方位的平淡观,极大地丰富了平淡的内涵。张九成本人在淡泊心志、修身养性方面更是日新日进,他曾对请教受学的李樗述说了自己的求学心得:"然学问之道无他,求其放心而已矣。非止于务博洽、工文章也,内自琢磨,外更切磋,以求此心,心通则六经皆我心中物也。"④依据张九成的人生经验,学问也不过是涵养心性的一种手段,"求其放心",既是求学问道的方式,也是人生的一种理想状态。当其心性修养达到一定程度后,触目所及,尽为澄澈无碍的世界,诗云:"深深萧寺足幽居,寝饭行藏亦自如。仰识白云天外意,俯看青史古人书。摩挲方寸生无愧,周览山川气有余。不用

---

① (宋)张元幹:《芦川归来集》卷三,上海古籍出版社1978年,第42页。

② (宋)胡寅:《斐然集》卷五,中华书局1993年,第121页。

③ (宋)张九成:《横浦心传录》卷上,明万历年间吴惟明刻本《横浦先生文集》附,北京大学图书馆藏。

④ (宋)张九成:《答李樗书》,《横浦先生文集》卷十八,《中华再造善本》影印宋刻本。

棹舟江海去,清风明月是吾庐。"①有此澹泊澄澈之心,放眼物外,
尽为晴明之景。学问、人生、诗文,在"山林之士"这里实现了一
体化的平淡。

　　"山林之士"对陶渊明箪食瓢饮、安贫乐道的君子品行进行
阐发。张九成诗云:"千载陶渊明,箪瓢常晏如","田园爱潜归,
箪瓢识颜乐"。②在与刘子翚交流人生境界的话题时,胡寅也将陶
渊明的人生境界同颜子之乐并提,"人境俱寄陶,陋巷同乐颜"③。
归隐田园的陶渊明与箪食瓢饮的颜回,成为"山林之士"学习的
榜样。胡铨谪居新州,筑室城南,名"小桃源",题诗云:"闲爱鹤
立木,静嫌僧叩门。是非花莫笑,白黑手能言。心远阔尘境,路
幽迷水村。逢人不须说,自唤小桃源。"④从"心远阔尘境"以及
"小桃源"的命名可以看出,胡铨对陶渊明式平淡境界的追求。
"山林之士"还从诗歌体式上学习陶渊明,因此他们偏爱五言尤
其是五古。张九成的《拟古》十三首、《拟归田园》六首,就是他学
陶的显证。

　　"山林之士"还倡导以"德"为本的文学观念。如胡铨在《答谭
思顺书》一文中,就极力强调作文要先有盛德,将韩愈"气盛言宜"
说,改造成"德盛言宜"⑤。王庭珪也认为,明德乃君子的要务:"君
子之学当明道德,通经旨,自然学成而名显于时,不必务为雄侈奇

---

　　①　(宋)张九成:《六月十四日观云有作》,《横浦先生文集》卷四,《中华再造善本》
影印宋刻本。

　　②　(宋)张九成:《辛未(1151)四月即事》其七,《横浦先生文集》卷二;《秋兴》其
二,《横浦先生文集》卷三。

　　③　(宋)胡寅:《和彦冲》,《斐然集》卷二,中华书局 1993 年,第 33 页。

　　④　(宋)陈郁:《藏一话腴》内编卷上,影印文渊阁《四库全书》本。

　　⑤　(宋)胡铨:《答谭思顺书》,《澹庵文集》卷六,影印文渊阁《四库全书》本。

怪之文。"①无论是胡铨还是王庭珪,强调"德"在文学写作中的意义,说到底都是要强化创作主体的道德人格和心性修养。"山林之士"的君子气度以及平淡深远的文学风尚,对中兴文人产生了深远的影响。陆游的"养气"说以及诗文中对胸中气象的追寻,杨万里追求胸襟透脱等等,都是对"山林之士"思想文化资源的继承和发扬。

秦桧卒后,大批"山林之士"得到平反,不少人重新进入朝廷中枢机构,山林与庙堂之间的紧张关系得到极大缓解。胡寅《题清远峡山寺》有明确的表露,诗云:"清远峡山寺,几年闻汝名。维舟得眺望,满目慰经行。壁立巉天秀,溪间写镜清。岭云方北上,涛雪漫南倾。罪垢三熏净,归风两腋轻。皇慈天共大,睿知日同明。重起阙廷恋,敢怀山水情。生绡无画手,聊此寄真形。"②该诗作于绍兴二十六年(1156),朝堂与山林剑拔弩张的关系得以缓解,"重起阙廷恋,敢怀山水情"二语,道破了绍兴"山林之士"的隐情:身在山林,却心系朝堂。

总之,"绍兴和议"期间,谄谀之风盛行,"文丐奔竞"仅是该时期文学生态的一个面相。面对高压政治,不同的政治抉择、生活方式和精神状态导致了截然不同的创作群体——"文丐"和"山林之士",也必然会造成完全不同的创作路径。选择远离政治中心的"山林之士",持守君子理想,读书治学,砥砺品节,涵养心性,以实际行动践履了君子人格。他们的诗文作品,成为南渡文学中一道

---

① （宋）王庭珪:《送刘君鼎序》,《卢溪先生文集》卷三十六,《宋集珍本丛刊》本。

② （宋）胡寅:《斐然集》卷五,中华书局1993年,第142页。

亮丽的景观；与"文丐"的谄谀之作，形成鲜明的对比。"山林之士"所积累的精神财富和文化资源，成为乾淳时代思想、文化及文学得以兴盛的生长点。

（原载《文学遗产》2011 年第 5 期）

两宋之际的诗、道冲突与平衡
——以吕本中为中心

在两宋之际的文人当中，吕本中的身份比较特殊，他既享有很高的诗坛名望，同时也是一位重要的理学家。他最早提出了"江西宗派"的说法，并形成相对成熟的"活法"理论等，在文学史上都产生过很大的影响。直至今天，这些论题依然是学术界的兴趣点，也可以想见其重要的程度。不过，在吕本中的专题研究中，一个生动的历史细节却始终没有引起学术界足够的重视，那就是吕本中最初以诗人的身份步入文坛，转而兼修禅学之"道"，继而又精研道学①。通过现存史籍，大体上可以使吕本中与禅学、道学的关系，得到相对清晰、生动的呈现。发掘其中遗失的细节，对宋代诗歌史的研究别有意义。吕本中的实例，标示了两宋之际诗坛的新走向，即诗坛深受理学的浸润。导夫先路之功，非吕本中莫属。

一

政和三年(1113)之前，吕本中作为诗坛新秀，博得时人很高的

---

① 本文视"理学"与"道学"为同义语，视上下文的需要而交互使用。

赞誉。崇宁初年,黄庭坚的外甥、江西诗派的著名诗人徐俯就对他大相称赏,"以为尽出江西诸人右也";政和初年,谢逸到京师参加省试,亦极相推重,"以为当今之世,主海内文盟者,惟吾弟一人而已"①。徐俯年长吕本中十岁;谢逸字无逸,与吕本中是忘年交。崇宁初到政和初,前后十年左右,社会舆论对吕本中的评价,由一方圣手成为主盟海内文坛的人选。这种称誉,多发生在吕本中的交友圈内,他能否名副其实,须另当别论②。以上社会舆论却提示我们,吕本中作为文学家的身份,值得关注。那么,在北宋崇宁至政和时期,吕本中有哪些文学实绩呢?

吕本中在政和三年(1113)就对宋代文学成绩作了总结并提出今后学习的范式,在写给外弟赵承国的书信中,对"为文"、"为诗"都提出了指导性的建议:"学文须熟看韩、柳、欧、苏,先见文字体式,然后更考古人用意下句处";"学诗须看老杜、苏、黄,亦先见体式,然后遍考他诗,自然工夫度越过人。"③仅就诗歌而言,吕本中较早地树立了苏、黄互补的诗学范式。事实上,早在大观三年(1109),吕本中对于诗学理论尤其是活法论,已经有相当深刻的认识,他说:"胸中尘埃去,渐喜诗语活。孰知一杯水,已见千里豁。

<hr />

①　(宋)吕本中:《师友杂志》,《丛书集成初编》本。

②　如政和初,苏门四学士之一的张耒健在(卒于政和四年即1114年),吕本中曾在大观元年(1107)会晤张耒(王兆鹏《两宋词人年谱·吕本中年谱》,台北文津出版社1994年,第321页),诗集中有酬和张耒的诗,且称之为"文潜体"(《广陵》,《东莱先生诗集》卷三,《四部丛刊续编》本);《宋史·张耒传》的评述:"时二苏及黄庭坚、晁补之辈相继没,耒独存,士人就学者众。"(《宋史》卷四百四十四,中华书局1985年,第13114页)

③　(宋)陈鹄:《西塘集耆旧续闻》卷二,上海古籍出版社1993年,第13页。关于该帖在宋代文学史的意义,朱刚《吕本中政和三年帖与宋代文学整体观》(载王水照主编《首届宋代文学国际研讨会论文集》,复旦大学出版社2001年)一文已有详尽的论述,兹不赘述。

初如弹丸转,忽若秋兔脱。旁观不知妙,可爱不可夺。"①本年吕本中二十六岁,还作有《喜章仲孚朝奉见过十韵》,其中有这样的诗句:"语道我恨晚,说诗公不迂。丁宁入汉魏,委曲上唐虞。历历有全体,匆匆或半途。"诗下自注云:"山谷论作诗法,当自《舜》(指《帝舜歌》)、《皋陶赓歌》及《五子之歌》以下,皆当精考。故予论诗断自唐虞以下。"②

从上引诗歌可以看出,吕本中在大观三年(1109),即二十六岁时,已经形成了"活法"与宗黄(庭坚)的基本观念。同时还可以看出,到大观三年时,吕本中对自己在"诗"和"道"能力方面已经有了一个基本判断:对诗歌创作与诗法都很在行,但对"道"则不那么自信,所以说"恨晚"。吕本中诗歌中所传达的"语道恨晚"的讯息,说明"道"对其精神世界的刺激之强烈,也可以理解为他已经充分意识到自己需要加强"道"的修养。由此讯息进一步追问,吕本中此处所说的"道",究竟指什么呢? 下文还将详论的诗歌亦为重要之例证,即"稍知诗有味,复恐道相妨","诗"与"道"并举,用法与此相同。

章仲孚为何人,已难查考。在《东莱先生诗集》卷四中,还有一首写给章仲孚的诗,云:"沈郎爱客如爱酒,章子问诗如问禅。肯共寒炉拨残火,共搜佳句作新年。"③沈郎,指沈宗师,其子沈度曾为

---

① (宋)吕本中:《外弟赵才仲数以书来论诗,因作此答之》,《东莱先生诗集》卷三,《四部丛刊续编》本;本诗之编年,参考王兆鹏《两宋词人年谱·吕本中年谱》,台北文津出版社 1994 年,第 337 页。按"活法"作为吕本中的诗学心得,在其诗中不时出现,如"笔头传活法,胸次即圆成"(《别后寄舍弟三十韵》,《东莱先生诗集》卷六),"文章有活法,得与前古并"(《大雪不出寄阳翟宁陵》,《东莱先生诗集》卷七)等。

② (宋)吕本中:《东莱先生诗集》卷三,《四部丛刊续编》本;《两宋词人年谱·吕本中年谱》,台北文津出版社 1994 年,第 338 页。

③ (宋)吕本中:《戏成两绝奉简章仲孚兼呈宗师》,《东莱先生诗集》卷四,《四部丛刊续编》本。

吕本中编文集；此诗中"章子"，亦指章仲孚。"章子问诗如问禅"，与上引《喜章仲孚朝奉见过十韵》中"语道我恨晚，说诗公不迂"具有意思上的顺承关系，"问诗"近于"说诗"，"问禅"近于"语道"。不过，此处的"道"是否可以作"禅"解，还需进一步论证。

《紫微诗话》中的一段记载，可以证实此处的"道"即为禅学，云："江西诸人诗，如谢无逸富赡，饶德操萧散，皆不减潘邠老大临精苦也。然德操为僧后诗更高妙，殆不可及，尝作诗劝余专意学道，云'向来相许济时功，大似频伽饷远空。我已定交木上座，君犹求旧管城公。文章不疗百年老，世事能排双颊红。好贷夜窗三十刻，胡床趺坐究幡风'。"①饶节字德操，崇宁二年（1103）出家，从饶节写给吕本中的诗来看，"专意学道"的内容必定是禅宗。"幡风"乃"幡动"、"风动"之精简，乃禅宗六祖慧能之公案；"木上座"指扶杖，此指皈依佛门；"管城公"指笔，此指吟诗作文。饶节之意是希望吕本中不要专意诗文，而要加强禅学修养，屏除世虑，直指本心。吕本中诗歌中的另一记述，可以与《紫微诗话》的这段记载相互印证，《又寄无逸信民》有"虽非问道赌狂屈，犹胜遗书访子公"之句，诗下自注："璧公数讥二子学道不进。"②饶节出家后法号如璧，此处故名"璧公"；二子，指谢逸、汪革。由此可见，在吕本中的交游圈内，饶节是督促大家（包括吕本中在内）"学道"的重要力量。

另外一位朋友关沼也曾劝勉他"学道"，吕本中后作诗追述，诗题曰"往年与关止叔相别甬上，止叔见勉学道甚勤，且曰无为专事

---

① （宋）吕本中：《紫微诗话》，清何文焕辑《历代诗话》，中华书局1981年，第363页。

② （宋）吕本中：《东莱先生诗集》卷一，《四部丛刊续编》本；该诗作于大观二年（《两宋词人年谱·吕本中年谱》，台北文津出版社1994年，第330页）。

文字间也。及今五年矣。尚未有所就,因作诗见志,且以自警也",诗云:"老关别我时,笑我勤苦甚。曰吾与子然,同此一味静。收功粥鱼底,笔墨有讥评。五年念此语,但见日月竞。虽无蛾眉斧,亦有宴安鸩。斯人今何往,想作大树荫。我走足欲茧,始学两鸟噤。君看齐声讴,何异众哭临。繁红成春条,本自其天性。风雨颂系之,不有十日盛。人生亦何聊,共未免此病。乃知镢头通,已胜狗脚朕。"①关沼字止叔,元祐三年(1088)进士②。从吕本中《师友杂志》及相关诗歌的记述,可以看出关沼乃有气节、重学行之人,与吕本中的交谊当在师友之列。该诗用典颇多,比较难懂,笔者不避繁琐,略作疏解。

甬上,指甬城县,亦作角城县,即今天的江苏淮阴,吕本中又有诗句"甬上拜饶汪",亦指此地。"粥鱼",即木鱼;"宴安鸩",出于《左传·闵公元年》"宴安鸩毒,不可怀也",杜预注:"以宴安比之鸩毒。"由此可知,此处比喻沉湎于逸乐而杀身。"狗脚朕",语出《魏书》卷十二《孝静纪》,孝静帝元善见无法容忍权臣高澄的屈辱,说:"自古无不亡之国,朕亦何用此活!"高澄怒曰:"朕!朕!狗脚朕!"可知,"狗脚朕"一语指傀儡君主。全诗用典故、比喻等手法,实际上在写徽宗朝诗文之命运:"君看齐声讴,何异众哭临",无疑是对徽宗末年争献谄谀之文以谋取名利的现实写照;"乃知镢头通,已胜狗脚朕",意思是刻苦研习禅学,修养心性,相比那些受人指使的无行文人,更有心理上的优越感。此诗的现实感很强,应当视为重要的文人心态史料。从诗歌中还可以看出,耽于禅悦,实出于无奈

① (宋)吕本中:《东莱先生诗集》卷五,《四部丛刊续编》本。
② (宋)潜说友:《咸淳临安志》卷六十一《国朝进士表》,《中国方志丛书》本。

的逃避。

关沼"见勉学道"且"无为专事文字"的告诫，以及饶节"专意学道"的劝勉，都可以从"笔墨有讥评"一语中找到答案。吕本中在未满三十岁(政和三年，1113)前，就曾写道："平生所知人，久已焚笔砚。"①已经注意到不少人中止诗文写作。所以，他对那些"不废文章"的亲朋故旧，如其外弟赵楠②，深具了解之同情。

为何对"文字"出现集体性的畏惧？有必要对吕本中所处之时代的政治及文学生态，作简单的回顾。崇宁至政和年间，官方禁元祐学术，苏、黄诗歌作为元祐学术的重要组成部分，亦在被禁之列。诗歌的创作主体受到干扰与冲击，甚至有"士庶传习诗赋者，杖一百"之令，"畏谨者至不敢作诗"③，并促使了某些文人改变了自己的文学宗旨，如万俟咏、王安中、晁端礼等④。在这种环境中，"笔墨有讥评"，显然有极大的风险，这也是饶节、关沼等人劝勉"学道"的现实原因，所以希望他参禅以避文字之祸。

---

①　(宋)吕本中：《示内》，《东莱先生诗集》卷四，《四部丛刊续编》本。

②　(宋)吕本中：《寄外弟赵楠材仲》诗云："颇闻能吏事，仍不废文章。"(《东莱先生诗集》卷四，《四部丛刊续编》本)

③　(宋)葛立方：《韵语阳秋》卷五载："绍圣初，以诗赋为元祐学术，复罢之。政和中，遂著于令，士庶传习诗赋者，杖一百。畏谨者至不敢作诗。"(何文焕《历代诗话》，中华书局1981年，第524页)《宋会要辑稿》选举四之七记载了政和元年臣僚奏议，其中有："然缙绅之徒，庠序之间，尚以诗赋私相传习，或辄投进，仰渎圣聪。盖义理之学高明而难通，声偶之文美丽而易入。喜易而恶难者，世俗之常情也。倘非重行禁约，为之矫拂，恐复流而为元祐之学矣。"(中华书局1957年，第4294页上)该臣僚的奏议中，"义理之学"实指王安石新学，与元祐之学相对立，官方推崇新学而打压元祐学术。诗赋被禁，发生在这样的语境中。

④　钱建状在《南宋初年的文化重组与文学新变》第二章"宋室南渡与文学命运的再造"中，论及徽宗朝文禁对于文学的影响(厦门大学出版社2006年版，第112—113页)。

二

吕本中与禅宗法师尤其是大慧宗杲的交往,蒋义斌《吕本中与佛教》一文已有详尽的论述①。大慧宗杲"看话禅",属临济宗杨岐派。可以略加补证的是,除了大慧之外,吕本中还参云门宗,在诗歌中都有记载,《甲午送宁子仪归客》云:"异时从公游,颇恨相得晚。同参长芦禅,共听资福板。公今三年病,我亦百事懒。……一身随药囊,万事付茗碗。"②甲午,政和四年(1114),由此看来,他与宁子仪参禅必在政和元年(1111)左右。长芦智福是云门宗名僧雪窦重显法嗣,资福文雅是他的弟子。

吕本中在诗歌中记录了他修习禅学的行为及心得,其中最具代表性的便是"坚坐"、"蒲团"两个意象,如《雨后月夜怀沈宗师承务》:"翛然一蒲团,坚坐觅诗对。我生无南北,所到意辄遂。孰知十年游,保此清净退。"③从这首诗可以看出吕本中即便参禅,也没有忘记诗歌技艺的探索。又如"病去老来浑忘却,晓窗晴日上蒲团"④、"迩来半月得坚坐,一室当行千里程"⑤等,都在写自己的参禅心得。吕本中自称"方外酒徒",并说"本自无心觅余地,问公何苦爱逃禅"⑥。在《官闲赠人》中,他又说:"不须更见卢溪老,会得

---

① 蒋义斌:《吕本中与佛教》,载《佛学研究中心学报》第 2 期,1997 年 7 月出版,第 140—145 页。

② (宋)吕本中:《东莱先生诗集》卷六,《四部丛刊续编》本。

③ (宋)吕本中:《东莱先生诗集》卷三,《四部丛刊续编》本。

④ (宋)吕本中:《步月有怀》,《东莱先生诗集》卷四,《四部丛刊续编》本。

⑤ (宋)吕本中:《正月十五日试院中烹茶因阅汉碑》,《东莱先生诗集》卷七,《四部丛刊续编》本。

⑥ (宋)吕本中:《试院夜坐》,《东莱先生诗集》卷七,《四部丛刊续编》本。

安心即是禅。"①说明他不仅参禅,而且对禅的悟解很深,"安心"之悟便是其中之一。他还专门作了《学道》诗,来述说自己的修禅体悟,全诗如下:

> 学道如养气,气实病自除。验之寒暑中,可见实与虚。颓然觉志满,乃是气有余。岂唯暖脐腹,便足荣肌肤。但能严关键,百岁终不枯。道苟明于心,如马得坚车。养以岁月久,自然登坦途。江河失风浪,草莽成膏腴。熟视八荒中,何物能胜予。时来与消息,吾自有卷舒。死生亦大矣,汝急吾自徐。捷行不为速,曲行不为迂。一沤寓大海,此物定有无。谁能具此眼,况望捋其须。学有不精尽,遂至玉碔砆。昔人中道立,为汝指一隅。千言不知要,徒自费吹嘘。所以季路勇,不如颜氏愚。请子罢百虑,一念回须臾。忽然遇事入,此语当不诬。②

全诗着力阐述"道明于心"的意义:心安而理得。首句"学道如养气",是拿道家气功之术,与禅学修习作对比,认为二者具有共通性,这是吕本中思想的特色,往往用已有的知识储备来消化新思想。据王兆鹏考证,吕本中所练之气功,为道家胎息之术③。"玉

---

① (宋)吕本中:《东莱先生诗集》卷十七,《四部丛刊续编》本。
② (宋)吕本中:《东莱先生诗集》卷七,《四部丛刊续编》本;《吕本中年谱》将《学道》诗系在政和五年至政和七年之间(《两宋词人年谱》,台北文津出版社1994年,第356页)。
③ 《两宋词人年谱·吕本中年谱》,台北文津出版社1994年,第451页。绍兴十一年(1141),李光谪居滕州后,吕本中寄书传授胎息之法,可参见《谪居古藤,病起,禁鸡猪不食,与儿子攻苦食淡,久之,颇觉安健。吕居仁书来,传道家胎息之术,因作食粥诗示孟博并寄德应侍郎》(《庄简集》卷一,《宋集珍本丛刊》本)。

碔砆"比喻以假乱真、似是而非。禅学修养工夫达到一定程度时
（即"养以岁月久"），遇事优游不迫，利害、得失、死生、贵贱等，皆等
闲视之。禅学对吕本中的意义，在于本心修养方面，即通过禅学的
修习，保持心性的平和。

不过，即便在政和年间，吕本中也不曾忘怀其诗人的本色，在
其诗歌中留下了鲜明的例证，也可以作为吕本中以诗人名世的本
证。他曾自述道："古县疏还往，微官绝簸扬。颇闻能吏事，仍不废
文章。……我老知无用，身闲欲半藏。预愁章服裹，仍怯簿书忙。
事业烦诗卷，生涯在药囊。"①又云："平生事业新诗在，送与江南旧
钓矶。"②将诗歌作为平生之事业，可见他对诗歌倾入了大量的精
力与情感。"学道"就要摈除世虑，直指本心，对吕本中来说，别的
可以舍弃，却不能丢弃诗歌。

政和五年（1115）至七年（1117）间，吕本中任济阴主簿③，作
有《试院中作二首》，其一云："客梦断复续，角声寒更长。疏篱拥
残月，老木犯新霜。闭絷身何恨，驰驱汝自忙。稍知诗有味，复
恐道相妨。"④对自己境况做了实录，诗歌的末尾，诗歌的钻研
与禅学的体悟，已经成为吕本中精神世界的冲突。说到底，专
意"学道"就要放弃诗艺的探索，这对吕本中来说，几乎难以
做到。

诗与道的冲突，不仅仅发生在吕本中身上，汪革的例子也表明
"诗"、"道"之间是相斥关系，《紫微诗话》有如下记载：

---

① 　（宋）吕本中：《寄外弟赵楠材仲》，《东莱先生诗集》卷四，《四部丛刊续编》本。
② 　（宋）吕本中：《汴上作》，《东莱先生诗集》卷七，《四部丛刊续编》本。
③ 　王兆鹏：《两宋词人年谱·吕本中年谱》，台北文津出版社1994年，第354页。
④ 　（宋）吕本中：《东莱先生诗集》卷七，《四部丛刊续编》本。

　　汪信民革,尝作诗寄谢无逸,云"问讯江南谢康乐,溪堂春木想扶疏。高谈何日看挥麈,安步从来可当车。但得丹霞访庞老,何须狗监荐相如。新年更励于陵节,妻子同锄五亩蔬。"饶德操节见此诗,谓信民曰:"公诗日进,而道日远矣。"盖用功在彼而不在此也。①

　　汪革卒于大观四年(1110),谢逸卒于政和二年(1112),饶节卒于建炎三年(1129),《紫微诗话》该条所记必在大观四年之前,"公诗日进,而道日远"仍为饶节语,与上引劝勉吕本中"专意学道"之语,实有相同之意:指出吕本中、汪革用功在诗而不在"道"。上引吕本中"稍知诗有味,复恐道相妨"的心理纠结,亦源于此。不过,这仅是问题的一面而已。该段材料进一步印证了在吕本中的交友圈内,存在着习禅学、重"道"本的倾向。

　　吕本中诗歌记录了他与禅学的动态关系,已如上文所论。政和以后,"道"与"诗"成为吕本中精神生活中的重要内容,不仅吕氏本人这样说,其友人也这么认为。谢逸这样评价他:"居仁相家子,敛退若寒士。学道期日损,哦诗亦能事。自言得活法,尚恐宣城未。"②谢逸卒于政和六年(1116),故他对吕本中的评价必在此之前。

　　吕本中"学道",除了政治、文化生态的刺激之外,还有诗学发展的内在需要。黄庭坚已经开启了"学道"的门径,而且明确地将诗学指向要眇的心灵世界。他晚年教导后学要治心养气,说"老夫

────────────

① 　(宋)吕本中:《紫微诗话》,清何文焕辑《历代诗话》,中华书局 1981 年,第360 页。

② 　(宋)谢逸:《读吕居仁诗》,《谢幼盘文集》卷一,《宋集珍本丛刊》本。

学道三十余年,三四年来方解古人语,平直无疑",之所以能够如此,因为能"得之心地"①。黄庭坚认识到,要妙于心,"惟禅悟的境界能近之"②。吕本中"学道"大有创获,大大深化了黄庭坚的"心地"理论,认为只有胸次圆成、波澜自阔,才能达到流转圆美的境界。在《寄唐充之二十韵》中他说得很明白:"直须识根柢,始是极波澜。念此欲谁语,想公还自宽。……晚日留残雪,春雷续浅寒。欲行殊未必,坚坐只长叹。不厌道里远,敢辞裘褐单。却寻三语掾,重对两蒲团。剩欲洗胸次,先留倒笔端。"③又,"知公胸中有余地,万顷亦在一苇航。"④这都说明胸次圆成需要极高深的内心修养才能达到。

综上所述,可以得出一个基本的判断:在北宋大观、政和时期,为了应对官方禁诗赋、迫害元祐党人的政策,出于自我保护和发展诗学的双重需要,吕本中开始"学道",步入禅学领地。吕本中始终保持着诗人本色,在参禅悟道中,为诗学发展打开了新的局面。其中最为重要者,莫过于"波澜阔"的论断,此三字当为吕本中"活法"之精髓。

三

吕本中在大观、政和年间"学道"并不专意,除了难以割舍诗歌

---

① (宋)黄庭坚:《答徐甥师川》,《黄庭坚全集》,刘琳、李勇先、王蓉贵校点,四川大学出版社 2001 年,第 2029 页。下引此书同。该书信为元符谪居戎州所作(1098—1100)。

② 伍晓蔓:《江西宗派研究》,巴蜀书社 2005 年,第 105 页。

③ (宋)吕本中:《东莱先生诗集》卷六,《四部丛刊续编》本。

④ (宋)吕本中:《吴君求诗因作四韵寄之并简小吴与宁生》,《东莱先生诗集》卷五,《四部丛刊续编》本。

外,他对于儒学的新形态——"道学"也表示了极大的热情,他曾有这样的自白:"儒生活计亦不恶,蒲团坚坐到日落。"①上文已论,"蒲团坚坐"乃禅学静修工夫,而"儒生活计"中的"活计"当作"工夫"讲②。从吕本中的自述来看,他参禅而不忘儒。朱熹在《辨吕氏〈大学解〉》中也批评吕本中援佛入儒,"彼其阳离阴合,自以为左右采获而集儒佛之大成矣"③。朱熹的批评,恰好印证了吕本中在儒、佛方面都有所成就。吕本中所说儒生工夫究竟是什么? 首先可以肯定地说,不是治国平天下的思想,这可以从他政和三年(1113)前的诗歌中得到明证,所谓"是中无真实,不在儒术缘"④。

　　在引入儒学之后,有必要对吕本中诗歌中的"道"加以分辨。本文前两部分所论的"学道"之"道",大体上是在禅学范围之内。而吕本中的诗歌中,"道"还有另外一层涵义,那就是儒家圣学,在吕本中的时代,"道学"二字已经具有了"传圣人之道的学问"的意义⑤。《京师赠大有叔》:"闭门不识故人面,豪气直欲轻元龙。平生为道不为食,少小所期皆目击。"(《东莱先生诗集》卷四)根据全诗之意,当作于政和元年(1111)客居京师时。"道"与"食"对举,为

---

① (宋)吕本中:《久雨路绝,宾客稀少,闻后土祠琼花盛开,亦未果一往也》,《东莱先生诗集》卷六,《四部丛刊续编》本。

② "活计"本为佛教徒修行的功课,如惠洪在《冷斋夜话》卷六:"予时方十六七,心不然之,然闻清修自守,是道人活计,喜之耳。"理学家也用"活计",如张九成《(与)陈开祖(书)》:"某目疾增剧,老态转深,平生北窗活计,不复料理。"(《横浦先生文集》卷十八,《中华再造善本》影宋刻本);朱熹《答吴伯丰》:"且更着实用功,不可只于文字上作活计也。"(《朱文公文集》卷五十二,《朱子全书》第22册,上海古籍出版社2002年,第2432页),均作"工夫"解。

③ (宋)朱熹:《杂学辨·吕氏大学解》,《朱文公文集》卷七十二,《朱子全书》第24册,第3492页。

④ (宋)吕本中:《示内》,《东莱先生诗集》卷四,《四部丛刊续编》本。

⑤ 陈来:《宋明理学·引言》,华东师范大学出版社2003年,第7页。

查找"道"之本义提供了线索,《史记·仲尼弟子列传》云:"子思问耻,孔子曰:'国有道,谷。国无道,谷,耻也。'"由此语源,可知此"道"指实现政治主张从而达到治世局面。在《寄晁以道》中,他也说道:"吾祖早闻道,晚与夫子熟。相期千载外,未得一世伏。"(《东莱先生诗集》卷九)"吾祖"指吕希哲,曾从程颐问学;晁说之字以道,司马光弟子。大观年间,二人交往密切,据《师友杂志》记载,晁说之赴明州船场任,路经真州,与吕希哲晤谈数日。根据吕希哲之行实及全诗之立意,可知其祖所闻之"道",乃指孔门千载所传之圣学。由以上二例,可初步断定吕本中诗歌中另一涵义的"道",乃孔、孟以来政治主张、义理等儒家学说的高度凝结,可以说是无所不包、具有本体意义的儒学范畴。依据诗歌而牵引出吕本中与道学的关系,总让人产生是否靠得住的疑惑。除了诗歌这些本证外,吕本中在政和年间向理学家杨时问学,证实吕本中确实在向理学靠拢。他的这一行为将诗学引向新的天地。

理学本是吕氏家学的重要组成部分,吕本中之祖吕希哲曾从程颐学[①],而程门弟子如谢良佐、杨时"亦皆以师礼事荥阳公(指吕希哲)"[②];崇宁、大观年间吕希哲居真州,晁说之、陈瓘等亦前来拜访[③]。在随侍吕希哲期间,吕本中有机会接触一时贤达之士,程门弟子亦在其中。吕氏家族的开放性及社会地位,为吕本中的师友

① (清)黄宗羲、全祖望:《宋元学案》卷二十三《荥阳学案》称吕希哲"遍交当世之学者,与伊川俱事胡安定,在太学并舍,年相若也,其后心服伊川学问,首师事之"(中华书局 1986 年,第 902 页)。

② (宋)吕本中:《师友杂志》,《丛书集成初编》本。

③ (宋)吕本中:《师友杂志》载:"晁以道大观间赴明州船场,来真州见荥阳公";《东莱公家传》云吕好问在扬州,"扬南北冲,贤士大夫舟车上下,必过公而拜荥阳公于堂,如杨侍郎时中立、陈右司瓘莹中。"(《东莱吕太史文集》卷十四,《宋集珍本丛刊》本)

渊源提供了广泛的人脉资源和高起点的交流平台,如吕本中生平交谊中颇为重要的三个人:谢逸(无逸)、汪革(信民)、饶节(德操),就是因吕希哲的感召力而与吕本中成为忘年交的①;这种开放性还促成他"不主一门,不私一人,善则从之"②的求学态度,因此,他遍游名儒之门,如陈瓘、杨时、游酢、尹焞等,黄宗羲总结说"其不名一师,亦家风也"③。

吕本中的祖父吕希哲卒后(卒于政和年间),吕本中在理学方面失去可以请教的亲近人选,这对于他理学的精进来说,实在是不幸之事,他曾作诗道:"老人去已远,我行复未定。训言实在耳,无因问温清。"④在此情况下,吕本中加大了向外求学问道的力度,如向晁说之、杨时问学,希望自己能在理学修养方面更为精深。吕本中向杨时问学的书信,早已佚失,所幸杨时的回信还在。《龟山先生全集》卷二十一存有三封《答吕居仁书》。书信围绕"问学"展开,但篇幅较长,仅根据论述需要予以节录。

《答吕居仁书》(一):"《大学》曰:'欲诚其意,先致其知,致知在格物。'盖致知乃能明善,不致其知而能明善,未之有也。此不须分为二说。……世儒之病,正在以言语文字为学,不可不知也。浅陋妄意如此,高明试一思之,如何?"

---

①　(宋)吕祖谦:《题伯祖紫微翁与曾信道手简后》云:"然四方有志之士,多不远千里从公,谢无逸、汪信民、饶德操,自临川至,奉几杖侍左右如子侄。……舍人以长孙应接宾客,三君一见,折辈行为忘年交。谈赏篇什,闻于天下。"(《东莱吕太史文集》卷七,《宋集珍本丛刊》本)

②　(宋)吕本中:《师友杂志》,《丛书集成初编》本。

③　(清)黄宗羲、全祖望:《宋元学案》卷三十六《紫微学案》,中华书局1986年,第1233页。

④　(宋)吕本中:《大雪不出寄阳翟宁陵》,《东莱先生诗集》卷七,《四部丛刊续编》本。《礼记·曲礼上》:"凡为人子之礼,冬温而夏清,昏定而晨省。"

《答吕居仁书》(三)："承问格物,向答李君书尝道其略矣。六经之微言,天下之至赜存焉。古人多识鸟兽草木之名,岂徒识其名哉?深探而力求之,皆格物之道也。夫学者必以孔孟为师,学而不求诸孔孟之言,则末矣。《易》曰:'君子多识前言往行,以畜其德。'《孟子》曰:'博学而详说之,将以反说约也。'世之学者欲以雕绘组织为工,夸多斗靡,以资见闻而已。故摭其华不茹其实,未尝畜德而反约也,彼亦焉用学为哉!某老矣,虽有志焉,而力不逮,区区有望于左右者,正在此而不在彼也。勉之勉之。"①

问学类的书信,一般来讲,有问必有答,所以,从杨时的回信中约略可以推知吕本中的疑问。要想深切领会杨时与吕本中书信往还的内容及命意,还需对二人交往的基本情况有所了解。吕本中与杨时的交往当在崇宁(1102—1106)之后,吕本中曾追述道:"崇宁初,始闻杨时中立之贤于关沼止叔,久方见之,而获从游焉。"②吕本中所说的"久方见之"的"久"具体多长时间,下文将略作查考。《童蒙训》所载大略相似,云:"崇宁初,本中始问杨中立先生于关止叔。止叔称杨先生学有自得、有力量。"③所不同者,《童蒙训》中由"闻"变为"问",所以记述的内容偏重于关沼对杨时学术的评价。两次近似的记述,表明吕本中确实是从关沼那里获取了有关杨时本人及其学说的讯息。崇宁以后,杨时学术渐趋成熟,声望日重,《宋史》本传云"四方之士不远千里从之游",《龟山先生全集》中存

---

① 　杨时文集有十六卷本、三十五卷本、四十二卷本等多种版本,其中以明弘治刻本为最古,但为选本(祝尚书《宋人别集叙录》,中华书局 1999 年,第 609—614 页)。本文采用明万历十九年林熙春刻本《龟山先生全集》,《宋集珍本丛刊》本。

② 　(宋)吕本中:《师友杂志》,《丛书集成初编》本。

③ 　(宋)吕本中:《童蒙训》卷中,《万有文库》本。

有答胡安国及某学者问学的书信，均可证实杨时传程颐之衣钵，成为理学的主要领军人物。

南宋末（序作于咸淳庚午，即 1270 年）黄去疾所编《龟山先生文靖杨公年谱》（以下简称《龟山年谱》）将《答吕居仁问学书》编订在政和元年（1111），而在政和六年（1116）也编有《答居仁问学书》①。黄去疾并没有给出编订的理由，而且，系于政和元年或六年的书信，究竟是三封中的哪一封，不得而知。后人所编杨时年谱，黄去疾去杨时最近，得文献之便，故其编订必有所据，也较为可信。清人张夏补编的《宋杨文靖公龟山先生年谱》，于黄去疾所编年谱多有所本，将第一封书信编订在政和元年（1111）；将另一封编订在政和六年（1116），题曰“再答吕居仁问学书”②。张夏同样没有给出编订的理由，而且，《再答吕居仁问学书》究竟是文集中的第二封还是第三封，亦不可知。

所幸《答吕居仁书》（三）中的信息，有助于我们做进一步地推证。书信开头便说：“承问格物，向答李君书尝道其略矣”。此处“李君”指谁？翻检杨时文集，仅有《答李杭书》（《龟山先生全集》卷十八）述说“明善”须“格物”的道理，曰：“然而为是道者，必先乎明善，然后知所以为道也。明善在致知，致知在格物。”黄去疾所编《龟山先生文靖杨公年谱》将李杭问学编订在政和元年（1111）九月三日，将日期具体到月、日，较为可信。联系杨时的第一封回信，在引《大学》“致知在格物”时，也曾提到“致知”、“明善”不可“分为二说”。吕本中未必明了“格物”之要略，才进一步向杨时请益，故有

---

① 明刻本《龟山先生集》卷首附，三十五卷，北京大学图书馆藏。
② 《北京图书馆藏珍本年谱丛刊》第 21 册影印清康熙年间刻本，第 162、166 页。

第三封回信开头的话。两封信实有内在之关联,构成一个单元,核心内容为"格物"。以此推测,第三封答书当在第一封之后,即政和元年或政和元年以后不久。至于第二封答书,下文还将引证。将答信中的一、三编在一起,下文也有所推证。援引黄去疾《龟山年谱》等,是为了强调一个重要的事实:吕本中于政和年间向杨时问学,此事实与吕本中的诗歌写作有密切关系。从第一、三封信的内容来看,主题当是探讨格物致知的圣学工夫,从杨时的回信可以看出吕本中对理学已有初步之了解,杨时又有针对性地加以点拨。由此也可以响应本节开始时的疑问,吕本中所说的儒生工夫,当是格物、明善的道学内修工夫。

上引《答吕居仁书》一、三中,杨时反复提到"世儒""世之学者"的弊病,要矫其弊,须以孔孟为师,深赜先儒之言,"志于道,依于仁"。杨时书信中,"以言语文字为学""以雕绘组织为工"当为提耳棒喝之语,说这些话时,杨时必有深意。吕本中作为诗坛新秀的声望,杨时必有耳闻,故第一封书信的结尾,既可以看作劝勉,也可以看作是委婉的批评。

来自杨时书信的劝诫,无疑为上节所论诗、道冲突(即"稍知诗有味,复恐道相妨",见《试院中作二首》之一)查找到另一原因。前此所论饶节、关沼等人劝勉"学道",乃对官方文禁政策不得已的回应。杨时的劝诫,则属于道学家对于文学态度的顺延,早在程颐那里已有"作文害道"之论①,程颐另一位高弟尹焞在南宋绍兴年间

---

① 《河南程氏遗书》载:"问:'作文害道否?'(伊川)曰:'害也。凡为文,不专意则不工。若专意则志局于此,又安能与天地同其大也?《书》曰:'玩物丧志',为文亦玩物也。'"(《二程集》,中华书局1981年,第239页)又,"今之学者有三弊:一溺于文章,二牵于训诂,三惑于异端。"(《二程遗书》卷十八,《二程集》,第187页)

经筵讲读时,还坚持类似的见解,云:"黄鲁直如此做诗,不知要何用?"①来自禅学、道学两个方面的意见,竟如此一致:都希望他不要专事文字,要务本。对吕本中而言,两方面的劝诫,对其精神世界构成巨大的刺激。

当精神世界的冲突无法解决时,吕本中于政和六年(1116)向杨时写了第二封信,所以杨时《答吕居仁书》(二)中,开头就说:"辱问所疑,皆非浅陋所知也。"书信的结尾仍落在"诗"上,"夫在心为志,发言为诗。诗特发于言者,故于动天地、感鬼神,言近而已";中间部分,杨时花了很大笔墨谈如何悟道,"夫守一之谓敬,无适之谓一。敬足以直内而已,发之于外,则未能时措之宜也,故必有义以方外。毋我者,不任我也,若舜舍己从人之类是也。四者各有所施,故兼言之也。道固与我为一也,非至于从心所欲不逾矩者,不足以与此。言志于道,依于仁,固无害"②。

在杨时的回信中,"道固与我为一",乃全篇之要旨。吕本中"诗"、"道"相妨的困惑,归根结底就是"我"与"道"的冲突,即诗歌要表达个体之情志,同时还有诗法技艺等要求,势必妨碍格物悟道的工夫。最值得玩味者,杨时在这封回信中,一改《答吕居仁书》一、三中对"以言语文字为学"、"以雕绘组织为工"进行批驳之态度,而从儒家言志的立场对"诗"进行了阐释,极大地肯定了"诗"之价值。杨时说得很明白,只要在"敬"、"义"内外两个方面加强修养,"志于道,依于仁",作诗亦无害。相比程颐"作文害道"之论,实在是惊人的进步。杨时所说的"道固与我为一"之论,不仅有效地消除吕本中的内心困

---

① （宋）吕本中:《师友杂志》,《丛书集成初编》本。
② （宋）杨时:《答吕居仁书》之二,《龟山先生全集》卷二十一,《宋集珍本丛刊》本。

惑,还为他平衡"诗"、"道"关系提供了理论支持和心理安慰。

作诗不妨道,悟道不废诗,保持诗、道之平衡,吕本中真的做到了。例如,他在《试院中呈工曹惠子泽教授张彦实》中说道:"忍穷有味知诗进,处事无心觉累轻。"①固穷守道,保持平和之心,也能真切地感受到诗歌的生命力。

经历了诗、道冲突后,吕本中向道学靠拢,政和(1111—1118)之后道学在其思想中成为主流,这在他的诗歌中可以得到印证。但应当加以说明的是,终其一生,他并不曾放弃对禅学的参究,他绍兴十一年(1141)左右所作《雪》诗中,说"小诗自可逃禅"、"坚坐正宜养病"②。《寄刘彦冲兼寄胡原仲刘致中》亦云:"故人别去两经冬,今岁书来第几封。正以空疏少制作,不因穷约废过从。养生漫说终难效,学道无心亦未逢。若问真归是何处,五更常听寺楼钟。"③此为绍兴十五年(1145)吕本中居信州时所作,"学道"的"道"当为道学。在诗中对道家养生之说、理学体悟、佛寺之钟声的比较中,他更倾向于佛寺钟声,认为此乃"真归处",并与友朋交流真实的心境。刘子翚、胡宪、刘勉之均为理学家,是朱熹早年的老师。吕本中对刘勉之的评语有"老大多材,十年坚坐"之句,"世传以为实录"④;全祖望以为刘子翚、胡宪、刘勉之"三家之学略同,然似皆不能不杂于禅"⑤,说明"杂于禅"是当时理学的风习。吕氏家

---

① (宋)吕本中:《东莱先生诗集》卷七,《四部丛刊续编》本。
② (宋)吕本中:《东莱先生诗集》卷十九,《四部丛刊续编》本。
③ (宋)吕本中:《东莱先生诗集》卷二十,《四部丛刊续编》本。
④ (宋)朱熹:《聘士刘公先生墓表》,《朱文公文集》卷九十,《朱子全书》第24册,上海古籍出版社2002年,第4192页。
⑤ (清)黄宗羲、全祖望:《刘胡诸儒学案》,《宋元学案》卷四十三,中华书局1986年,第1395页。

学,一直主张不专一门,往往兼习禅学、儒学,吕希哲以为"佛之道与吾圣人合"①。蒋义斌在《吕本中与佛教》一文的结语中说道:"吕氏家学以儒者经典为主,是不争事实;吕氏家学对佛、道等其他学术,是采取'对话'的态度"②。吕本中一生之行实,确实如此。

<h2 style="text-align:center">四</h2>

　　吕本中在理学方面的创获,在于他极其强调"以广大为心"、"以践履为实",讲"源流"、"本末"③。吕本中解释格物致知时,说:"致知格物,修身之本也。知者,良知也,与尧舜同者也。理既穷,则知自至。与尧舜同者忽然自见,默而识之。"④致知格物乃修身之本,是政和年间吕本中精研道学之后重要的见解,即修身、文章有本末先后之分。

　　《童蒙训》亦载:"后生学问,且须理会《曲礼》《少仪》《仪礼》等,学洒扫应对、进退之事;及先理会《尔雅》、《训诂》等文字,然后可以语上,下学而上达,自此脱然有得,自然度越诸子也。不如此,则是躐等、犯分、陵节,终不能成,孰先传焉,孰后倦焉,不可不察也。"⑤吕本中非常重视践履工夫,主张在日常洒扫应对、进退中行义达道,认为这些乃学问之本。《叔度、季明学问甚勤,而求于余甚重,其将必有所成也,因作两诗寄之》其一自注中还说道:"世之学者忘

----

① 《家传略》,《伊洛渊源录》卷七,《丛书集成初编》本。
② 蒋义斌:《吕本中与佛教》,《佛学研究中心学报》第 2 期,1997 年 7 月出版,第152 页。
③ 吕祖谦:《祭林宗丞文》,《东莱吕太史文集》卷八,《宋集珍本丛刊》本。
④ 《杂学辨·吕氏大学解》,《朱子全书》第 24 册,第 3493 页。
⑤ (宋)吕本中:《童蒙训》卷上,《万有文库》本。

近而趋远,忽近而升高,虚词大言,行不适实。虽始就学,则先言'言不必行,行不必果',达节行权,由仁义行。而不知'言必行,行必果,守节共学,行仁义'之为先务也,故修其身。荒唐缪悠之说施之于事,则颠倒悖乱而卒无所正也。"①也是在强调本末先后的问题。

　　吕本中向道学靠拢,影响了他对文学价值的判断,最为突出者乃"余事及文章"。与"余事"相对应的圣学工夫,则处于"本"的位置。从研习道学、习文的时间分配上,要以前者为主;从道、文的价值来讲,仍然以前者为重。先看一下他具体的行实。

　　在《叔度、季明学问甚勤,而求于余甚重,其将必有所成也,因作两诗寄之》其二中,吕本中说:"念我少年日,结交皆老苍。曹南见颜石,甬上拜饶汪(原注:颜平仲、石子植、汪信民、饶德操)。敢幸江海浸,得沾藜藿肠。诸郎但勉力,余事及文章。"②该诗当作于宣和元年(1119)至宣和六年(1124)间③。吕本中这首诗是要度金针于后学的,通过亲身经验勉励他们转益多师、以修身砺学为本。在政和三年(1113)帖中,他还专门讲学者的文字特点:"学者须做有用文字,不可尽力虚言。有用文字,议论文字是也。"④又,《徐师川挽诗三首》其二:"异日逢明主,端居不复藏。一心扶正道,极力拯颓纲。已病犹轩豁,临衰更激昂。始知操韫处,余事及文章。"⑤吕本中对于徐俯生平功业的评论,着力彰显的是"扶正道"、"拯颓纲",而文章乃其余业而已。绍兴十一年(1141),吕本中已经五十

---

①②　(宋)吕本中:《东莱先生诗集》卷九,《四部丛刊续编》本。
③　《两宋词人年谱·吕本中年谱》,台北文津出版社1994年,第370页。
④　(宋)陈鹄:《西塘集耆旧续闻》卷二,上海古籍出版社1993年,第12页。
⑤　(宋)吕本中:《东莱先生诗集》卷十九,《四部丛刊续编》本。

八岁。他与徐俯的诗学友谊,见诸《师友杂志》(上文已引),《宋史·徐俯传》亦云:"俯才俊,与曾几、吕本中游。"①绍兴十一年(1141)七月徐俯卒于饶州,在间隔二十余年之后,吕本中再度援引"余事及文章",可见它已成为吕本中重要的文学观念。

"余事及文章",不仅仅是吕本中的夫子自道,早在徽宗宣和年间王及之评价吕本中时就用了类似的语言,引次如下:"闻居仁名,十五年矣。比者获见,仍大过所闻。文章议论,超绝一时,在公为余事耳。"②吕本中积极投入昌明道学的工作中,并勉励同侪尤其是年轻一代为之奋斗,这种例子很多,绍兴五年(1135),吕本中弟子林之奇赴行在,吕本中作诗送行,云:"子之于为学,其志盖未已。上欲穷经书,下考百代史。发而为文词,一一当俊伟。……穷通决有命,所愿求诸己。圣贤有明训,不在拾青紫。丈夫出事君,邪正从此始。"③激励林之奇不以穷困通达为念,而要在穷通经史、求诸己方面下工夫。又,《送方丰之秀才归福唐》:"……今子归矣,岁亦有秋。何以告子,惟圣之求。水流有源,木生有根。惟源与根,人德之门。求圣根源,惟正之守。正之不守,弃师背友。丝毫之伪,勿萌于心。无有内外,亦无浅深。由此则圣,舍此则病。是以君子,所守先正。于以赠别,亦以自警。为别后思,且以三省。"④从吕本中的谆谆嘱托中,可以看出,"守正"在追求圣贤事业的道路上至关重要。吕本中不仅自己勉励年轻一代以圣学为职任,还

---

①　(元)脱脱:《宋史》卷三百七十二《徐俯传》,中华书局 1985 年,第 11540 页。

②　(宋)吕本中:《师友杂志》,《丛书集成初编》本。按,王及之字仲时,相州人。

③　(宋)吕本中:《送林之奇少颖秀才往行朝》,《东莱先生诗集》卷十四,《四部丛刊续编》本;《两宋词人年谱·吕本中年谱》,台北文津出版社 1994 年,第 404 页。

④　(宋)吕本中:《东莱先生诗集》卷二十,《四部丛刊续编》本;该诗作于绍兴十三年(1143),见《两宋词人年谱·吕本中年谱》,第 459 页。

把一些人推荐给当时理学核心人物①。从上面的诗文本证及其他例证可以看出,吕本中对道学,寄予了足够的热望,投入了极大的精力。

可以说,"余事及文章"是吕本中站在儒学的立场上对文章的评价。从儒家的立场看待文学,将其视为"末事",并不是吕本中孤发之明,黄庭坚在《答洪驹父书》中说道:"文章最为儒者末事,然既学之,又不可不知其曲折,幸熟思之。"②黄庭坚不止一次地告诫后学,不要沉迷于辞藻之学,要治心养性、固其根本、深入经史。在《与洪驹父》书中,他说:"学问文章,如甥才器笔力,当求配于古人,勿以贤于流俗遂自足也。然孝友忠信,是此物之根本,极当加意养以敦厚醇粹,使根深蒂固,然后枝叶茂尔。"③在《与秦少章觏书》中还说道:"学问之本,以自见其性为难。……故见己者,无适而不当,至于世俗之事,随人有工拙者,君子虽欲尽心,夫有所不暇。"④将"自见其性"作为学问的目的,黄庭坚将儒者治国平天下内化为心性修养,与理学精神声气相通⑤。黄庭坚已经开启了诗学创作的又一门径,即创作主体加强心性涵养,但在如何"治心""养气"上,他却转向禅学。而在涵养心性的同时并保持儒学本色,理学更为擅长,"涵养须用敬,进学在致知",理学自有一套行之有效的学理及方法。黄庭坚没有跨入理学园地,一个重要的因素便是苏轼、

① 如将王时敏推荐给尹焞,"(王时敏)从居仁学,居仁荐之尹和靖。半年,和靖卒,守师说甚坚"(韩淲《涧泉日记》卷中,上海古籍出版社 1993 年,第 18 页);将周宪介绍给王蘋(《宋元学案》卷二十九《震泽学案》,中华书局 1986 年,第 1056 页)。

② (宋)黄庭坚:《黄庭坚全集》,四川大学出版社 2001 年,第 475 页。

③ (宋)黄庭坚:《黄庭坚全集》,第 1365 页。

④ (宋)黄庭坚:《黄庭坚全集》,第 483 页。

⑤ 伍晓蔓:《江西宗派研究》,巴蜀书社 2005 年,第 73 页。

程颐门户间的恩怨在作祟。

　　作为诗人,吕本中接续了黄庭坚的探索,涉入理学领域,在诗学精进道路上迈出了划时代的一步。与黄庭坚不同,吕本中持守诗学这一领域的同时,又加入到理学阵营中,将传承道学作为己任。在此可以举另外两位理学家的记述,来看吕本中积极发扬道学的行实。王蘋在《答吕舍人书》中也说道:"舍人日与道俱,想聪明才智,不能为胸次累也。"①尹焞《答祁居之书》中所:"居仁时得书,见勉昌此道,然老拙之职似当然,其如力薄何。此道如青天白日,谁不见之?"②祁宽,字居之,尹焞弟子。从王蘋、尹焞的记述中,可以看出吕本中以昌明道学自任,在道学群体中非常活跃。

　　吕本中研习道学,无疑为诗学创作提供更为坚固的根基。两宋之际诗坛的主体人物,直接或间接经历过党争之害,精神气度因外在压力变得局促,作品题材过于狭窄,蹈袭黄庭坚的字法、句法等形式,无论是创作主体的气象还是学养,都呈现出一种颓势。为了力挽这种颓势,必须提高诗学创作主体的心性修养,加固诗学根基。理学在心性修养和格物致知两方面都有可资借鉴之处,吕本中取理学之所长,为诗学所用。吕本中向理学靠拢,而不废弃诗文,形成以理学为本位的文章观念,在两宋之际至南宋诗学史上具有不可估量的意义,它要求诗人注重学问的积淀与心性的涵养,无疑为诗学培植了深厚的根基,开辟了新的门径。

　　"余事及文章"既是吕本中政和之后奉行的原则,也是他劝勉

---

　　①　(宋)王蘋:《宋著作王先生文集》卷三,《宋集珍本丛刊》本。
　　②　(宋)尹焞:《和靖集》卷三,影印文渊阁《四库全书》本。吕本中有《寄祁居之》诗,见《东莱先生诗集》卷十九。

后学的主体精神。政和、宣和以后吕本中生活中"道"的色彩很浓，他加强了儒家经典如《易经》《曲礼》的研习，在《读〈易〉》中说道："吾生晚闻道，岁月今少憩。遗经日在眼，似足了一世。"①绍兴十二年(1142)左右，吕本中检点平生所学，得出如下结论："养生不能延年，忘言未是安禅。圣学工夫安在，重寻《曲礼》三千。"②这与上引《童蒙训》"后生学问，且须理会《曲礼》《少仪》《仪礼》"意见保持一致。汪应辰是吕本中晚年弟子，在追忆平昔教诲时也说道："相期深造道，不为细论文。"③虽说是以道学为本位，但吕本中从没有放弃过"文"，他的道学修养为"文"带来新鲜血液；与吕本中同时代的张九成，识破了吕本中的诗法三昧："词源断是诗书力，句法端从履践来"④，指出吕本中吸取理学践履工夫，恰恰是为文学寻找源动力的。

经过十余年的理学积淀，吕本中成为文学、理学兼擅的元祐子弟，出入于文学、理学之间，在两宋之际的学术、文学发展中发挥重要作用。不独吕本中如此，两宋之际的另一位重要诗人曾几，也自觉地加强理学的研习，并向理学家请教，胡安国《答赣川曾几书》保存了原始的信息。在信中，胡安国对曾几以圣门事业相劝勉，说道："穷理尽性，乃圣门事业。"紧接着，胡安国度以金针，讲述如何

---

① (宋)吕本中：《东莱先生诗集》卷十一，《四部丛刊续编》本。《两宋词人年谱·吕本中年谱》将此诗系在宣和元年至宣和六年之间(文津出版社1994年，第371页)。

② (宋)吕本中：《即事六言七首》之六，《东莱先生诗集》卷十九，《四部丛刊续编》本。

③ (宋)汪应辰：《挽吕舍人二首》之二，《文定集》卷二十四，《丛书集成初编》本。吕祖谦评汪应辰："学则正统，文则正宗。"(《祭汪端明文》，《东莱吕太史文集》卷八，《宋集珍本丛刊》本)也强调他"道学"、"文章"兼顾。

④ (宋)张九成：《横浦先生文集》卷四，《中华再造善本》影印宋刻本。

格物循理,"物物而察,知之始也。一以贯之,知之至也。无所不在者,理也;无所不有者,心也。物物致察,宛转归己,则心与理不昧。故知循理者,士也。物物皆备,反身而诚,则心与理不违。故乐循理者,君子也。天理合德,四时合序,则心与理一,无事乎循矣。故一以贯之,圣人也。"①曾几研习理学的事例,说明诗人向理学靠拢,绝不是一个单独的个案。

吕本中、曾几二人同龄,在向道学靠拢方面不谋而合,而且,吕本中有意引领曾几向道学、诗文兼擅的道路迈进。如《送曾吉父》:"吾道从来到处穷,八珍常与一箪同。……圣学有传为可喜,宦游少味自无功。"(《东莱先生诗集》卷十七)将"圣学可传"视作可喜之事,并自觉以昌明道学为己任,如《无题二首》之二:"圣学邈难继,斯文当望谁。还能养志气,且务摄威仪。曾子但三省,子长徒爱奇。从来要功处,本不在多知。"(《东莱先生诗集》卷十八)绍兴元年(1131),吕本中写给曾几的论诗帖中,着力强调诗外工夫,亦有深意。曾几在吕本中的影响下,兼通诗学与道学,陆游曾这样评价曾几:"公治经学道之余,发于文章,雅正纯粹,而诗尤工。以杜甫、黄庭坚为宗……诸公继没,公岿然独存。道学既为儒者宗,而诗益高,遂擅天下。"②

陆游的评价中"治经学道之余"一语,与吕本中"余事及文章"的主张完全吻合。这种吻合,绝不是偶然的巧合,表明由吕本中开启的路径即诗人向道学靠拢,是行得通的。南渡之后有越来越多文人走上这条路(笔者将另文讨论),而且,道学之"道"成为人物品

---

① 　(宋)胡寅:《先公行状》,《斐然集》卷二十五,中华书局1993年,第556页。

② 　(宋)陆游:《曾文清公墓志铭》,《渭南文集》卷三十二,《陆游集》,中华书局1976年,第2306页。

评、文学评论的第一要义。在此仅举南宋中兴诗人的两个例子加以证实:

范成大《送陆务观编修监镇江郡归会稽待阙》:"宝马天街路,烟篷海浦心。非关爱京口,自是忆山阴。高兴余飞动,孤忠有照临。浮云付舒卷,知子道根深。"①隆兴元年(1163)三月,陆游通判镇江府,范成大送行诗作于此时②。

淳熙五年(1178),杨万里在为道学家陈渊的文集作序时说:"然士之骛于文也,至于今极矣。文弥工,道弥邈。极甚必反,其不待于先生此书乎!"③杨万里的立意,与本文所举饶节"诗日进,而道日远"相同,所不同者,此处的"道",完全是道学家之"道"。"极甚必反",是对当下文学深表不满,希望同时代的文人们能以"道"为本。

全祖望曾说:"世以其(指吕本中)喜言诗也,而遂欲以江西图派掩之,不知先生所造甚高。"④大为吕本中理学声名为诗名所掩而鸣不平,故而在补修《宋元学案》时,专列《紫微学案》予以表扬。《紫微学案》有未尽者,又可见于其诗集中劝勉后学之语,亦可见于后学之追忆。概而论之,吕本中对理学,昌明激扬之功多,而义理创立之功少。若以吕本中在诗学、理学方面的实绩相比较,他的成就及影响还偏重在诗学上。

---

① (宋)范成大:《范石湖集》卷九,上海古籍出版社1981年,第110页。

② 于北山:《陆游年谱》,上海古籍出版社2006年,第99页。

③ (宋)杨万里:《默堂先生文集序》,《杨万里集笺校》卷七十九,辛更儒笺校,中华书局2007年,第3218页。

④ (清)黄宗羲、全祖望:《宋元学案》卷三十六《紫微学案》,中华书局1986年,第1241页。

五

在禅学、理学两种思想体系的刺激之下,吕本中的诗学观念呈现出即此即彼、相互融通的特征。他为了达到胸次圆成、波澜自阔的目的,不仅转借理学涵养、格物论,还借助了禅学静修工夫,他的诗学实际上是融通两家之后的理论形态。所以,在看待其诗学与理学(或禅学)的关系时尤须谨慎。北宋大观、政和年间,是吕本中思想最为活跃的时期,无论是文学、禅学还是理学,都有很深的体悟。在经历诗、禅的冲突后,他选择了向理学靠拢。政和时期(1111—1117),吕本中形成以理学为本、兼顾诗学、不废禅学的思想,这在他的诗歌中可以得到印证。

政和四年(1114)吕本中作《别后寄舍弟三十韵》,诗歌绝大篇幅探讨诗歌写作问题,不妨视作吕本中诗学心得的一次集中总结。现择要予以摘录:"惟昔交朋聚,相期文字盟。笔头传活法,胸次即圆成。孔剑犹霄炼,随珠有夜明。英华仰前辈,廓落到诸卿。敢计千金重,尝叨一字荣。因观剑器舞,复悟担夫争。物固藏妙理,世谁能独亨。乾坤在苍莽,日月付峥嵘。凛凛曹刘上,容容沈谢并。直须用款款,未可笑平平。有弟能知我,它年肯过兄。初非强点灼,略不费讥评。短句《箜篌引》,长歌《偪侧行》(按,杜甫有《偪侧行赠毕曜》)。力探加润泽,极取更经营。径就波澜阔,勿求盆盎清。吾衰足欲撼,汝大不欹倾。莫以东南路,而无伊洛声。"①

---

① (宋)吕本中:《东莱先生诗集》卷六,《四部丛刊续编》本;该诗作于政和四年(《两宋词人年谱·吕本中年谱》,台北文津出版社1994年,第344页)。

诗歌大体上涉及了胸次圆成、参悟前辈、观物得理等具体环节。"因观剑器舞,复悟担夫争",以张旭悟草书之笔法、神意,承前句"炼字"而启下四句之"悟理",宇宙万物、日月星辰皆有妙理。"凛凛曹刘上"至"长歌《偪侧行》"十句,指应当遍参汉、魏至唐各体文学,虚心地琢磨。"力探加润泽,极取更经营"转入新的议题,即追求"波澜自阔"的境界,须加强心性涵养。"盆盎"比喻凡庸粗俗之物,俗物自俗,不要幻想它们能够清心静虑,自己则要做好内修工夫,高蹈俗世之外。结语"莫以东南路,而无伊洛声",极为重要,此乃吕本中援引伊洛之学入诗的明确宣示。

由此也可以回答一种普遍的疑问,吕本中为何汲汲于理学?以我看来,理学能够折服吕本中者,在于"物固藏妙理"、"径就波澜阔"十字上。具体到方法论上,也就是理学家的格物致知、涵养心性。将理学"格物"理论明确地引入诗学,吕本中乃导夫先路者。而"波澜阔"涉及吕本中诗学中另一个思想系统,有必要进一步加以论证。吕本中于绍兴元年(1131)写给曾几的论诗帖中,对"波澜阔"三字,有更为明确的解释,云:"欲波澜之阔去,须于规摹令大,涵养吾气而后可。规摹既大,波澜自阔,少加治择,功已倍于古矣。"①从论诗帖可以看出,"涵养吾气"当是"波澜阔"的确诂。前后思想的顺延,也提示我们,吕本中"波澜阔"是一个重要的诗学命题,与"活法"具有同一意旨。

若将这首诗所体现的诗学观念,单纯归结为吕本中诗学受理学的影响,从所引诗歌的结语来看,可以成立。但却掩盖另一思想

---

① (宋)胡仔:《苕溪渔隐丛话》前集卷四十九,人民文学出版社1962年,第333页。

系统,那就是禅学。上文所举"直须识根柢,始是极波澜"①,其实也是如何"波澜阔"的问题:只有脱去尘埃,才能达到透脱境界。吕本中讲"胸次"、"波澜"的诗歌创作论,除了理学的积淀外,还得益于他的禅学修养,也离不开当时著名禅师的启发。这一点,我们可以从饶节的《用前韵示谢公定学士》一诗中得到印证,诗云:"买金须是识真金,学道先防邪见林。切忌随言因作解,直须见色便明心。大圆觉海波澜阔,优钵罗花根蒂深。只者若还亲荐得,十方俱现海潮音。"②大圆觉海,佛的四智,即洞照一切的清静真智;优钵罗花,即青莲花。饶节之诗,意在向谢公定讲明禅学之法,但在"静悟"、"根深"方面,与吕本中诗论实有相通之处。

吕本中研修理学并向其靠拢,固然是事实,但他的一些诗学观念,并不能说完全是理学化的,如"悟入"、"活法"等,亦受禅学之影响③。他耽于禅悦的风习,必积累一定的禅学基础,当他后来发扬理学时,将会调动已有的禅学储备,两种思想融通之后,体现在诗学中,很难确切地分辨何者是禅学,何者是理学。本文固然是要呈现一个生动的历史细节;而诗坛深受理学的浸润,实为宋代诗学史之大事,揭示其意义亦为本文命意所在。

(原载《北方论丛》2014 年第 5 期)

---

① (宋)吕本中:《寄唐充之二十韵》,《东莱先生诗集》卷六,《四部丛刊续编》本。

② 《全宋诗》第 22 册,北京大学出版社 1995 年,第 14571 页。

③ 关于吕本中"悟入"与禅宗的关系,可参看张毅《宋代文学思想史》,中华书局 1995 年,第 175—182 页;活法与禅宗的关系,可参看张晶《宋诗的"活法"与禅宗的思维方式》,载《文学遗产》1989 年第 6 期。

《老学庵笔记》的思想文化倾向

　　《老学庵笔记》乃陆游晚年退居山阴镜湖时所做。他幼承家学,得识父执前言往行,博闻强识;后又到临安、福州、镇江、南昌、夔州、南郑、成都、嘉州、抚州、严州等地做官,阅历丰富,见闻广博。《老学庵笔记》的内容,涉及靖康国难、抗金活动、前辈典型、故都记忆、各地语言风俗、制度因革、诗文品评,等等,所记内容多为陆游亲历或亲见、亲闻之事。难能可贵的是,《老学庵笔记》的一些条目有陆游的评断,迥异于仅记述事实或转抄他书的丛札性汇编,具有鲜明的识见。除评判性的断语外,还有一些条目的设置、笔法的使用、遣词用语,无不透露着编写者陆游的思想立场和价值判断。可以说,该笔记作为陆游晚年回眸总结式的散篇札录,体现了他一以贯之的立大节、辨邪正的思想文化倾向。

一

　　节义是儒家倡导的文化品格,原始儒家视"临大节而不可夺"①

---

① 　《论语·泰伯》,杨伯峻《论语译注》,中华书局1980年,第80页。

为君子品德。在宋代的政治文化语境中,皇帝要与士大夫共治天下,那么哪些人有资格参与其中? 这是摆在宋代君臣面前的现实问题,欧阳修倡言君子之朋,"所守者道义,所行者忠信,所惜者名节"①。司马光劝谏神宗皇帝慎用陈升之时,说:"升之诚有才智,但恐不能临大节而不可夺耳……凡才智之人,必得忠直之士从旁制之,此明主用人之法也。"②黄庭坚在回答"不俗之状"时,说"临大节而不可夺,此不俗人也"③,因此他认为苏轼的"临大节而不可夺"可与天地相终始④。南宋孝宗为苏轼文集作序时,也将"大节"看作文章能否传世的根本原因,所谓"成一代之文章,必能立天下之大节;立天下之大节,非其气足以高天下者,未之能焉"⑤。宋孝宗标立"大节",无疑想通过苏轼这一典范人物来推行节义文化。上述宋代君臣有关品节文化的诉求,极大程度上强化了士大夫的节义观,最明显的表现便是,不自觉地从品节的角度对当下或历史人物进行评量。

《老学庵笔记》为我们提供了 10 至 12 世纪中国的历史图景,仅以人物论,看似很随意、杂乱无章,实则正、邪(君子、小人、善、恶)判然两分。通过忠正、奸邪两阵营人物的具体事例,既是对业已发生的历史的回顾,也是对编写者本人思想的重新洗礼,正如他在《老学庵》诗中所写:"老学衡茅底,秋毫敢自欺。开编常默识,闭

① (宋)欧阳修:《朋党论》,《欧阳修全集》,中华书局 2001 年,第 297 页。
② (宋)王称:《东都事略》卷八十七上《司马光传》,齐鲁书社 2000 年,第 733 页。
③ (宋)黄庭坚:《书缯卷后》,《豫章黄先生文集》卷二十九,《四部丛刊》本。
④ (宋)黄庭坚:《东坡先生真赞三首》其二,《豫章黄先生文集》卷十四,《四部丛刊》本。
⑤ (宋)赵眘:《苏轼文集序》,《苏轼文集》附录,中华书局 1986 年,第 2385 页。

户有余师。大节艰危见,真心梦寐知。唐虞元在眼,生世未为迟。"①总结历史人物在危难时刻的所作所为,表彰忠义、鞭挞邪恶固然是笔记的题中应有之义。不过,对陆游来讲,这种扬善惩恶有更深层的意义,通过探寻当下或历史人物的"大节",尚友先达,以慰藉、坚定自己的"忠正"诉求。那么,陆游是如何区分邪正的呢?

北宋靖康以来,杨时首倡王安石误国论,曾声言"致今日之祸者,实安石有以启之也",认为王安石变法是北宋衰亡的病根,而他的理由便是:"蔡京用事二十余年,蠹国害民,几危宗社,人所切齿,而论其罪者曾莫知其所本也。盖京以继述神宗皇帝为名,实挟王安石以图身利,故推尊安石,加以王爵,配享孔子庙庭。而京所为,自谓得安石之意,使无得而议,其小有异者,则以不忠不孝之名目之,痛加窜黜。人皆结舌莫敢为言,而京得以肆意妄为。"②杨时的说法,切中了蔡京绍述的要害,而王安石及其新学是北宋神宗、哲宗、徽宗三朝政治、学术的纽带,必然受到牵连。王安石新法开启蔡京集团乱政之源的看法,逐渐占据主流。南宋前期,有关王安石变乱法度、败人心术的言论,几乎是众口一词。按照这种逻辑发展下去,王安石极有可能进入后世史书中的奸臣传中。

翻检《老学庵笔记》中有关王安石的诸条目,发现在陆游的视界中,王安石为人或性格虽有些许瑕疵,比如过分看重官员的学养(卷一"荆公素轻沈文通以为寡学"条)、对不喜欢的臣僚极其厌恶(卷四"王定国素为冯当世所知而荆公绝不乐之"条),但终究还是正人君子。陆游对王安石大胆的革新精神,深表钦佩,《老学庵笔

---

① (宋)陆游:《剑南诗稿》卷五十,《陆游集》,中华书局 1976 年,第 1240 页。

② (宋)杨时:《上渊圣皇帝疏》之七,《龟山先生全集》卷一,《宋集珍本丛刊》本。

记》卷二记载如下：

> 　　王荆公作相，裁损宗室恩数，于是宗子相率马首陈状诉云："均是宗庙子孙，且告相公看祖宗面。"荆公厉声曰："祖宗亲尽，亦须祧迁，何况贤辈！"于是皆散去。①

　　王安石刚正不阿、勇往直前的形象跃然纸上；他用实际行动践行"天变不足畏，祖宗不足法，人言不足恤"的精神。

　　陆游对王安石"反常"的评价，曾引起四库馆臣的质疑，"以其祖陆佃为王安石客……故于《字说》无贬词，于安石亦无讥语"②，认为陆游因为家世的原因有意对王安石曲加回护。事实上，在南宋孝宗、光宗之际，对王安石学术政事的评价已有所松动。淳熙十五年（1188）陆九渊写下了《荆国王文公祠堂记》，对王安石政事学术深表了解之同情，欲断百年以来有关王安石是非评判的公案③。陆游之祖父陆佃，与王安石私交甚深，但这绝非陆游回护王安石的理由。在陆游看来，王安石本非奸邪，为何要加以诋毁！他还借助家世旧闻，破除人们对王安石的误解或不解，如祖父陆佃曾见王安石有一部《诗正义》，朝夕不离手，故"世谓荆公忽先儒之说，盖不然也"④；人们通常认为王安石忽略先儒之说，陆游用实例予以反驳。

　　经过一番沉淀后，南宋的思想界逐渐认识到杨时以来因蔡京而连带王安石的逻辑之荒谬！陆九渊、陆游就是这样先觉者，也正

① （宋）陆游：《老学庵笔记》卷二，中华书局 1979 年，第 17 页。
② （清）纪昀等：《钦定四库全书总目》卷一百二十一，中华书局 1997 年，第 1621 页。
③ 详参本书中《陆九渊视野中的王安石》，原载《南昌大学学报》2019 年第 4 期。
④ （宋）陆游：《老学庵笔记》卷一，第 6 页。

因为有此相对公允的认识，历史对王安石的叙述才没有定格在"奸臣传"中。

二

在《老学庵笔记》中，陆游整理出相对清晰的奸臣序列：北宋以蔡京为中心，南宋以秦桧为主脑。笔记通过大量鲜活的事例证实奸臣集团蠹国害民的罪证，反向说明"大节"的价值，这也是他倡导节义文化的重要环节。

笔记中蔡京、秦桧相提并论的条目，颇值得仔细玩味。蔡京、秦桧位极人臣之首，他们衣食住行的方式竟成为士庶生活的流行元素，如笔记所载：

> 蔡太师作相时，衣青道衣，谓之"太师青"。出入乘棕顶轿子，谓之"太师轿子"。秦太师作相时，裹头巾，当面偶作一折，谓之"太师错"；摺样第中窗上下及中一二眼作方眼，余作疏棂，谓之"太师窗"。①

蔡京、秦桧迁转升任太师之迅速，宋世无比，"史魏公自少保六转而至太师，中间近三十年，福寿康宁，本朝一人而已。文潞公自司空四转，蔡太师自司空三转，秦太师自少保两转而已"②；而且在蔡京、童贯、秦桧专权时期，连占卜者竟以三人姓名指示门径、投机

---

①　(宋)陆游：《老学庵笔记》卷十，中华书局1979年，第126页。

②　(宋)陆游：《老学庵笔记》卷八，第101页。

取巧，据《老学庵笔记》记载：

> 蔡元长当国时，士大夫问轨革，往往画一人戴草而祭，辄指之曰："此蔡字也，必由其门而进。"及童贯用事，又有画地上奏乐者，曰："土上有音，童字也。"其言亦往往有验。及二人者废，则亦无复占得此卦。绍兴中，秦会之专国柄，又多画三人，各持禾一束，则又指之曰："秦字也。"其言亦颇验。及秦氏既废，亦无复占得此卦矣。①

《老学庵笔记》中蔡京、秦桧相提并论的条目，传达出这样的讯息：宋之奸臣，前有蔡京，后有秦桧，构成奸臣的序列。

除了中心人物蔡京、秦桧外，北宋吕惠卿、章惇在党争中迫害元祐党人，也被目为奸邪之列。在陆游笔下，还记述了吕惠卿的险恶和幸灾乐祸，如"绍圣中，谪元祐大臣过岭，吕吉甫闻之，嘻笑曰：'捕得黄巢，笞而遣之'"②；章惇的狠毒刻薄，如"绍圣中，贬元祐人苏子瞻儋州，子由雷州，刘莘老新州，皆戏取其字之偏旁也。时相之忍忮如此"③。陆游用"时相"这一模糊化的处理，说明宰臣以游戏般的做法来处理政事是多么荒谬！稍晚的罗大经在《鹤林玉露》也有类似的记载："苏子瞻谪儋州，以'瞻'与'儋'字相近也。子由谪雷州，以'雷'字下有'田'字也。黄鲁直谪宜州，以'宜'字类'直'字也。此章子厚戏谑之意。"④内容略有不同，贬谪人员除二苏外，

---

① （宋）陆游：《老学庵笔记》卷十，中华书局 1979 年，第 127—128 页。
② （宋）陆游：《老学庵笔记》卷四，第 44 页。
③ （宋）陆游：《老学庵笔记》卷四，第 50 页。
④ （宋）罗大经：《鹤林玉露》丙编卷五，中华书局 1983 年，第 315 页。

一为刘挚,一为黄庭坚。叙述的逻辑近乎一致,元祐党人的被贬谪地,与其字的偏旁接近,这一切都缘于时相章惇的戏弄。所不同的是,陆游笔记的结尾,得出时相狠毒残酷的结论。

《老学庵笔记》中态度鲜明地指斥北宋亡国集团,为首者乃蔡京。北宋靖康以来,陈东、余应求等人都在不断挞伐蔡京、童贯、王黼、梁师成、朱勔、李彦这"六贼"误国之罪。至陆游编写笔记之时,蔡京之恶已基本肃清。不过,陆游还是找到了一条蔡京害政的铁证:"自唐至本朝,中书门下出敕,其敕字皆平正浑厚。元丰后,敕出尚书省亦然。崇宁间,蔡京临平寺额作险劲体,'来'长而'力'短,省吏始效之,相夸尚,谓之'司空敕',亦曰'蔡家敕',盖妖言也。京败,言者数其朝京退送及公主改帝姬之类,偶不及蔡家敕。故至今敕字蔡体尚在。"①此外,《老学庵笔记》对蔡京迁省易印、"奸人之雄"、善于掩饰过错,以及蔡京之子蔡攸善于察言观色、巧于应变等,都有生动的记述。详引于下:

> 元丰间,建尚书省于皇城之西,铸三省印。米芾谓印文背戾,不利辅臣。故自用印以来,凡为相者,悉投窜,善终者亦追加贬削,其免者苏丞相颂一人而已。蔡京再领省事,遂别铸公相之印。其后,家安国又谓省居白虎位,故不利。京又因建明堂,迁尚书省于外以避之。然京亦窜死,二子坐诛,其家至今废。不知为善而迁省易印以避祸,亦愚矣哉!②
>
> 曾子宣、林子中在密院,为哲庙言:"章子厚以隐士帽、紫

---

① （宋）陆游:《老学庵笔记》卷八,中华书局 1979 年,第 101 页。
② （宋）陆游:《老学庵笔记》卷五,第 62 页。

直拨,系绦见从官,从官皆朝服。其强肆如此。"上曰:"彼见蔡京亦敢尔乎?"京时为翰林学士,不知何以得人主待之如此,真奸人之雄也。①

聂山、胡直孺同为都司,一日过堂,从容为蔡京言道流之横。京慨然曰:"君等不知耳,淫侈之风日炽,姑以斋醮少间之,不暇计此曹也。"京之善文过如此。②

蔡攸初以淮康节领相印,徽宗赐曲宴,因语之曰:"相公公相子。"盖是时京为太师,号公相。攸即对曰"人主主人翁"。其善为谐给如此。③

蔡京、童贯之恶,罄竹难书,时人戏谑化的称呼可看出二人之口碑,比如:"蔡京为太师,赐印文曰'公相之印',因自称'公相'。童贯亦官至太师,都下人谓之'媪相'。"④

诛童贯是宋末大快人心的事情,《老学庵笔记》卷三交代了详细经过、细节:

童贯既有诏诛之命,御史张达明持诏行。将至南雄州,贯在焉。达明恐其闻而引决,则不及正典刑,乃先遣亲事官一人,驰往见贯,至则通谒拜贺于庭。贯问故,曰:"有诏遣中使赐茶药,宣诏大王赴阙,且闻已有河北宣抚之命。"贯问:"果否?"对曰:"今将帅皆晚进,不可委寄,故主上与大臣熟议,以

① (宋)陆游:《老学庵笔记》卷五,中华书局1979年,第68页。
② (宋)陆游:《老学庵笔记》卷八,第106页。
③ (宋)陆游:《老学庵笔记》卷十,第127页。
④ (宋)陆游:《老学庵笔记》卷四,第49页。

有威望习边事,无如大王者,故有此命。"贯乃大喜,顾左右曰:
"又却是少我不得。"明日达明乃至,诛之。贯既伏诛,其死所
忽有物在地,如水银镜,径三四尺,俄而敛缩不见。达明复命
函贯首自随,以生油、水银浸之,而以生牛皮固函。行一二日,
或言胜捷兵有死士欲夺贯首,达明恐亡之,乃置首函于竹轿
中,坐其上。然所传盖妄也。①

张达明所派遣的亲事官之所以能取得童贯之信任,在于其编
造的诏遣说辞,合乎童贯所期望的政事安排。尤其是,提到晚进将
帅不能委以重任,朝廷对有威望且熟悉边事的童贯之肯定,祛除了
童贯内心所有的疑窦,自信心一下子膨胀起来;殊不知却进入事先
设计好的圈套。童贯、朱劢等人滥赏名器,败坏法度,加速了北宋
的灭亡。陆游搜检"六贼"之恶,并没有停留在浅表层,而是从制
度、用人、文化等方面,用事实、数据来证实他们对国家的危害。
例如:

> 童贯平方寇时,受富民献遗。文臣曰"上书可采",武臣曰
> "军前有劳",并补官,仍许磨勘,封赠为官户。比事平,有司计
> 之,凡四千七百人有奇。②

陆游不仅接续了南宋初年士大夫的亡国反思的热潮,更深化
了对北宋衰亡的理性认识。朱劢之恶,《老学庵笔记》也有记载:

---

① (宋)陆游:《老学庵笔记》卷三,中华书局 1979 年,第 32—33 页。
② (宋)陆游:《老学庵笔记》卷四,第 45 页。

"国初士大夫戏作语云:'眼前何日赤,腰下几时黄?'谓朱衣吏及金带也。宣和间,亲王公主及他近属戚里,入宫辄得金带关子。得者旋填姓名卖之,价五百千。虽卒伍屠酤,自一命以上皆可得。方腊破钱塘时,朔日,太守客次有服金带者数十人,皆朱勔家奴也。时谚曰:'金腰带,银腰带,赵家世界朱家坏。'"①

　　除了以蔡京为首的六贼外,梁子美等人也难逃干系,他们某种程度上也是北宋亡国的推手。梁子美之滥赏,陆游一针见血予以揭露②。梁子美乃梁适之孙,《宋史》卷二百八十五《梁适传》附传:"崇宁间,诸路漕臣进羡余,自子美始。北珠出女真,子美市于契丹,契丹嗜其利,虐女真捕海东青以求珠。两国之祸盖基于此,子美用是致位光显。"③

　　陆游对北宋亡国罪臣的书写,体现了南宋文人普遍的亡国反思意识。这种意识,与宋代说话中的"宣和"史话一样,透露出相似的历史逻辑,所谓"致平端自亲贤哲,稔乱无非近佞臣"④。

　　北宋亡国,以蔡京为首的宣和旧臣难辞其咎。及至南宋,秦桧成为最大的奸邪。连敢于批评时政的毛德昭,对秦桧之淫威也感到不寒而栗⑤,说明秦桧专权之盛,无人敢撄其威权。笔记用大量的篇幅记述秦桧父子气焰熏天、不可一世的种种劣迹:巧取豪夺、居心叵测、奢侈腐化、假公济私、指鹿为马等等。试举两例,以证其实。

　　　　秦会之问宋朴参政曰:"某可比古何人?"朴遽对曰:"太师

───────────

①　(宋)陆游:《老学庵笔记》卷一,中华书局1979年,第4—5页。

②⑤　(宋)陆游:《老学庵笔记》卷一,第11页。

③　(元)脱脱:《宋史》卷二百八十五,中华书局1985年,第9625页。

④　《大宋宣和遗事》卷首诗,《中华再造善本》据明金陵王氏洛川刻本影印。

过郭子仪,不及张子房。"秦颇骇,曰:"何故?"对曰:"郭子仪为宦者发其先墓,无如之何,今太师能使此辈屏息畏惮,过之远矣。然终不及子房者,子房是去得底勋业,太师是去不得底勋业。"秦拊髀太息曰:"好。"遂骤荐用至执政。秦之叵测如此。①

秦会之初赐居第时,两浙转运司置一局曰箔场,官吏甚众,专应副赐第事。自是讫其死,十九年不罢,所费不可胜计。其孙女封崇国夫人者,谓之童夫人,盖小名也。爱一狮猫,忽亡之,立限令临安府访求。及期,猫不获,府为捕系邻居民家,且欲劾兵官。兵官惶恐,步行求猫。凡狮猫悉捕致,而皆非也。乃赂入宅老卒,询其状,图百本,于茶肆张之。府尹因嬖人祈恳乃已。其子熺,十九年间无一日不锻酒器,无一日不背书画碑刻之类。②

秦桧变乱法度;名为经筵,实际上为了排斥异己,巩固专权统治,据笔记详载:"故事,台官无侍经筵者。贾文元公为中丞,仁祖以其精于经术,特召侍讲迩英,自此遂为故事。秦会之当国时,谏官御史必兼经筵,而其子熺亦在焉。意欲博击者,辄令熺于经筵侍对时谕之,经筵退,弹文即上。"③为了专权,秦桧控制台谏、经筵等部门,稍有不从,便使出阴险毒辣的招数。秦桧家族成员的跋扈专权、蠹国害民的罪行,如妻族王子溶飞扬跋扈的作态④、其孙女崇

① (宋)陆游:《老学庵笔记》卷二,中华书局1979年,第22页。
② (宋)陆游:《老学庵笔记》卷三,第32页。
③ (宋)陆游:《老学庵笔记》卷六,第75页。
④ (宋)陆游:《老学庵笔记》卷五,第63页。

国夫人因走失一只猫搞得临安府官吏人心惶惶，可见一斑。

秦熺作为最大的帮凶，倚仗父亲的权势，过着奢侈淫靡、为所欲为的生活。《老学庵笔记》卷五有这样的记述：

> 王黼作相，请朝假归咸平焚黄，画舫数十，沿路作乐，固已骇物论。绍兴中，秦熺亦归金陵焚黄，临安及转运司舟舫尽选以行，不足，择取于浙西一路，凡数百艘，皆穷极丹艧之饰。郡县监司迎饯，数百里不绝。平江当运河，结彩楼数丈，大合乐官妓舞于其上，缥缈若在云间，熺处之自若。①

王黼、秦熺穷奢极欲的事例，放在一起合写；且后者的作态，有过之而无不及。也正如陆游《追感往事五首》其一所言："太平翁翁十九年，父子气焰可熏天。不如茅舍醉村酒，日与邻翁相枕眠。"②秦桧绝非孤身一人，在他周围，由帮凶、投机者、言听计从者构成的阵营很庞大，"十客"就是最有代表性的一类。详载于下：

> 秦会之有十客：曹冠以教其孙为门客，王会以妇弟为亲客，郭知运以离婚为逐客，吴益以爱婿为娇客，施全以剚刃为刺客，李季以设醮奏章为羽客，某人以治产为庄客，丁禩以出入其家为狎客，曹泳以献计取林一飞还作子为说客。初止有此九客耳。秦既死，葬于建康，有蜀人史叔夜者，怀鸡絮，号恸墓前，其家大喜，因厚遗之，遂为吊客，足十客之数。③

---

① （宋）陆游：《老学庵笔记》卷五，中华书局 1979 年，第 63 页。
② （宋）陆游：《剑南诗稿》卷四十五，《陆游集》，中华书局 1976 年，第 1135 页。
③ （宋）陆游：《老学庵笔记》卷三，第 31 页。

同样是在《追感往事五首》中,陆游指出:"诸公可叹善谋身,误国当时岂一秦。不望夷吾出江左,新亭对泣亦无人。"①

陆游在笔记中构建奸臣序列的努力,在南宋后期史学家吕中《大事记》中,也得到证实:"秦桧以十八年之久,呼俦引类,盘据中外,一桧虽死,百桧尚存。安石虽居钟山,而所任王珪、蔡确,皆安石之党。章惇虽去位,而所任曾布、李清臣之徒,即惇之党也。上虽亲政,而所任沈该、万俟卨、汤思退、魏良臣,即桧之党也。"②与陆游不同,在吕中这里,王安石被认定为奸党,而蔡京缺席。但从陆游、吕中等人构建奸臣序列的努力,可看出南宋人总结国朝历史时,辨邪正乃一核心要义。至陆游编写笔记时,官方对蔡京、秦桧多有贬词,笔记通过更翔实的证据,进一步丰富了奸臣误国的论断,有关蔡京、秦桧的历史评价也更牢不可破。

三

明乎陆游在《老学庵笔记》中所构建的奸臣序列后,自然能领会有关正人君子和前辈典型诸条目的思想价值。除了考订文艺而涉及唐代诗家李白、杜甫、张籍、王建、白居易、李商隐等人外,陆游记述了很多宋代正人君子的德操。前辈及同侪傲然独立、忠正刚直的行实,与上述奸邪之害形成了鲜明对照。君子、小人之辨,是孔子以来不断被重述的话题,宋代士大夫因政治、学术思想的歧异推衍着联动式的党争,君子与小人、邪与正之间的辨别较量往往处于白热化

---

① (宋)陆游:《剑南诗稿》卷四十五,《陆游集》,中华书局1976年,第1136页。

② (宋)李心传:《建炎以来系年要录》卷一百七十二引,中华书局1956年,第2828页。

状态,成为一种独特的思想文化现象。这些现象在《老学庵笔记》都有所呈现,比如"张德远诛范琼于建康狱中,都人皆鼓舞;秦会之杀岳飞于临安狱中,都人皆涕泣:是非之公如此"①,同样是刑罚,张浚诛范琼与秦桧杀岳飞,"是非有公论",谁对谁错,谁忠谁奸,天下皆知!

苏轼、黄庭坚、张耒、秦观、陈师道、张浚、赵鼎、潘良贵、张九成、吕本中、曾几、李光、朱敦儒、张焘、陈康伯,以及同辈张孝祥、范成大、周必大、杨万里等人,他们的事迹都不断出现在《老学庵笔记》中。黄庭坚在困境中保持乐观向上的心态,在陆游看来,此乃修德养身者应该学习的:

> 范寥言:鲁直至宜州,州无亭驿,又无民居可僦,止一僧舍可寓,而适为崇宁万寿寺,法所不许,乃居一城楼上,亦极湫隘,秋暑方炽,几不可过。一日忽小雨,鲁直饮薄醉,坐胡床,自栏楯间伸足出外以受雨,顾谓寥曰:"信中,吾平生无此快也。"未几而卒。②

此外,黄庭坚"有日记,谓之家乘,至宜州犹不辍书。其间数言信中者,盖范寥也"。黄庭坚坚持不懈地记日记,对陆游日课一诗、笃学不倦有直接的影响。陆游晚年依然手不释卷,"布被藜羹缘未尽,闭门更读数年书"③、"老不废观书"④,醉心于"学术"、"文章",

----

① (宋)陆游:《老学庵笔记》卷一,中华书局 1979 年,第 4 页。
② (宋)陆游:《老学庵笔记》卷三,第 33—34 页。
③ (宋)陆游:《冬夜读书示子聿》,《剑南诗稿》卷四十二,《陆游集》,中华书局 1976 年,第 1066 页。
④ (宋)陆游:《自咏》,《剑南诗稿》卷五十,《陆游集》,第 1250 页。

有道是"学术非时好，文章幸自由"①。陆游不断从这些前辈典范中吸取更多精神力量，如"曾文清夙兴诵《论语》一篇，终身未尝废"②，业师曾几诵读《论语》，几十年如一日；陆游能做到老而弥坚，笔耕不辍，前贤行实给他极大的精神支持。

赵鼎、张浚是南渡初年的贤相，后人曾用"小元祐"来形容他们的治政效果。在《老学庵笔记》中，有关赵、张二人的条目有：

> 赵元镇丞相谪朱崖，病亟，自书铭旌云："身骑箕尾归天上，气作山河壮本朝"。③
>
> 张魏公有重望，建炎以来置左右相多矣，而天下独目魏公为张右相；丞相带都督亦数人，而天下独目魏公为张都督，虽夷狄亦然。然魏公隆兴中再入，亦止于右相领都督，乃知有定数也。④

赵鼎虽然被贬谪，但对所举荐常同、胡寅、张致远、张九成、潘良贵、吕本中、魏矼等人之品节，深信不疑。事实证明，这些人在绍兴和议期间不屈服于秦桧，被罢斥后依然壁立千仞。潘良贵、张九成、吕本中等作为正人君子，他们的事迹都曾出现在笔记中。人无完人，笔记对赵鼎的器量略有微辞，比如通过李光之口说赵鼎被贬谪后泣别子弟⑤，卷四也有一则类似的事情："赵相初除都督中外

---

① （宋）陆游：《夜坐示子聿》，《剑南诗稿》卷四十七，《陆游集》，中华书局 1976 年，第 1171 页。
② （宋）陆游：《老学庵笔记》卷一，中华书局 1979 年，第 6 页。
③ （宋）陆游：《老学庵笔记》卷一，第 2 页。
④ （宋）陆游：《老学庵笔记》卷十，第 126 页。
⑤ （宋）陆游：《老学庵笔记》卷一，第 10 页。

军事,孙叔诣参政时为学士,当制,请曰:'是虽王导故事,然若兼中外,则虽陛下禁卫三衙皆统之,恐权太重,非防微杜渐之意。'乃改为都督诸路军马。制出,赵乃知之,颇不乐。"①赵鼎除授都督中外军事,孙近从中"作梗",并不是针对赵鼎本人,而是从赵宋祖宗家法防范武臣的角度考量。赵鼎"不乐"也是人之常情,从陆游的记录中,可以读出多层讯息:祖宗之法的影响,赵鼎的器量,南宋初年的军事措置等等。

靖康之难,是南宋文人士大夫难以忘怀的国耻记忆;北宋士大夫不能守节尽义、寡廉鲜耻,激起了南宋士人的愤慨。陆游在笔记中记述道:

> 靖康国破,二帝播迁。有小崔才人与广平郡王俱匿民间,已近五十日,虏亦不问。有从官馈以食,遂为人所发,亦不免,不十日虏去矣。城中士大夫可罪至此。
>
> 金贼劫迁宗室,我之有司不遗余力。然比其去,义士匿之获免者,犹七百人,人心可知。②

同样是皇室成员,前者因围城中士大夫告发被抓获,后者被义士营救。两个条目排在一起,对比鲜明,彰显大节的意旨非常明确。陆游还以唐末黄巢入长安与靖康之变相比,说道:"黄巢之入长安,僖宗出幸。豆卢瑑、崔沆、刘邺、于琮、裴谂、赵濛、李溥、李汤皆守节,至死不变。郑綮、郑系,义不臣贼,举家自缢而死。以靖康

---

① (宋)陆游:《老学庵笔记》卷四,中华书局 1979 年,第 49 页。

② (宋)陆游:《老学庵笔记》卷一,第 6 页。

京师之变言之,唐犹为有人也。"①

　　节义包含着正反两方面,在笔记中,我们看到陆游对秉持大节者的褒扬,也有对失节者的挞伐。张邦昌在金人的扶植下,曾做过伪楚的皇帝。曾几为广东漕臣时,拒绝支付张邦昌家月钱,陆游在曾几的墓志铭中予以记述。可惜这段文字被曾家删去:

> 　　张邦昌既死,有旨月赐其家钱十万,于所在州勘支。曾文清公为广东漕,取其券缴奏,曰:"邦昌在古,法当族诛,今贷与之生足矣,乃加横恩如此,不知朝廷何以待伏节死事之家?"诏自今勿与。予铭文清墓,载此事甚详,及刻石,其家乃削去,至今以为恨。②

　　多识前言往行以蓄其德,前贤宿儒多是陆游平日修身养性的榜样。与其他笔记仅记述史事或抄录材料不同,陆游《老学庵笔记》态度鲜明、立场坚定地表达他对节义文化的倡导。魏杞使金,抗辞不挠③;金人以刀逼迫赵广画所掳妇人,他却凛然不屈④;贾公望为泗州知州,义无反顾地焚毁张邦昌赦书伪命⑤;等等,也都与陆游"大节艰危见"的思想主张若合符节。又如:"陈莹中迁谪后,为人作石刻,自称'除名勒停送廉州编管陈某撰'。刘季高得罪秦氏,坐赃废。后虽复官,去其左字,季高缄题及作文皆去左字,不以

---

①　(宋)陆游:《老学庵笔记》卷六,中华书局 1979 年,第 74 页。

②　(宋)陆游:《老学庵笔记》卷八,第 103 页。

③　(宋)陆游:《老学庵笔记》卷一,第 13 页。

④　(宋)陆游:《老学庵笔记》卷二,第 18 页。

⑤　(宋)陆游:《老学庵笔记》卷二,第 25 页。

为愧也。"①从陈瓘、刘岑的题名,可看出士大夫对节义、名禄的不同认识;陆游"不以为愧也"五字,亮明自己的看法,鲜明地表达自己倡导"大节"的思想观念。联系《老学庵自规》:"尧德被四表,其本在身修。江河水稽天,发源乃涓流。人忍于搏虱,习熟且解牛。象箸与玉杯,漆器实其由。斯须失兢畏,恶名溢九州。始乎为善士,终可蹈轲丘。孰置汝太山,孰挤汝污沟。降福孰汝私,得祸孰汝仇。圣狂在一念,祸福皆自求。易箦汝所知,垂死勿惰偷。"②本朝贤达之品节都是陆游修身养德的素材,善恶、福祸、重轻皆与身心修养有关。至于如何修身养性,《寓言》中有所交待:"济剧人才易,扶颠力量难。为谋须远大,守节要坚完。气与秋天杳,胸吞梦泽宽。方知至危地,自有泰山安。"③从诗中可看出陆游对节义的自觉持守。

《老学庵笔记》是一部用心编写、有极高思想价值的笔记。陆游一生主张恢复故土。他积极践履着忠正思想,勤于王事。"故都"之思和中原记忆成为陆游诗歌乃至生命中的重要内容。在《剑南诗稿》中,我们可以看到他坚定、持久的恢复理想和信念,以诗歌的形式表达浓郁的情感。在笔记中,他也不忘恢复大计。临安官府机构"行在某司"的称谓,他用"示不忘恢复"予以诠释④,甚至将黄河水决入汴,"谓之'天水来'。天水,国姓也。遗民以为国家恢复之兆"⑤。陆游往往用"卒章显其志"的手法,于事件的结尾,着

①　(宋)陆游:《老学庵笔记》卷一,中华书局1979年,第11页。
②　(宋)陆游:《剑南诗稿》卷五十,《陆游集》,中华书局1976年,第1236页。
③　(宋)陆游:《剑南诗稿》卷四十八,《陆游集》,第1203页。
④　(宋)陆游:《老学庵笔记》卷四,第44页。
⑤　(宋)陆游:《老学庵笔记》卷八,第101页。

一句评判性的议论、判断或感慨,实属点睛之笔,可见陆游对人、事、理等清醒的认知。笔记中所融注的节义观,既是对本朝正邪较量史的梳理总结,也是他本人忠正节义思想的外现。

（原载《文史知识》2015 年第 11 期）

陆游的文章观

陆游对文章的类别、体用、才情等的看法，简单而实用，体现了士大夫实用主义的文章观。在南宋较为成熟的文章学语境中，无论是体例的构建还是理论的阐发上，陆游有关"文章"观念的阐述，算不上细密严整；但他却能始终如一，将其思想贯穿于他的评论、创作、人生观中，终其一生，不改厥初之志。

一、"娱忧舒悲"说

司马迁"发愤著书"、韩愈"不平而鸣"、欧阳修"穷而后工"等论断，构成了中国古代文论的传统，具有强劲的生命力，为现实生活中不得志的文人提供了强大的精神动力，鼓励他们在诗骚领域开拓出属于自己的天地，创作出传世之佳构。

欧阳修之后，李纲较早使用"摅忧娱悲"概念，在《湖海集序》中说："余旧喜赋诗，自靖康谪官，以避谤辍不复作。及建炎改元之秋，丐罢机政，其冬谪居武昌，明年移澧浦，又明年迁海外。自江湖涉岭海，皆骚人放逐之乡，与魑魅荒绝、非人所居之地，郁悒无聊，则复赖诗句摅忧娱悲，以自陶写。每登临山川，啸咏风月，未尝不作诗。而蓥不恤纬之诚,间亦形于篇什,遂成卷轴。"①李纲建炎元年(1127)至建炎四年(1130)的诗作,明确体现了"摅忧娱悲"的自娱功能:远谪岭海,以诗文陶写性情。不过,李纲只是记述了《湖海集》写作的背景,交代了集中的诗歌乃发抒悲忧之作,并未对"摅忧娱悲"进行理论的阐发。

绍兴二十九年(1159),辛次膺除福建路安抚使兼知福州②;本年,陆游三十五岁,有《上辛给事书》。在书中,陆游坦陈:"某闻前辈以文知人,非必巨篇大笔、苦心致力之词也。残章断稿、愤讥戏笑,所以娱忧而舒悲者,皆足知之。甚至于邮传之题咏、亲戚之书牍、军旅官府仓卒之间符檄书判,类皆可以洞见其人之心术才能。"③此乃陆游有关文章认知方面较早的一篇文章。在上书中,陆游主张文、实相符,文不容伪;以文知人,从文可知心术才能。值得注意的是,他提出了"娱忧舒悲"的说法。在这里,娱忧舒悲文章所指的"残章断稿、愤讥戏笑",究竟是什么文体、内容,并不明确;不过,从与之对应的概念"巨篇大笔、苦心致力之词"来看,应属篇幅长短、精心结构与随心随意的区别。上书结尾处"恭惟阁下以皋陶之谟、周公之诰、《清庙》《生民》之诗,启迪人主而师表学者,虽乡殊壤绝,百世之下,犹将想望而师尊焉",也属干谒文体之常格,在陆游看来,辛次膺作为安抚使,他吸引学者的不是手握的军政大权,而是撰造诰、谟、颂诗的才德。也正因为该上书的主题是强调人品与文品的统一,文不容伪,借此希望辛次膺能因文而知人,进而赏

---

① (宋)李纲:《李纲全集》卷十七,岳麓书社 2004 年,第 213 页。
② 于北山:《陆游年谱》,上海古籍出版社 2006 年,第 69 页。
③ (宋)陆游:《上辛给事书》,《陆游集·渭南文集》卷十三,中华书局 1976 年,第 2087 页。

识自己,故对"娱忧舒悲"仅有描述性的归纳,且从中无从得出确解。至于辛次膺的庙堂文章,与娱忧舒悲文章尚无明确的对应关系。

绍兴三十一年(1161)四月,陆游作《上执政书》,是年三十七岁。斯时执政为杨椿,知枢密为叶义问,同知为周麟之等,陆游与此三人平素均无交往①。

> 某小人,生无他长,不幸束发有文字之愚。自上世遗文,先秦古书,昼读夜思,开山破荒,以求圣贤致意处。虽才识浅暗,不能如古人迎见逆决,然譬于农夫之辨菽麦,盖亦专且久矣。原委如是,派别如是,机杼如是,边幅如是,自六经、《左氏》《离骚》以来,历历分明,皆可指数。不附不绝,不诬不紊。正有出于奇,旧或以为新,横骛别驱,层出间见。每考观文词之变,见其雅正,则缨冠肃衽,如对王公大人。得其怪奇,则脱帽大叫,如鱼龙之陈前,枭卢之方胜也。间辄自笑曰:"以此娱忧舒悲,忘其贫病则可耳。持以语人,几何其不笑且骂哉!"诚不自意,诸公闻之,或以为可。书生所遭如此,虽穷死足以无憾矣⋯⋯恭惟明公道德风节,师表一世,当功名富贵之会而不矜,践山林钟鼎之异而不变,非大有得于胸中,其何以能此?夫文章,小技耳,然与至道同一关捩。②

书信结尾在夸赞执政登上权力中心后依然保持平常之心,"践山林钟鼎之异而不变",身份、权位的变化,而道德风节依然如平

---

① 于北山:《陆游年谱》,上海古籍出版社 2006 年,第 82 页。
② (宋)陆游:《上执政书》,《陆游集·渭南文集》卷十三,中华书局 1976 年,第2085 页。

昔,因此用《论语·宪问》"有德者必有言"进一步赞颂执政,称其道德与文章为一。陆游这篇上书,在"文章"内涵、体用上并无太多新意,基本上是在重述传统文论。而"娱忧舒悲"的说法则再次出现。为使文章达到此效果,需遍考六经、《左氏》《离骚》以来源流正变,博观约取,崇雅辨奇,打下丰厚的文章功底,才能臻此境界。在这里,陆游所说"文章",是一个无所不包的大文学概念;他所理解的"娱忧舒悲",虽属自我述怀之作,但仍要厚积博览,知源流正变。

此后,陆游在文章中多次阐发"娱忧舒悲"说,比如乾道九年(1173)六月,作《东楼集序》:"余少读地志,至蜀汉巴僰,辄怅然有游历山川,揽观风俗之志。私窃自怪,以为异时或至其地以偿素心,未可知也。岁庚寅,始溯峡,至巴中,闻《竹枝》之歌。后再岁,北游山南,凭高望鄂、万年诸山,思一醉曲江、渼陂之间,其势无由,往往悲歌流涕……因索在笥,得古、律三十首,欲出则不敢,欲弃则不忍,乃叙藏之。"①淳熙九年(1182)九月三日,五十八岁,家居山阴时作《书巢记》:"子之辞辩矣,顾未入吾室。吾室之内,或栖于椟,或陈于前,或枕藉于床,俯仰四顾,无非书者。吾饮食起居,疾痛呻吟,悲忧愤叹,未尝不与书俱。"②

《澹斋居士诗序》进一步发挥了悲愤说:"《诗》首《国风》,无非变者,虽周公之《豳》亦变也。盖人之情,悲愤积于中而无言,始发为诗,不然,无诗矣。苏武、李陵、陶潜、谢灵运、杜甫、李白,激于不能自已,故其诗为百代法。国朝林逋、魏野以布衣死,梅尧臣、石延年弃不用,苏舜钦、黄庭坚以废绌死。近时江西名家者,例以党籍

---

① (宋)陆游:《渭南文集》卷十四,《陆游集》,中华书局1976年,第2097—2098页。
② (宋)陆游:《渭南文集》卷十八,《陆游集》,第2143页。

禁锢,乃有才名。盖诗之兴本如是。绍兴间,秦丞相用事,动以语言罪士大夫,士气抑而不伸,大抵窃寓于诗,亦多不免。若澹斋居士陈公德召者,故与秦公有学校旧,自揣必不合,因不复与相闻。退以文章自娱,诗尤中律吕,不怨不怒,而愤世疾邪之气,凛然不少回挠。其不坐此得祸,亦仅脱尔。"①

该序作于开禧元年(1205)九月,陆游八十一岁。在序中,陆游历数悲愤积郁中不得不形诸诗的古今诗人,苏武、李陵、陶潜、谢灵运、杜甫、李白等宋前名家自不必说,宋代林逋、魏野、梅尧臣、石延年、苏舜钦、黄庭坚等,也算不上得志者,从悲愤著书的角度可以自圆其说。不过,宋代文学大家范仲淹、欧阳修、苏轼等,却不在悲愤属文的范围,某种程度消减了悲愤说的张力。范、欧、苏的缺席,也传达出一种深意:宋型士大夫官、文、德三位一体,是陆游梦寐以求的追求。他汲汲于对典范的追寻和再造中,希望能有德、位、文俱隆的文士再现,自己也朝此方向努力。北宋末期以降,中小作家腾涌而大家缺席,也正是文学繁荣背后的巨大隐忧。陆游虽未探究大家缺席的原因,但他积极的倡导却发人深思。

二、文章二分法

中国文学史上,文章分类观念早已有之。曹丕《典论·论文》云:"盖奏议宜雅,书论宜理,铭诔尚实,诗赋欲丽。此四科不同,故能之者偏也。唯通才能备其体。"②所举奏、议、书、论、铭、诔、诗、

---

① (宋)陆游:《渭南文集》卷十五,《陆游集》,中华书局1976年,第2110—2111页。

② (清)严可均:《全上古三代秦汉三国六朝文》,中华书局1958年,第1098页。

赋八种文体,风格相近者,合为一科,形成四科八体的文体类目。刘勰在《文心雕龙·定势》中,依据风格特点将各种文体分为六大类:"章表奏议,则准的乎典雅;赋颂歌诗,则羽仪乎清丽;符檄书移,则楷式于明断;史论序注,则师范于核要;箴铭碑诔,则体制于弘深;连珠七辞,则从事于巧艳。此循体而成势,随变而立功者也。"①也是用大类的概念统合诸多文体。到了南宋真德秀的《文章正宗》,将各种文体概括为辞命、叙事、议论和诗赋四大类,每个大类之下再细分出若干具体文体,"显示了编者一种高屋建瓴的整体分类的眼光,因为这种分类形式中已经包含着一种自觉地根据表达方式和题材内容的综合特征给文章分类的意识"②。古代文论或选本性论著体现的文章分类依据,或着眼于风格特点,或立足于表现形态。

　　本文要讨论的陆游文章分类法,迥异于上列标准。陆游有关文章分类的表述,往往与前文讨论的"娱忧舒悲"说合并在一起,并引入空间场域:以庙堂为分野,文章的功能、价值、体式也自不同。在南宋成熟的文章学语境中,陆游的这一认识为我们考察文章学观念提供了另一维度,即创作者的文章观。作者对文章内涵的思索,将直接影响他的创作取径,文章的生成、价值评判自然也会受到影响。在绍兴三十一年的《上执政书》中,陆游提到执政"践山林钟鼎之异而不变",已指出文章的写作空间无外乎山林与庙堂,得志者身处庙堂,不得志者穷处山林。范仲淹在《岳阳楼记》中对士大夫职责进行过设定:"居庙堂之高则忧其民,处江湖之远则忧其

---

　　①　范文澜:《文心雕龙注》,人民文学出版社1958年,第530页。
　　②　姚爱斌:《中国古代文体观念与文章分类思想的关系——兼与西方文类思想比较》,《海南大学学报》2007年第3期。

君。"在庙堂、江湖这组空间场域概念中,融入文章、文士才运等要素,使其成为内涵丰富的概念,也成为文章体类的名称。

淳熙年间(1174—1189),陆游所作《师伯浑文集序》云:

> 或曰:"伯浑之才气,空海内无与比,其文章英发巨丽,歌之清庙,刻之彝器,然后为称。今一不得施,顾退而为山巅水涯娱忧纾悲之言,岂不可憾哉!"予曰:"是则有命。识者为时惜,不为伯浑叹也。"①

可以说,陆游对文章的评述,与师伯浑才气、仕途的评说是连在一起,这也是古代文论中对怀才不遇者文学成就评判时的惯例。比如欧阳修在为梅尧臣诗集作序时,就说过:"圣俞亦自以其不得志者,乐于诗而发之……若使其幸得用于朝廷,作为雅颂,以歌咏大宋之功德,荐之清庙,而追商周鲁《颂》之作者,岂不伟欤!"②认为梅尧臣的文章才华可以施之廊庙,发雅颂之音。陆游写作《师伯浑文集序》时,师伯浑已去世,可以说他的生平已定格——一个怀抱满腹才华的隐者,其文章也只能是"山巅水涯娱忧纾悲"之作。陆游写作该序文时,他本人距离为公为卿尚且遥远,沉寂下僚的经历,让他对师伯浑的生平遭际,有更多感慨,所以偏偏要为师伯浑重新设计一条人生道路、文章类式,那便是位至公卿,作庙堂文章。这看似是在重复欧阳修的《梅圣俞诗集序》中的论断,实际上陆游

---

① (宋)陆游:《师伯浑文集序》,《陆游集·渭南文集》卷十四,中华书局1976年,第2100页。

② (宋)欧阳修:《梅圣俞诗集序》,《欧阳修诗文集校笺》,上海古籍出版社2009年,第1093页。

凸显了"歌之清庙,刻之彝器"的庙堂文章,与"山巅水涯娱忧纾悲"文章判然有别,两类文章间充满张力。而这一点,是欧阳修《梅圣俞诗集序》中尚未表现出的讯息。

淳熙十五年(1188),陆游六十四岁,为吴梦予诗编作跋:

> 君子之学,盖将尧舜其君民。若乃放逐憔悴,娱悲舒忧,为风为骚,亦文之不幸也。吾友吴梦予,橐其歌诗数百篇于天下名卿贤大夫之主斯文盟者,翕然叹誉之。末以示余,余愀然曰:"子之文,其工可悲,其不幸可吊,年益老,身益穷,后世将曰是穷人之工于歌诗者。计吾吴君之情,亦岂乐受此名哉?余请广其志曰:穷当益坚,老当益壮,丈夫盖棺事始定。君子之学,尧舜其君民,余之所望于朋友也。娱悲舒忧,为风为骚而已,岂余之所望于朋友哉!"①

在跋文中,陆游从文人用与不用的角度谈"君子之学"②两种道路:治国平天下;放逐憔悴,娱悲舒忧,为风为骚。陆游指出"君子之学"的出路不同,所工文章也自不同。至于尧舜君民者,他们所工何体,跋文中并没有交待;而流落不遇者,所写乃"娱悲舒忧"风骚而已,至于是何文体,也未具体说明。但因出路不同会造成两种不同文章,由此构成该跋文铺展推衍的基础框架。在这一框架

---

① (宋)陆游:《跋吴梦予诗编》,《陆游集·渭南文集》卷二十七,中华书局 1976 年,第 2242 页。

② "君子之学"是宋代士大夫立朝行事、吟诗作文时所奉行的准则或精神,并没有明确的条款及内容,但它的基本框架不出儒家思想之范围。说到底,奉行"君子之学"的士人都重视品格修养。

中,陆游希望吴梦予能走尧舜君民的道路,而很不幸他流落江湖,藉文字遣悲述怀,作歌诗数百篇。

师伯浑也好,吴梦予也罢,皆属无仕历的隐者,流落不遇,穷处山林,对他们而言,"娱忧舒悲"说确实比较合适。韩愈"不平而鸣"、欧阳修"穷而后工"等,激活了不得志者文学成就背后的精神魅力,进而形成一种价值导向:失意者的文章更可能传世、不朽,其价值自然不容低估。那么,我们不仅要问,这种"娱忧舒悲"的文章,与诏诰制策等庙堂文章,在价值上有无高下之分? 至少在欧阳修那里,他是为梅尧臣有才而不能用于朝廷感到惋惜,"作为雅颂,以歌咏大宋之功德,荐之清庙,而追商周鲁《颂》之作者",也正是文士的伟业所载。陆游在以上序跋中设定两类文章的框架,字里行间流露出对师伯浑、吴梦予等失意者的怅叹、遗憾,在他看来,居于朝堂,作制诰诏命,乃文士的终极价值。

如果说以上序跋的对象属于失意者,陆游不得不按照"穷而后工"的叙述逻辑来组织书序的话,那么,《周益公文集序》很大程度上可以推翻此种设定。因为周必大作为南宋中兴时代的台辅重臣,掌制诰、作王言,是不可多得的遇者、达者。开禧元年(1205)十二月,陆游为周必大文集作序,是年陆游八十一岁,而他同样用文章两分法的框架来组织序文,足以说明,文章二分法是他一以贯之的文章观。《周益公文集序》云:

　　天之降才固已不同,而文人之才尤异。将使之发册作命,陈谟奉议,则必畀之以闳富淹贯、温厚尔雅之才,而处之以帷幄密勿之地。故其位与才常相称,然后其文足以纪非常之事,明难喻之指,藻饰治具,风动天下,书黄麻之诏,镂白玉之牒,藏之金匮石室,可谓盛矣。若夫将使之阐道德之原,发天地之秘,放而及于鸟兽虫鱼草木之情,则畀之才亦必雄浑卓荦,穷幽极微,又畀以远游穷处,排摈斥疏,使之磨礲龃龉,濒于寒饿,以大发其藏,故其所赋之才与所居之地,亦若造物有意于其间者。虽不用于时,而自足以传后世。此二者,造物岂真有意哉? 亦理之自然,古今一揆也。①

所赋之才不同,决定了所居之地、所做文章也不同。在陆游看来,天下有两种才:温厚尔雅、宏富淹贯与雄浑卓荦、穷幽极微。前者处帷幄庙堂之上,诏诰典谟,纪国家非常之事;后者远游穷处,远离政治中心,不为时所用,却能匠心于天地间奇文妙作,其文足以传扬后世。在《周益公文集序》中,陆游将他的文章二分法推展开来,探本求源,文章、居位之不同皆源于才性不同。周必大位至宰辅,草拟诸多诏令典册,在陆游同时代人中乃最具王佐之才、之文的人选。陆游并没有周必大那样的机会拟王言、掌丝纶,他对周必大的羡慕赞赏,何尝不是反映自己文章乃至人生的一种缺憾!

有经纶之才,却不被用,当然无法施之于王言,这样的例子在历史上数不胜数。在为曾布之子曾纡《空青集》作跋文时,陆游说:"建中靖国元年,景灵西宫成,诏丞相曾公铭于碑,以诏万世。碑成,天下传诵,为宋大典,且叹曾公耆老白首,而笔力不少衰如此。建炎后,仇家尽斥,曾公文章,始行于世,而独无此文。或谓中更丧

_____

① (宋)陆游:《周益公文集序》,《陆游集·渭南文集》卷十五,中华书局1976年,第211—2113页。

乱,不复传矣。淳熙七年,某得曾公子宝文公遗文于临川,然后知其宝文公代作。盖上距建中八十年矣。呜呼!文章巨丽闳伟至此,使得用于世,代王言,颂成功,施之朝廷,荐之郊庙,孰能先之?而终宝文公之世,士大夫莫知也……况山林之士,老于布衣,所交不出闾巷,其埋没不耀,抱材器以死者,可胜数哉!可胜叹哉!"①该文必作于淳熙七年(1180)以后,曾纡作为文章世家子弟,有才而不得用,既不能代王言,又不被当时文士所知,不能不说是遗憾。推展开来,那些无一官半职的山林之士,不求闻达于诸侯,终生湮没于山巅水涯,抱材而死,更让人唏嘘感叹。

嘉定二年(1209),陆游八十五岁,是年去世。本年,陆游为陈造文集作序,全面论述了文章二分法,可以看作是他对自己终生所信奉的文章观念的一次集中整理,序云:

> 我宋更靖康祸变之后,高皇帝受命中兴,虽艰难颠沛,文章独不少衰。得志者司诏令,垂金石;流落不偶者,娱忧纾愤,发为诗骚。视中原盛时,皆略可无愧,可谓盛矣!久而寖微,或以纤巧摘裂为文,或以卑陋俚俗为诗,后生或为之变而不自知。方是时,能居今行古、卓然杰立于颓波之外,如吾长翁者,岂易得哉!②

陈造,字唐卿,高邮人。陆游《陈长翁文集序》,重申他的文章观——天下有两种人,就有两种文章:得志者司诏令,垂金石;不得

---

① (宋)陆游:《书空青集后》,《陆游集·渭南文集》卷二十五,中华书局1976年,第2217—2218页。

② (宋)陆游:《陈长翁文集序》,《陆游集·渭南文集》卷十五,第2117页。

志者,娱忧纾愤,发为诗骚。翻检陆游有关文章二分法的表述,此次内容最为全面,条理最为清晰,表述最为明快;代表了陆游对文章的总结性认知。在这里,"文章"概念无所不包,诗、骚等仅是文章的一部分。

陆游以庙堂内外来区分文章,其分类依据既是空间场域,也是文章功能。相对中国古代以风格来类分文章的惯例,陆游的这一分法是独特的。虽然在分类方式上显得粗略,却为嗣后的文论者提供了有益的探索①。中国古代文人的出路,或仕或隐,陆游标举的师伯浑、吴梦予、陈造等,并无仕历,他们游离于政治之外,借诗文述志言情,这类文字自然属于山林之作。陆游实质上将出仕者中凡不能达到权力中心者,都归到了不得志者的行列,比如晁公迈、曾布之子曾纡、曾季狸等,仕而不得其位,悲愤郁积,发为文章。陆游之所以对庙堂、山林文章予以区分,与他恢复抗战、建功立业的人生理想密切相关。在这种划分中,他已不自觉地将庙堂文章视作终极价值,对那些流落不偶者的娱忧舒悲之作,赞叹的同时流露出惋惜、遗憾,在价值上似乎已落第二义。

陆游对同侪,亦透露着兼备两体的期许。淳熙十六年(1189)冬,杨万里除秘书监,陆游作《喜杨廷秀秘监再入馆》:"公去蓬山轻,公归蓬山重。锦囊三千篇,字字律吕中。文章实公器,当与天

---

① 如明代李东阳进一步指出台阁诗和山林诗的不同特质及写作要求:"秀才作诗不脱俗,谓之头巾气;和尚作诗不脱俗,谓之馂馅气;咏闺阁过于华艳,谓之脂粉气。能脱此三气,则不俗矣。至于朝廷典则之诗,谓之台阁气;隐逸恬澹之诗,谓之山林。此二气者,必有其一,却不可少","作山林诗易,作台阁诗难。山林诗或失之野,台阁诗或失之俗。野可犯,俗不可犯也。盖惟李、杜能兼二者之妙。若贾浪仙之山林,则野矣;白乐天之台阁,则近乎俗矣,况其下者乎!"(李东阳《怀麓堂诗话》,丁福保《历代诗话续编》,中华书局1981年,第1384、1387页)

下共。吾尝评其妙,如龙马受鞿。燕许亦有名,此事恐未梦。呜呼
大厦倾,孰可任梁栋? 愿公力起之,千载传正统。时时醉黄封,高
咏追屈宋。我如老苍鹕,寂莫愁独弄。杖屦勤来游,雪霁梅欲
动。"①作为道贺之诗,遣词用语要契合对象、场合,杨万里入主秘
书省,离权力中心更近一步,所以他希望杨万里能像苏颋、张说那
样作大手笔文章,同时能追踪屈原、宋玉,传承文章正统。即便是
这种一般性的应酬之作,也体现陆游整体性的文章观,希望同道能
兼擅庙堂和娱忧舒悲两种文章。

三、整体的文章史观

从文章空间场域或适用功能上,陆游将文章分为庙堂、庙堂之
外两大类,而庙堂之外的"文章",是一个无所不包的概念,诗文融
而未分,诗、词、歌、赋等所有"娱忧舒悲"的文类均可囊括其中。就
这一点而言,陆游与韩愈有很大不同。韩愈《上兵部李侍郎书》:
"谨献旧文一卷,扶树教道,有所明白;南行诗一卷,舒忧娱悲,杂以
瑰怪之言,时俗之好,所以讽于口而听于耳也。"②在韩愈的表述
中,文、诗各有不同的功能,前者在于扶持政教人心,而后者意在表
达个人情感,或悲或喜。这也使诗歌摆脱成为政治工具的命运,得
以保持抒发个人情怀的美学品性。而陆游视野中的"文章",实际
上是其积极用世思想在文学上的表述。在其他场合,陆游恪守诗、
文之别,根本不会模糊两大文体的界限,如忆及绍兴三十年(1160)

---

① 钱仲联:《剑南诗稿校注》卷二十一,上海古籍出版社 2005 年,第1591 页。
② (唐)韩愈:《上兵部李侍郎书》,《韩昌黎文集校注》卷二,上海古籍出版社 2014
年,第 162 页。

与周必大杭州游从经历:"邻家借酒,小圃锄菜。荧荧青灯,瘦影相对。西湖吊古,并辔共载。赋诗属文,颇极奇怪。"①

陆游将这种质朴的文章分类法,运用到对国朝文章发展的总结中,如开禧元年(1205)九月为傅崧卿外制集所作序中,对崇宁以来文坛分为两种情形:

> 国家自崇宁来,大臣专权,政事号令,不合天下心,卒以致乱。然积治已久,文风不衰,故人材彬彬,进士高第及以文辞进于朝者,亦多称得人,祖宗之泽犹在。党籍诸家为时论所贬者,其文又自为一体,精深雅健,追还唐元和之盛。②

从《傅给事外制集序》可以看出,陆游注意到自崇宁至靖康,文章有在朝与在野之分,前者以进士高第及以文辞进于朝者为创作群体,后者以党籍诸家为时论所贬者为作者阵营。可以说,陆游对北宋后期文学的朴素认识,是全面的、有建设性的,代表着进步的文学史观。就以北宋徽宗朝的文学实绩而言,既要注意到词臣以及大晟词人群的文章成就,也要注意到奉诏不得入京师的党籍诸家的文学创作,江西诗派也属于在野的阵营。在对这一阶段的文学进行总结时,陆游没有顾此失彼,或厚此薄彼,体现了通体、全面的文学史观。

嘉定二年(1209)《陈长翁文集序》中,陆游追述汉以来文章变迁,西汉文章尚有六经余味,东汉以来文章卑弱,然后直接跳到宋

---

① (宋)陆游:《祭周益公文》,《陆游集·渭南文集》卷四十一,中华书局 1976 年,第 2396 页。

② (宋)陆游:《傅给事外制集序》,《陆游集·渭南文集》卷十五,第 2111 页。

室南渡后，"得志者司诏令，垂金石；流落不偶者，娱忧纾愤，发为诗骚。视中原盛时，皆略可无愧，可谓盛矣"，认为宋室渡江后的文章无论是庙堂还是山林之作，均不减北宋盛时之风，可惜当下诗文或失之于纤巧，或失之于卑陋。陆游此论，有贵古贱今之嫌，但他的贵古贱今，又很有特点：推崇西汉、北宋，而鄙陋东汉，六朝隋唐更是只字不提。在文章领域，他也希望国朝文章能颉颃北宋，追隆西汉三代。在《陈长翁文集序》中，陆游对南渡以来文章的评价，同样体现了整体的文章史观；在他看来，对南渡以来诗词以及汪藻、孙觌等人的四六等，都应纳入文学史观照的视野。

　　陆游还注意到，庙堂与山林两类文章在内容、适用空间上有差别，但风格并非判然有别。那些有丰厚学养的作者，尽管身处朝堂之外，所作文字同样具有庙堂王言典雅之风。《晁伯咎诗集序》云：

　　　　伯咎少以文学称，自其诸父景迂具茨先生皆叹誉之。诸公贵人亦往往闻其名，顾党家不敢取。靖康之元，党禁解，伯咎召为开封掾，且显用矣，阻兵不能造朝。比乘舆过江，中原方兵连不解，士大夫多以甲兵钱谷进。故家名流，乃见谓不切事机，伯咎落江湖者数年。久之，虽起，乘传岭海，复坐微文斥，卒弃不用以死。而伯咎傲睨忧患，不少动心，方扁舟往来吴松，啸歌饮酒，益放于诗。其名章秀句，传之士大夫，皆以为有承平台阁之风。①

----

① 　(宋)陆游：《晁伯咎诗集序》，《陆游集·渭南文集》卷十四，中华书局1976年，第2100页。

该文作于淳熙七年(1180)十一月。晁公迈,字伯咎,号传密居士,钜野(今山东巨野)人,咏之子。在陆游的视界中,能歌功颂德、施之廊庙的文章才算尽到文章翰墨之用。所以,他在评价晁氏家族文章功业时,评述晁迥、晁宗简、晁仲偃、晁端彦、晁端礼、晁补之、晁说之、晁冲之五代百余年,皆有大手笔或庙堂文章作手。哪怕到了建炎南渡后,故家名流多不见用,而晁公迈笑傲江湖,诗酒自乐,所为篇章依然有"承平台阁之风"。这也说明,文章的适用空间虽有朝堂、山林之分野,而身处山林者写出的文章,未必不具有台阁文章的典重风味。换句话说,朝堂、山林,仅是身份、地位、空间的差别。两种文章的内容有很大不同,但风格上确有交错叠合的可能。陆游评论晁氏文献之家时,也强调晁迥以来庙堂翰墨的成就,反映了陆游更推崇"大手笔"文章,认为它足以彪炳史册。

也正因为文士有得志与不得志的分别,所以文章乃至人生命运都会有不同。《曾裘父诗集序》:"古之说诗曰言志。夫得志而行于言,如皋陶、周公、召公、吉甫,固所谓志也。若遭变遇谗,流离困悴,自道其不得志,是亦志也。然感激悲伤,忧时闵己,托情寓物,使人读之,至于太息流涕,固难矣。至于安时处顺,超然事外,不矜不挫,不诬不怼,发为文辞,冲澹简远,读之者遗声利,冥得丧,如见东郭顺子,悠然意消,岂不又难哉!"①不得不承认,陆游的分类意识很明确。传统文论讲"诗言志",而"志"在陆游这里也分为得志之"志"和不得志之"志"两种。综上,这些话语体现出陆游相对周全而不偏执的思维,这是陆游精神价值中可贵之处。

---

① (宋)陆游:《陆游集·渭南文集》卷十五,中华书局 1976 年,第 2114 页。

四、庙堂、山林文章的双向推进

陆游作为南宋重要的文学家,他对文章进行粗略的分类:庙堂文章与娱忧舒悲之作,并概述了每类文章的特点、适用空间,以及产生两种文章的不同才情等。两大类文章,只是一个极其模糊的划分。比如陆游在《陈长翁集序》中,将"诏令"、"诗骚"对举,分别作为庙堂、山林之作的代表性文体。在《周益公文集序》中,列举了庙堂文章中的六种:册、命、谟、议、诏、牒。可以说,陆游依据功用、空间对文章的类分,是简单的、笼统的。处于中间地带的文体,究竟属于庙堂文章还是娱忧舒悲之作,比如应制诗虽是诗,但其适用空间更契合于庙堂;写给皇帝或执政大臣的书,与写给亲友的书,在适用空间、措辞上也不同。这些具体的区分,陆游并未考虑。

从《渭南文集》编纂体例来看,陆游创作过的文体达二十多种,依次是:表笺、劄子、状、启、书、序、碑、记、铭、赞、记事、传、青词、疏、祝文、劝农文、杂书、跋、墓志铭、祭文等,而这一编纂次第乃陆游生前所定。据陆子遹跋:"唯遗文自先太史未病时,故已编辑,而名以'渭南'矣,第学者多未之见。今别为五十卷,凡命名及次第之旨,皆出遗意。今不敢紊,乃锓梓溧阳学宫,以广其传。"①陆游所定篇次,表笺、劄子、状、启皆属庙堂文章,而书就不大容易界定,如《答王樵秀才书》属监试官与应考者的往来问答,但并非庙堂文章之范畴;序以下的碑、记、铭、赞等,也谈不上庙堂之作。如果真要对应陆游所说的庙堂、山林文章的话,《剑南诗稿》应属"流落不偶

---

① 　(宋)陆子遹:《刊渭南文集跋》,《渭南文集》卷首,《四部丛刊》本。

者,娱忧纾愤,发为诗骚"类者。

在陆游之前,已有人注意到朝堂与山林的问题,比如邹浩曾说:"虽居轩冕之间,当有山林之气。士不可无山林气,节义、文章、学术,大抵皆然。何谓山林气?即纯古之气也。达于命者,不以得失为休戚。""凡为善有二,或直心为善,或著奸为善。大抵有山林气即佳,宁使人道村,不可使道奸。"①邹浩身处北宋末党争激烈的环境中,邪正对立,故倡导山林气,让士人在道德、文章、学术方面保持劲直高远的气象。

陆游有关庙堂文章与娱忧舒悲之作的论述,在他的时代不乏声气相通者,他们虽不像陆游那样执著于文章观念的反复阐发,但他们也意识到庙堂内外文章的差异。既然每种文体都有独特的体制、特点,要想兼擅众体,就很困难。杨万里就从难兼众体的角度,来说明范成大的诗文成就,云:"甚矣,文之难也。长于台阁之体者,或短于山林之味;谐于时世之嗜者,或漓于古雅之风。笺奏与记序异曲,五七与百千不同调。非文之难,兼之者难也。至于公训诰具西汉之尔雅,赋篇有杜牧之刻深,骚词得楚人之幽婉,序山水则柳子厚,传任侠则太史迁。至于大篇决流,短章敛芒,缛而不酿,缩而不窘。清新妩丽,奄有鲍谢;奔逸隽伟,穷追太白。求其只字之陈陈,一唱之呜呜,而不可得也。今四海之内,诗人不过三四,而公皆过之无不及者。予于诗岂敢以千里畏人者,而于公独敛衽焉。于是文士诗人之难者易,偏者兼矣。"②在这段文字中,"长于台阁之体者,或短于山林之味",指出擅长庙堂文章者,拙于写作萧散隽

---

① (宋)邹浩:《语录》,《道乡集》卷三十二,影印文渊阁《四库全书》本。
② (宋)杨万里:《石湖先生大资参政范公文集序》,《杨万里集笺校》卷八十二,中华书局 2007 年,第 3297 页。

永的山林之作。限于作品的主旨，杨万里并未对"台阁"、"山林"进行深度区分，只是点到为止。杨万里《初夏日出且雨》诗云："笑忆唐人句，无晴还有晴。斜阳白鸥影，疏雨子规声。台阁非吾事，溪山且此生。诗成何用好，诗好却难成。"①也将台阁与溪山对举，代指入仕与不仕，也借此表明人生志向。在杨万里这里，"台阁体"、"山林味"虽有代指文类的意图，可与陆游将此作为文章分类标准相呼应；但他并不像陆游那样乐此不疲。

　　不独陆游、杨万里，朱熹也注意到庙堂文章与娱忧舒悲之作有别，不过，他使用的是"自作文"，即自我表露心迹，相当于陆游所说的"娱忧舒悲"。《朱子语类》云：

　　　　韩文公诗文冠当时，后世未易及。到他《上宰相书》，用"菁菁者莪"，诗注一齐都写在里面。若是他自作文，岂肯如此作？②

　　朱熹所引韩愈文章，乃《上宰相书》③。朱熹注意到韩愈《上宰相书》，与他言志述情之作，在写法上不同。《朱子语类》卷一三九《论文上》中，既有论汉魏以来散文者，也有论四六者，也多处论及制诰奏议，并反复说明庙堂之文即王言应温润、深厚。

　　陆游有自觉的文章观，但他终究不是文论家，没有确立周全的文学分类方式、建构精密的文章学体系。南宋的文体观念已非常成熟，体中再分类的意识已很明确。比如杨囷道总结的宋四六简史，

---

　　①　辛更儒：《杨万里集笺校》卷二，中华书局 2007 年，第 110 页。
　　②　(宋)黎靖德：《朱子语类》卷一百三十九《论文上》，中华书局 1986 年，第 3304 页。
　　③　刘真伦、岳珍：《韩愈文集汇校笺注》，中华书局 2010 年，第 645 页。《唐宋八大家文钞》卷二《上宰相书》题注："引经术似刘向，所乏者西汉风韵。"

说:"皇朝四六,荆公谨守法度,东坡雄深浩博,出于准绳之外,由是分为两派。近时汪浮溪、周益公诸人类荆公,孙仲益、杨诚斋诸人类东坡。大抵制诰笺表贵乎谨严,启疏杂著不妨宏肆,自各有体,非名世大手笔未易兼之。虽诗亦然,荆公留意唐诗,山谷乃自成一家,为江西派。近有以唐诗自勉者,而赵紫芝诸人出焉。四六之文,当有能辨之者。"①在这段文字中,在论述宋朝四六小史时,既从代表人物上分为两派,又从体制上分为两大类。体中再分类或派,说明南宋人的文体观念更为细密、严整。如以此衡量陆游上述诸论断,会发现陆游失之于笼统而简略。但陆游的诸般倡导,意在推动文章的双向发展,即庙堂文章与娱忧舒悲之作不可偏废,都应朝各自的方向良性发展。不可否认,他将庙堂辞章视作文士的终极价值所在,有意将其价值抬高到娱忧舒悲文章之上,体现他的人生理想:为政当治平天下,为文乃"经国之大业,不朽之盛事"。在陆游的视界中,得志者少而失志者多,流落不遇者所作的山林之作蔚为大观。基于这样的现实,他反复重申文章二分法,标举庙堂文章的价值,希望多出现德、位、文俱隆的宋型士大夫,更希冀野有遗贤的现实能有所改变。

小　　结

陆游骨子里都想治国平天下,建立不朽的功业。他从不讳言自己的追求,在文章、诗歌中多次直白地表述这一立场。如同他在诗歌中始终如一的表达抗金恢复之志一样,自绍兴二十九年

---

① (宋)杨囷道:《云庄四六余话》,《历代文话》第一册,复旦大学出版社 2007 年,第 119 页。

(1159)至嘉定二年(1209)半个世纪中,他在文章中同样始终如一阐发这种观念:庙堂文章与娱忧舒悲之作的区别及各自不同的功用。可以说,陆游在文学、思想上最大的特点就是始终如一。他这种不随时随势而动的做派和品格,遗世而独立,千载而下,犹觉可贵。这也正是陆游留给后世的宝贵的文化遗产。从其文章观中,我们更能全面认识那个坚定、始终如一的陆游。

梳理陆游的文章观,对于了解宋代文章学或可提供另一思考维度。王水照、慈波《宋代:中国文章学的成立》一文中,总结了文章学成熟的几个标志:几乎涵盖了后世文章学著述的所有类型;初步建构了文章批评的理论体系;奠定了文章学论著的体制基础;形成了一套具有适应于文章特点的批评话语①。除了这几个标志外,作家本身对文章的认识,可以说是文章学发展过程中至关重要的环节。陆游有关文章的论述,"娱忧舒悲"说在因袭前人的基础上,有他自己的发挥和提炼;尤为可贵者,他的文章二分法植根于北宋崇宁以来文坛现状,标举庙堂文章的价值,希望能呼吁改变野有遗贤的现实。这体现作家而非文论家实用主义的文章观。

陆游有关文章两分法的认识,虽简单粗略,却有整体观照的视野和眼光。大凡古代王朝体系内的文学,要不出在朝与在野之统系。这种看似质朴的认识,对后世重新把握宋代文学史却有建设性的意义,它提示我们,要有通体的文学史观,朝堂与山林文章,不可顾此失彼,也不可厚此薄彼。

(原载《新宋学》第五辑)

---

① 王水照、朱刚:《中国古代文章学的成立与展开》,复旦大学出版社 2011 年,第146—148 页。